K
-Lost Small World-

壁井ユカコ
(GoRA)

Illustration
鈴木信吾
(GoHands)

講談社BOX

大貝《おおがい》阿耶《あや》
宗像《むなかた》礼司《れいし》
塩津《しおつ》元《げん》
湊《みなと》 秋人《あきと》
湊《みなと》 速人《はやと》

K -Lost Small World- Contents

Book Design　芥 陽子 (note)

一人目の王はこの手を取れと言った。
二人目の王はこの剣を取れと言った。

Prologue ____ No-proud blue guardian

霧雨が降る秋の一日に儀式は行われた。グラウンドの土はしっとりと濡《ぬ》れ、整列した隊員・職員の髪も制服も湿気を吸って重く張りついている。細かな雨で霞《かす》んだ景色が揃《そろ》いの制服の色で青く染まり、グラウンド全体が淡水の底に沈んでいるように見えた。

「伏見猿比古《ふしみさるひこ》、前へ」

淡島《あわしま》という女の副長が張りのある声で呼んだ。まわりの注目がいっせいに自分一人に向けられた。「またずいぶん若いのを連れてきたな、うちの室長は……」「十六だそうだぞ」「十六⁉ 高校生じゃないか」——様々な心情を含んだ視線を全方向から浴びつつ伏見は列の中から進みでる。

一般隊員のそれよりも一段格式の高い意匠《いしょう》の制服に身を包んだ男が、コートの裾《すそ》をひるがえし、颯爽《さっそう》とした足取りで隊列の正面に立った。コートの肩が青い雨をはじき、なお身の内から青い色が淡く滲《にじ》んでいる。

〝青の王〟——宗像礼司《むなかたれいし》。

隊員たちの私語《ささめきごと》が潮が引くように静まった。

ふうん……と伏見は内心で呟《つぶや》いてひっそりと片眉《かたまゆ》をあげた。

《セプター4《フォー》》において宗像礼司に注がれる視線は、《吠舞羅《ほむら》》において仲間たちから周防尊《すおうみこと》に注がれる、一寸の疑いもない畏敬《いけい》と憧《あこが》れのまなざしとは違うものだった。内部にも敵がいる——敵とまでは行かずとも、一部には隙《すき》あらば足を掬《すく》おうという目で宗像の一挙手一投足を見つめている者もいる。

クランっていうのは全クランズマンが王に絶対的な忠誠心を持ち、クランズマン同士も強固な絆《きずな》を結んでいかなきゃいけないものと思い込まされていた。しかし宗像のクランはそういうものではないようだ。クランの形態は必ずしも一つじゃないのかと、初めて知った。ほっとした、というのとも違うが、息のしやすさがすこしだけ違った。

「室長」

淡島が宗像にひと振りのサーベルを渡す。宗像が頷《うなず》いてそれを取り、鞘《さや》から抜き放つ。細身の刀身から青い鱗粉《りんぷん》のようなものが散った。

「伏見」

淡島が声色《こわいろ》を低くし、下だ、というように目線を上下させた。式前に淡島から叩《たた》き込まれたとおり伏見は宗像の前で片膝《かたひざ》をついた。地面に溜《た》め込まれた水分がすぐに膝頭に浸《し》みてくる。

刀身と一体となるように宗像が腕をまっすぐに伸ばし、伏見の左肩に刃をあてた。冷え冷えとした感触に伏見は軽くびくりとし、頭を垂れて宗像の靴の先に視線を落とした。

静穏《せいおん》なる天地《あめつち》に
宿りし鼓動の力もて

奏《かな》づる音《ね》をば心かけ
秩序を確《しか》と守るが、汝《なんじ》——
青き大義の衛士《えいし》なり

あまり抑揚《よくよう》をつけない、しかし低く響くほうの弦《げん》をつまびくような低音の美声が、濡れた空気に染みわたる。揺らぎのない自負と自任に満ちた声。この王の声にはこういう仰々《ぎょうぎょう》しい口上が似合う。

「佩剣者《はいけんしゃ》たる者の誇りと信念を持って振る舞うことを剣に誓い、剣を取りなさい」

肩にあてられていた刃が離れた。まっすぐに自分に向いている宗像のつま先から伏見は視線をあげた。膝の向きも、肩の位置も、鼻筋も、そして視線も、全部がまっすぐ正面からこっちに向けられている。その居心地の悪さをしばし味わわされる。

宗像が刀身を鞘に収めなおし、鞘を両手で水平に構えて差しだした。

「そーゆう、誇りとか、誓うとかいうのは別にないんですけど」

冷めた声で伏見が言うと、背後で見守っている者たちがざわりとした。「こら……」と焦《あせ》った顔で踏みだしかけた淡島を宗像が目で制した。

淡島や他の者たちのはらはらした空気を尻目《しりめ》に宗像一人がおかしそうに微笑《ほほえ》んで、

「ふふ、そうですね。自らが誓いを立てるものがなんたるかを、今の段階で明確に知っている者のほうが少ないでしょう。言わされるままに誓う者のほうこそ信用できないかもしれません」

これまで〝言わされるまま〟誓いを立ててきたのであろう大半の隊員たちを貶《おとし》めるような言い方に、ざわめきが気まずそうに押さえ込まれた。なんでこの人はわざわざ波風を立てるような言い方をするんだか。

「ただこの場ではそう正直に言わなくてもいいんですよ。所詮《しょせん》形式です」

自ら用意した儀式に対して宗像はそう言ってのけた。

「形式にも効力はあると私は思っています。その重みに見合う人間たらんと身を引き締め、目的を明確にし、そこへ向かう意識を曇りなく、鋭利にします」

それにはなんだか反論できなかった。バカバカしい儀式だなと思いつつ、それに乗っかってる自分もバカバカしいんだけど、こういうカッコつけは〝昔〟は実はあんまり嫌いじゃなかった。

淡島に口酸っぱく教えられたとおり、両手で押し戴《いただ》くように剣を取ろうとした。

——と、同じタイミングで隣から手を伸ばす者がいた気がした。

「……？」

思わず隣に目をやったが、誰もいない。宗像の前にいるのは自分一人で、用意されたサーベルもひと振りしかない。

声をださずに小さく自嘲《じちょう》した。

隣の誰かと目線を交わして、タイミングをあわせるなんてことは、今回はない。人生で二度目のこの儀式《インスタレーション》は、一人だ。

下から両手で押し戴くようにと淡島には教えられていた。しかしあえて上から、片手で鞘を摑《つか》

んだ。

その瞬間、鞘全体が青い光を放った。周囲の雨を吸ったように青は濃度を増し、手の甲から腕へと這《は》いあがってくる。思わず目をつぶり、身体《からだ》に起こる衝撃に身構えた。

しかし、なにも起こらなかった。全身の細胞を沸騰《ふっとう》させるような熱さも、心臓を貫くような痛みも、なにも襲ってこなかった。

うっすらと目をあける。鞘が纏《まと》っていた燐光《りんこう》が次第に収まっていく。宗像がサーベルから手を放した途端、見た目を上回る重量が自分の腕だけにかかり、危うくよろめきそうになって両手で掴みなおした。

受け入れられれば強大な力を手に入れる——しかし拒絶されれば全身を灼熱《しゃくねつ》の炎で焼かれ、ともすれば命を落とすという、周防のときのようなオール・オア・ナッシングの博打《ばくち》ではなかった。宗像のそれはやけに事務的というか、予定調和的に進行した。あらかじめ手をまわして成功すると見極めた者にしか力を与えない、そういうのが宗像らしいやり方に思えた。

はっと気づくことがあり、左の襟《えり》を引っ張って自分の身体に目を凝《こ》らした。

消えて……ない……？

そこにまだあるものをまじまじと確認してから、ふと目をあげると、珍しくすこしだけ困ったような微笑を浮かべた宗像と目があった。伏見が気まずい顔をすると宗像はなにも気づかなかったふりをして、拡声器を使わずともグラウンド全体に響く声で言った。

「さっそくですが、逃走中の湊 速人《みなとはやと》・湊秋人《あきと》、両名の潜伏《せんぷく》先の速《すみ》やかな追跡、および身柄の確保を命じます。この件、今現在よりきみに全権を預けます。必要な人員、権限などあれば淡島くんに言ってなんでも使いなさい。淡島くん、いいですね」

「は」

「きみにやれますか？」

全隊員の前で試すように訊《き》く。せいぜい不貞不貞《ふてぶて》しい口ぶりで伏見は答えた。

「やりますよ。そのためにおれを引き抜いたんでしょう」

望みの答えを受け取って宗像は満足げに頷いた。

「期待しています」

まだ重さに慣れないサーベルを手に提《さ》げて列に戻る。居並ぶ者たちの視線が再び全方向から浴びせられる。室長の口から新入りにいきなりの全権委任である。訝《いぶか》しげに囁《ささや》きあう声も聞こえた。

「引き抜きって？」「知らないのか？　あの新人……元《吠舞羅》だ」「おれは直接ぶつかったことがある。《吠舞羅》の厄介なガキ二人組の片割れ、暗器使《あんきつか》いの伏見」「見たか？　今、あいつの首んとこ……」

校長の長話に文句たれる中坊と同レベルかよ、と伏見はあきれ返った。朝礼のあいだくらい黙って立ってられねえのか。おまえら仮にもちゃんと働いてるおとなだろ。

右手で左の鎖骨を無意識にさわっていて、これが注目されてたのかと気がついた。

他のクランのインスタレーションを受けても〝徴《しるし》〟は消えるものではないらしい。消えて失《な》くなるものならそれでもよかった。だが、消えていないからこそ、この醜い痕《あと》は自分にとってもあいつにとっても蟻の巣箱であり続けるんだと思うと、それはそれで一興だった。

興味があるんなら見ればいいさ。別に誰も隠しちゃいない。

襟の中に手を突っ込み、まわりでチラ見してくる連中に見せびらかすように、皮膚を掻《か》きむしった。

左の鎖骨の下に刻まれた、炎を象《かたど》った徴――それはまさに今掻いている自分の手指に沿う形をした、四本のみみず腫《ば》れで醜く焼き潰《つぶ》されていた。

Period 1 ____ 12 years old

Mission 1

モップの柄《え》が雑巾《ぞうきん》の芯をパーフェクトに捉《とら》えた。濡れた雑巾は適度な重さがあり、ライナーとなって教室の戸口を一直線に抜けていき、廊下の窓にべちゃっと張りついた。

「よっしゃあああ！　四番ピッチャー八田《やた》、打球は三遊間を抜けてレフト前――」

自ら高らかに実況して八田は手にしたモップを振りあげたが、

「ヒーッ……ト……」

教室のしらっとした空気から自分のはしゃいだ声だけが浮きあがり、笑顔のまま尻すぼみになって、すごすごとモップをおろした。冷めた顔で見ていたクラスメイトたちが目を逸《そ》らし、タンマツに目を落としたり友人との談笑に戻ったりしはじめた。

「んだよ、ノリが悪《わり》ぃなあ」

天秤《てんびん》よろしくモップを担《かつ》いで八田は鼻息を荒くし、

「八田組、守備つけよ守備。四人いれば三角ベースできっからよ」

一つの机に集まって各々のタンマツを覗《のぞ》き込んでいた男子三人を呼びつけた。三人が顔を見合わせて肩を竦《すく》めるような仕草《しぐさ》をしてから、こっちを向いた。

「三角ベースってなに？」

耳を疑う返事である。

「三角ベース知らねえだと⁉　おまえらはいったい中一までなにして育ってきたんだ⁉」

「なにして、って言われても」

「八田くんが一番育ってなくね……？」

一人が小声で言い、他の二人がぷっと噴きだす。

「なんか言ったか⁉」

怒鳴りつけると三人はすぐに笑いを引っ込めた。

「しょうがねえなあ、レクチャーしてやるから聞いとけよ。いいか、三角ベースってのは守る側がピッチャーと内野二人で、だから三角つって……」と、説明してやっているそばからちゃりらりーんと調子の狂う着信音が聞こえ、三人が同時に「あ」と、各々のタンマツに目を落とした。

いちいち水を差されて八田はたいへんに遺憾《いかん》である。「《jungle》のメルマガだ」タンマツを掲《かか》げあって楽しげなテンションで話しはじめた友人たちの席に大股《おおまた》で近づいていき、一人の手からタンマツを引ったくった。

「なんだよ、なんのメルマガだって？」

「あっ八田くん、雑巾さわった手でさわらないでよ」

「細けぇこと言うなよ、女かよ」

取り返そうとしてくる友人をモップで邪険に遠ざけながらタンマツを見ると、見たことのないアプリの画面が表示されている。

「これなんだ？」

「八田くん《jungle》知らないの？　今みんなこれやってるよ。ゲームもいろいろあるし、ギミックがよくできてんの」

「デザインもクールなんだよね」

「よくわかんねえけど、つまりゲーム？」

「ゲームだけじゃないんだって。グループメッセージとかもできて便利だし」「あっ」話がはずみはじめたところで一人が急にでかい声をあげ、人差し指を「しーっ」という形にした。残りの二人もなにかに気づいた顔になり、もごもごと続きを言いよどんだ。

首をかしげつつ八田はポケットから自分のタンマツをだした。

「ふーん？　そんならオレも入れてみっかな」

タンマツは学校で指定されているのでみんな同じ機種だが、生徒たち、特に女子は思い思いのカバーやストラップで飾っている。八田は硬派にNo Strap!である。普通の通話機能やネット機能の他、非接触型ICカード機能を搭載していて、学生証も兼ねるものだ。

「なんつったっけ、ジャングル？」

タンマツを操作しはじめたときである。

どかどかと乱暴な足音が教室の後ろの戸口から踏み込んできて、

「八田美咲《みさき》！　とその一味！」

と怒鳴りつけられた。

「フルネームで呼ぶんじゃねえっ」

ほとんど条件反射で八田は吠えて振り返った。

「全員、指導室に来い」現れたクラス担任にドスの利《き》いた声で命じられ、「あぁ？　オレたちがなにしたってんだよ？　なあ……」反抗的に言いかけたが、仲間たちの顔色を見て八田は目をぱちくりさせた。

三人とも蒼白《そうはく》な顔になって固まっていた。


生徒指導室の長机の前に四人一列に立たされた。机の上には先日行われた実力テストの答案用紙が広げられている。担任がそれを嫌味っぽく指先でとんとんと叩く音が耳に障《さわ》り、八田は苛々《いらいら》を募《つの》らせていた。

「だーかーら、カンニングなんてどーやってやるんだよって言ってんだろ。だいたい証拠あんのかよ」

「複数の問題でまったく同じ解答がある。間違え方まで同じだ。ここも。ここも」

「偶然だろ？　どーやって一緒の答えにすんだよ。オレたちの席はみんなばらばらだから直接見せあえるわけねえし、テスト中はタンマツ使えないようにされてんじゃねえか」

反論しているのは八田一人で、八田から見て左に一列に並んだ友人たちのほうを窺《うかが》うと、三人ともすっかり消沈して俯《うつむ》いている。あーあ、やったんだなこいつら……というのはもうわかっていた。バレてシラを切る度胸《どきょう》がねえなら最初からやるなよ、と八田としてはやれやれという気分である。

ところが担任の目はことさら憎々しげに八田に向けられており、

「八田、おまえがやらせたんじゃないのか」

「はあ⁉」

思いも寄らない嫌疑に声が裏返った。

「なんでそうなるんだよ？　意味わかんねっ……」

「おまえに関してはたしかにこの点数だが」

他の三人に比べたらかなり残念な点数が書き込まれている八田の答案を担任がぞんざいにはじく。自慢じゃないがカンニングして取れる点数ではない。「なのにどうして一緒に呼びだされたか、自分でわかっているんだろ？　おまえ、根性試しとかいって、先月もこの三人を誘って授業中に校外へ抜けだしたな。おおかた今回もおまえが強要したんだろう」

「そ、それは、先月のはオレが誘ったけど……」

「正直に言いなさい。定期テストではないから、今回は先生がこの場だけの話にしておいてやる。だが正直に言わなければ親御さんに来ていただくことになるぞ」

脅《おど》しめいた言い方に、横に並んだ友人たちの肩がぴくりと震えた。

ぐすん、と一人が洟《はな》をすすった。

「や、八田くんがやれって……」

「そ、そう、八田くんにやれって言われて、カンペ押しつけられたんだけど、自分だけやんなくて……」

「なっ……!?　おまえらっ……」

思わず拳《こぶし》を振りあげると三人が身を竦める。すすり泣きが三人ともから聞こえはじめる。

仕方なく八田は拳をおろした。

しょうがねえな、ったく……オレがいないとこで勝手なことするからこうなるんだって覚えとけよ。自分のケツ自分で拭《ふ》けねえなら悪さなんかするんじゃねえよ。

「……あーそうだよ。職員室に忍び込んで答え盗み見たんだよ。そんでこいつらにも教えてやったんだけど、肝心のテストの日にオレだけカンペ忘れてきちまってさ」

三人が顔をあげ、赤らんだ目を丸くした。

溜め息をついて八田は腹をくくる。センコーに謝るのは癪《しゃく》だけど、八田組のリーダーとしてすがってくる仲間を切り捨てたのでは男がすたるというものだ。

「すいませんっした！　二度としません！」

担任がのけぞるくらいの勢いで頭を下げた。


「八田くんのおかげで親に連絡されなくてほんと助かったよ」

「いいってことよ。いいか、シラ切るなら切るで堂々としてろ。認めるなら認めるで勢いで謝れ。まあ今回はしょうがねえ、済んだことだ。次からは勝手なことしねえで、なんかやりたいんだったら先にオレに相談しろよ。うまくまわしてやっからよ」

「うん。ありがとう」

まだしょげているようで三人は力なく笑った。

あれからお小言は食らったものの、定期テストじゃなかったこともあって大事にはされず釈放された。もちろん次にバレるようなことがあれば親に連絡が行くのは避けられない。どうもクラスを見ていると比較的育ちのよさそうな奴が多いから、自分の子どもがまさかカンニングするなんて親は想像もしていないだろう。

「じゃあオレ、チャリだから。また明日な」

今日の放課後はみんなを連れて鎮目町《しずめちょう》に繰りだすつもりでいたのだが、さすがに担任が目を光らせているだろうから日をあらためたほうがよさそうである。

正門からスクールバスで帰る友人たちと別れ、八田は一人で通用門へと足を向けた。そっちに自転車を停めているからなのだが、自転車置き場があるわけではない。危険だからということで自転車通学は禁止されているのだ。

「ったく、これだから坊ちゃん中学はよ……」

この日向《ひむか》中学校に入学して一ヶ月が過ぎたところだが、正直ノリのあわなさを感じていた。自転車通学禁止もそうだし、学校帰りの買い食いも禁止だし、なにかっていうと窮屈《きゅうくつ》な校則が多い。臙脂《えんじ》色のブレザーにループタイっていうなんだか気取ったデザインの制服もむず痒《がゆ》くて、八田は袖《そで》をまくって着崩している。

小学校でつるんでいた友人はこの中学には一人もいなかった。親の仕事の都合で春休み中に引っ越したところなのだ。前の学校が懐《なつ》かしくはあったが、悪いことばかりではないと八田は前向きに考えていた。前の学校のさらに前、もっと幼い頃に住んでいた町の近くに戻ってこられたのだ。鎮目町は八田にとっては思い出の多い町だ。

通用門の脇《わき》の藪《やぶ》の中から自転車を引っ張りだした。母親のお下がりのぼろいママチャリなのであんまり友人に見られたくないシロモノである。バイトしてかっちょいいクロスバイクでも買いたいなあと思うが当然中学生のバイトは禁止だし、お年玉はとっくに使い切ったし、小遣《こづか》いの増額は頼みたくないし……。

「腐るほど金持ってるダチでもできねーかなあ」

などと益体《やくたい》もないことを呟きつつ、ぺたんこに潰したスクールバッグを籠《かご》に放り込み、サドルに積もった葉っぱを軽く払って「よっ」と身軽にまたがった。

日向中学は街中にある学校だから正門は交通量の多い大通りに面しているが、通用門は学校の裏手にある神社に面している。鎮目町を含むこの地域は、なんでか知らないがお稲荷《いなり》さんや寺社がやたらと多い。街中に突然何を祀《まつ》ってるのかわからない鳥居が現れ、鬱蒼《うっそう》とした林が奥へと続いていたりする。

学校の敷地を囲ってそびえる塀と、神社の林に挟まれた静かな道だ。人間の世界とカミサマの世界の境界線っていうか、緑の匂《にお》いがするどこか不思議な空気に包まれている。バス通の生徒は学校の裏にこんな道があることも知らないかもしれない。

「おっ、これのことかな」

検索したら目的のアプリはすぐに見つかった。インストールが終わると《ｊｕｎｇｌｅ／β《ベータ》》というアイコンが画面に新しく増えていた。ジャングルの名称どおりの、ぐねぐねと絡《から》まりあった木々をイメージさせるアイコンだ。ほうほう、ダサくないアイコンでいいんじゃねえか？　デザインがクールなとこもいいってあいつらが言ってたしな。

そういえば結局あいつら、どうやってカンニングしたんだろう？　メールで答えを教えあったと考えるのが一番妥当だが、生徒のタンマツは学校に管理されていて、授業中は緊急連絡以外の操作ができないようロックがかかる仕組みになっている。担任の追及は切り抜けたものの、根本的な疑問は解消しないままだ。

「ま、いっか、明日訊けば。えーと？　最初にユーザー登録？……」

片手運転で若干《じゃっかん》ふらふらしつつ新しいアプリをさっそく操作していると、不穏《ふおん》な会話が耳に入ってきた。

「こいつ万札持ってるぞ。一年のくせに」

「家が金持ちって噂《うわさ》本当なんだな」

「な、困ったときはお互い様だよな？　今月課金が小遣い超えちゃってさ」

八田はタンマツから目をあげた。この手の会話には耳が敏感なのだ。つるしあげ、たかり、イジメ……。

塀に沿って前方を見ると、日向中の制服を着た四人の男子の姿があった。三人が半円を作って残りの一人を塀に押しつけている。

「ん？　あいつ……」

囲まれているほうの生徒の顔に八田は目を凝らした。手で顔を押さえて俯いているのでよく見えなかったが、色の白い顔にかけた黒縁《くろぶち》の眼鏡《めがね》を認めた瞬間、ためらいなく声をあげていた。

「おい、なにしてやがる⁉」

三人組が振り返った。そのうちの一人が今まさに財布から札を抜き取ろうとしていた。一瞬逃げ腰になった三人だが、ぼろいママチャリの横で仁王立《におうだ》ちしている八田の姿を認めると余裕の顔になった。

「なんだよチビ、何年だ？」

「チビって言うなっ」

「こいつ一年の八田だ。八田美咲。やたら吠えてるから目立ってるチビ」

「百歩譲《ゆず》ってチビは許すがフルネームで呼ぶなっ」

三年の、たぶんなにかの運動部だろう。三人とも八田よりかなりガタイがいい。外見だけならカツアゲをするようなワルには見えなかった。八田のように校則に反発して制服を着崩していたり、髪を長めにしていたりもしない。真面目《まじめ》に部活をやってる生徒として、教師に目をつけられたりもしてないんだろう。こういう普通の奴らが陰でこういうことしてんのか、この中学では……と胸糞《むなくそ》の悪さを覚えた。

「財布返してやれよ」

すこしでも大柄に見せようと八田は肩を怒らせて近づいていき、奥にいる眼鏡のほうに顎《あご》をしゃくって言った。身長差があるので三人を見あげる恰好《かっこう》になるのが悔《くや》しい。

「財布？　財布でいいなら返すけど」

三人が顔を見合わせて笑い、眼鏡に向かって空っぽの財布を投げた。八田が持ってるようなマジックテープのじゃなくて、財布本体だけでもそこそこ高そうな、革製のちゃんとしたやつだ。

「財布だけじゃねえだろ！　そいつに金を返してやれっつう――」

ぼたっ、と財布が地面に落ちたので、怒鳴りかけた八田はちょっと驚いて言葉を切った。

「やるよ」

肩口にあたって落ちた財布に見向きもしないで、眼鏡が言った。薄暗いぼそっとした声だった。

「なんだって？　聞こえねえよ」

三年たちが威圧的に訊き返すと、

「やるよ、金も財布も。おまえらがさわったもんなんか二度とさわりたくない」

などと言い捨て、汚物でもついたみたいな仕草で肩を払った。おまけに足もとの財布を自ら三年たちのほうに蹴《け》りやって、曰《いわ》く、

「持ってけよ。まだ小銭入ってるから、這いつくばって漁《あさ》れよ、ほら」

助けに入った八田までさすがに呆気《あっけ》にとられる態度である。三年たちの顔が怒りで赤黒く染まった。眼鏡は落ちていたスクールバッグを拾いあげ、三年たちの顔を一瞥《いちべつ》すらせず塀沿いを歩きだした。

「おっ……て、てめえ待てよ！　バカにしてんのか！」

はっとしたように三年たちが声を荒らげ、眼鏡の髪を後ろから摑んだときである。

「さわんじゃねえっ!!」

耳をキンと突き抜けるほどの声で眼鏡が叫び、髪を摑んできた三年に思い切りのいい頭突きを食らわせた。聞くだけで痛そうな激突音が響き、そいつが顔面を押さえてのけぞった。「こいつ、いきなりなにすんだ！」残りの二人が激怒して眼鏡に摑みかかる。

「伏見！」

とっさに叫んで八田は手近な一人に飛びついた。背中に負ぶさって足を絡ませ、目隠しするように両手で頭に組みつくとそいつが「このチビ、放せ！」と頭を振る。横から別の奴が手を伸ばしてくるのを察し、組みついていた奴の背中を蹴ってすかさず離れる。我ながら華麗なバック宙を決めて地面に飛び降り、

「へへん、捕まるかよ」

鼻で笑ったが、そのあいだに眼鏡が腕を取られて捕まっていた。

体格で勝《まさ》る運動部三年相手に三対一ではやはり分が悪い。舌打ちをして八田は片手で手早くタンマツを操作した。まだバスはでてない時間のはずだから——。

「八田組、集合……」

見慣れない通知が画面にでているのに気づいた。

一瞬見ただけで【八田くん】という字が目に入った。【ウザくない？】

……？　なんだこれ……？

眉をひそめて思わず二度見したとき、目の前に影が落ちた。

「よそ見してんなよっ」

横っ面に拳を食らって吹っ飛ばされた。


「言っとくけど、先に手をだしたのおまえらだからな。こっちは正当防衛だから先生に言っても無駄だぞ」

「二度と楯《たて》つくなよ、バカ一年」

地面に倒れた二人に三年たちが嘲笑を浴びせ、金と財布をちゃっかり拾っていった。伏見に頭突きを食らった奴は鼻にティッシュを詰め込みつつ、腹いせとばかりもう一発伏見の肩を蹴って唾《つば》を吐いていった。

「くっそ、なにが正当防衛だっ」

悔し紛《まぎ》れに八田は拳で地面を叩いた。歯軋《はぎし》りをすると口の中にこしらえた傷が余計に痛んだ。

伏見に目を向けると、唾をかけられた眼鏡を外して路肩の土に擦りつけていた。血色が悪いくらい白い顔にこしらえた赤い痣《あざ》が痛々しい。

「大丈夫か？　伏見」

砂汚れで余計に曇ったんじゃないかと思う眼鏡をかけなおして、伏見がじろっと睨《にら》む目を向けてきた。

「ん？　フシミサルヒコだろ？　読み方違ったか？」

「……なんで知ってんだよ」

細い肩から怒気のオーラが立ちのぼったように見えた。なんで名前呼んだだけでこんなリアクションされるのかと八田は怯《ひる》まされつつ、

「なんでって、同じクラスだろ？　オレは八田。おまえと同じ列じゃん」

入学式から一ヶ月以上たっているのに、顔も覚えてもらっていなかったようだ。二学期に席替えをするという話だが一学期中は教室の席順は出席番号順になっている。ヤ行の八田の席は一番廊下寄りの列の、前から数えると五番目。ハ行の伏見は同じ列の前から二番目だ。

「おまえ、ああいう連中に絡まれるの初めてじゃなさそうだったな。いつも金取られたりしてんのかよ。親は知らねえのか？　知られたら怒られんだろ、けっこうな額だったみたいだし。今度こういうことがあったらオレに言えよ。助けてやる。まあ今日は負けたけど、仲間もいるからさ――」

はん、と伏見が鼻で笑った。

「感謝されたいんだったら他あたれよ」

予想外の言われように八田が言葉を失っているうちに、伏見は制服と鞄《かばん》の汚れを簡単に払って帰る方向へ歩きだした。三年に取られた財布には触れもしなかったわりに砂汚れにはさほど頓《とん》着《ちゃく》していなそうな払い方で、なにが違うのか八田にはよくわからない。

だいたいのクラスメイトと一度くらいは言葉を交わした時期だが、そういえば伏見と話すのは初めてだ。こんなつっけんどんな喋《しゃべ》り方をする奴だったなんて知らなかった。一音一音に舌の上で棘《とげ》を刺してから声にだしてるみたいな、そんな印象なのである。

外見だけならおとなしめの、いわゆる優等生タイプだ。ひ弱そうなひょろっとした体格で、身長も特別高くない。クラスの男子で背の順に並んだら真ん中より前になる（まあ八田は一番前なのだが）。野暮《やぼ》ったい黒縁の眼鏡をかけていて、髪型も八田に言わせればダサくて、全体的に垢《あか》抜《ぬ》けない。そういう外見だからカツアゲのターゲットにされたんだろうし。

外見の印象と、さっきの連中に向かって声を裏返らせたときの人格がどうもぜんぜん一致しない。

「ちょっ……、ちょっと待てよっ」

八田が数メートル駆け戻って自転車を起こしているうちに、伏見は置いていく気満々で歩いていってしまう。八田は立ち漕《こ》ぎで伏見に追いついて隣を徐行運転しはじめた。

「なあ、泣き寝入りするなんてムカつかねえのかよ？　やり返そうぜ？　オレの仲間も呼ぶからよ」

「誰が泣き寝入りするって」

伏見が横目で睨んできた。

「報復はするさ。倍にして叩き潰す」

タンマツをだし、八田にではなく画面に向かって話しかけるように呟く。表示されているのは

八田もインストールしたばかりのアプリだった。やっと共通しそうな話題が見つかって八田はテンションをあげ、

「あっそれ、伏見もやってたのか。オレもこれさっき入れてさ……」

片手運転でバランスを取りながら自分のタンマツをだしたところで、画面に目を吸い寄せられた。

さっきも一瞬目にした、見慣れない通知がさらに増えていた。

吹きだし型の、メッセージのやりとりと思《おぼ》しきものだ。手のひらサイズの画面をほとんど埋め尽くすほどに吹きだしが連なっている。

【八田くんウザくない？　あのウザ熱さはどこからわいてくるんだろう】

【チビのくせになんで威張ってんの、彼は？】

【チビだけど声でかいよねいちいち】

【バカは声でかいっていうから】

【たいして悪いことしてるわけじゃないのにオレはワルだぜって風吹かしてるのがね、バカ丸出しだよね】

【どうする？　グループメッセージのこと教えちゃったけど、八田くん入ってきたらウザくない？】

【別のグループ作って教えればいいんじゃない？　大事な話はこっちでしてさ、あっちは放置】

【でも適当に相手して機嫌とっといたほうがよくない？　またこういうことあったら使えるし】

【それヒドくね？　美咲ちゃんかわいそうじゃん（笑）】

【美咲ちゃん（笑）】

なんなんだよ……これ……？

【美咲ちゃん（笑）】

よそ見運転していたのでタイヤが縁石に乗りあげ、自転車ごと横倒しになった。

「ってぇ……！」

膝をしたたか打ちつけ、三年に殴《なぐ》られた痛みを忘れるほどの痛みが沁《し》みた。歯を食いしばったが目尻に涙が滲んできた。

薄目をあけてタンマツを探すと、地面を跳《は》ねていったタンマツを伏見が拾いあげ、何気ない感じで画面を見ていた。「あっ」慌てて跳ね起きて伏見の手からタンマツを引ったくった。「わ、悪《わり》ぃ悪ぃ、コケちまった。わはは、だせーなオレ。で、話は戻るけど報復って……」

頭のてっぺんからすっぽ抜けたような、変にハイな声がでた。

なんでオレ、笑ってごまかしちまったんだろ……？　笑うようなとこじゃないのに……。

「ああ、それあんたの悪口か」

どうでもよさそうに言っただけで伏見は顔を背《そむ》けた。いくらなんでも思いやりに欠ける言いようが釈然《しゃくぜん》としなくて、「そ、それだけかよ？　他にもっとこう、言うことないのか？」と八田はつい嚙《か》みついた。

「他？」

と伏見は小首をかしげ、本当によくわかってないような、素朴な顔をして曰く。

「せせら笑えばいいのか？　それとも同情して欲しいわけ？　あんたのことになにも興味ないんだけど」

取りつく島もない言いように八田はなにも言い返せなかった。

†

八田がとった行動は一つだった。それしか思いつかなかった。

「おい、これなんだよ」

翌日、八田組の三人にタンマツの画面を突きつけて問いただした。画面を見て三人はぎょっとしてから、「えっなにそれ？　なんかひどいね？」と白々しく訊き返してきた。

「しらばっくれんじゃねえよ！　オレがなにも知らねえと思ってんのか？　これ、《.ｊｕｎｇｌｅ》のグループメッセージってやつだろ」

インストールしたアプリを昨夜《ゆうべ》いろいろ試してなんとなく使い方を把握《はあく》した。ただし問題のメッセージのやりとりが届いた時点では八田はアプリをインストールしたばかりで、ユーザー登録もまだだった。もちろん友人たちが作ったグループにも入っていなかった。とはいえとにかく、八田のタンマツにこのやりとりが届いたのだ。

「オレに言いたいことあるんだったら、こそこそこんなところで話してねえではっきり言えばいいだろ」

「……言ったら怒るじゃん」

「聞こえねーよ！　はっきり言えっつったろ！」

ぼそっと反論してきたので間髪《かんはつ》をいれず怒鳴ってしまい、友人たちが首を竦めた。

「あ……」

怒鳴らないで落ち着いて話を聞こうって、昨日の夜から考えてきたのに、結局つい怒鳴ってしまった。

朝のホームルーム直前、クラスメイトが続々と登校してくる時間だ。みんな「おはよー」と明るく言いながら教室に入ってくるなり窓際の一角に漂う空気に息を呑《の》み、なにごとかと窺いながらそうっと自分の机に鞄を置く。伏見の席にはまだ誰も登校してきていなかった。

一歩下がって八田は深呼吸をし、

「怒らねえからよ……。オレになんか不満があるんだったら、直接言えよ。聞いてやるから」

窓辺で身を寄せあっていた三人が顔を見合わせ、思わず、というように、揃ってぷっと噴きだした。

「聞いてやるって……八田くんが教えてくださいって言うところじゃないの？」

「あぁ!?　もいっぺん言ってみろ！」

結局また怒鳴って、言った友人の胸ぐらを摑んで拳を振りあげた。友人が「ひぃぃ」と情けない悲鳴を漏《も》らし、他の二人も逃げ腰になった。周囲で見守るクラスメイトからも小さな悲鳴があがった。

友人が必死な感じで頭を庇《かば》って顔を背ける。八田のほうが上背はないが、腰を抜かしかけた友人の胸ぐらを八田がつりあげている恰好だ。喧嘩《けんか》もできねえくせに……と八田は侮蔑《ぶべつ》の目で友人を見おろした。メッセージの中では「(笑)」なんてつけて人をバカにしてたくせに、殴られそうになったら半泣きかよ。

「か、カンニングのことだってさ、自分がやらせたなんて嘘《うそ》に乗っちゃってさ、つまり八田くんのほうがハブにされたくないんでしょ？」

「オレはおまえらを庇ったんだろ！」

「庇いたかったんでしょ？　感謝されたかったんでしょ？」

「なっ……!?」

昨日伏見に言われた台詞《せりふ》が、脳裏《のうり》で重なった。

〝感謝されたいんだったら他あたれよ〟

考えてもいなかった、そんなふうに思われてたなんて。

感謝されたかったわけじゃない。仲間を見捨てて自分一人が知らんぷりを決め込むなんて、八田にとってはあり得ないことだったからだ。一緒にペナルティを受けてこその仲間だからだ。オレが八田組のトップで、こいつらはオレが守るべき仲間だから……。

「か、勝手にリーダー気取るの、やめてよ。迷惑してるってわかんないの？　誰も仲間にしてくれなんて言ってないし、八田組とかカッコ悪いし、お、おれたち他のことして遊びたいのに、いつも無理矢理変な遊びにつきあわされて」

うわずったかぼそい声で友人がまくし立てる。目に涙を溜め、恐怖に顔を引きつらせながら、精いっぱいという感じで……こういう顔は、よく知ってる。いじめっ子にやっとの思いで抵抗を示すいじめられっ子の顔だ。小学校でもよくあった光景だった。八田はいつもいじめっ子をぶっとばす側だった。八田はたしかにワルぶってはいたが、弱い者いじめは八田が憎み、蔑《さげす》むものだったから。

それがいつ、自分があっち側になっていたのかと――知らないうちに自分を取り巻く世界が逆さまになっていたような感覚に、ぐらっと目眩《めまい》がした。

†

クラスメイトの視線が注がれる中、傷ついてなんていないって顔を繕《つくろ》ってのしのし歩いて教室をでた。途端、身体から急に力が抜けた。ホームルームがはじまってしまうが教室に戻る気にはなれなかった。どこ行こう……とはいえ一人で行くところも思い浮かばず、足が向いた場所といえば男子便所だった。

個室の鍵《かぎ》をかけて洋式便器に座った。背面のタンクに背中をつけ、天井を見あげてしばらくぼーっとしていた。

よりにもよって便所かよと、涙がでてきそうだった。鼻の奥にこみあげてきたつんとしたものを飲み込んだ。

生徒はもう教室に入っている時間なので便所は静かだった。どこかでちょろちょろと水が流れる音がする。ちょっと臭うがしばらくいたら鼻が慣れてきた。慣れるのもどうかと思うけど。

便所ってのは妙に考え事に向いてる場所だ。目の前の壁の他に見るものがないからなのか、クソする以外にすることがないからなのか、だいたいいつも切れかけている蛍光灯が醸《かも》しだす不景気感のせいなのか。

自分が陰でどんなことを言われてるか知りもしないで、仲間を引っ張ってやってるつもりになって、慕《した》われてる気ででかい顔してイキがって……オレ、すげー恥ずかしくね？　穴があったら入りたくなる。まさしくちょうどいい穴があったので、股のあいだから顔を突っ込んでみた。くっせ！　百倍惨《みじ》めになっただけだった。頭をあげ、タンクの縁にだらりと後頭部を乗せた。

なにも知らないままだったらよかったのかな、とも、すこし思う。あのメッセージのやりとりを目にしなかったら。そうしたら明日以降もオレはあいつらの中心でいられたのかな……。

「ん……？」

天井に光が映っているのにふと気づいた。蛍光灯の白とは違う、青みがかった薄い光が、ちらちらと形を変えながらまたたいている。

隣……？　いつから入ってたんだ……？　個室を仕切る壁の上部には三十センチあまりの隙間がある。隣の個室からの光が天井に映っているようだ。物音は聞こえないが、なにやってんだ？

便所はクソしに来るところだぞと、自分のことを棚にあげて疑問が浮かんだ。

音を立てないようにしつつ上靴のままで便器に上る。仕切り壁の上端に手をかけ、つま先立ちでそっと隣の個室を覗いてみた。男子便所なんだから別にいいよなと迷いはしなかった。まあケツ丸出しにしてるところだったら申し訳なかったかもしれないが、ちゃんとズボンを穿《は》いた恰好で便器の蓋《ふた》に座っている人物の、猫背気味の薄っぺらい背中と細い肩が見おろせた。

「伏見？　なにしてんだ？」

頭で考える前に口をついてでていた。

細い肩が大げさなくらいびくっと跳ねた。耳につけていたイヤフォンの片っぽを引っ張ってこっちを振り仰《あお》いだのは、そう、伏見だった。青いプレート状の物体が二枚、伏見の膝の上に見えたが、ふっと消えた。

「なんっ……」

伏見が目を丸くし、便器の蓋からずり落ちかけた。便所の個室に入ってるときに突然頭の上から呼ばれたらそりゃ驚くかと、そのリアクションで気づいた八田である。でもこいつってこういう普通のリアクションするのかとちょっと意外だった。

「悪ぃ悪ぃ、驚かせて。光が見えたからなにかと思ってさ。クソしてるとこだったわけじゃねえんだからいいだろ？　おまえ授業でないのかよ？」

斜めになった眼鏡を押しあげたときには伏見は表情をもとに戻しており、

「どっか行けよ」

と吐き捨てて尻を据《す》えなおした。膝の上のタンマツの画面を指で軽くなぞると、さっきも見えた二枚のプレート状のものが再び現れた。開いたノートパソコンとよく似た角度で並んだそれは、青みがかった半透明の光でできたキーボードとディスプレイだった。

「なんだそれ？　かっけーじゃねえか」八田は目を輝かせた。「タンマツにそんなもんついてたか？」

「自作だよ」

「自作!?」

八田が想像したのはニッパーや木工ボンドを手にしてプラモ作りよろしくタンマツを組み立てている伏見だがたぶんこれは違う。ちなみに八田はプラモを完成図どおりに作りあげたためしがない。説明書を読まずに適当に作ってしまうので、できあがったらなんだか違うものになっているのだ。

「なあ、オレのタンマツにもそれつけられんのか？」

興味を抑えられず、八田は今や仕切り壁の上部に腹を乗せて上半身を伏見側の個室に突っ込んでいる。「おっとっと」と落ちそうになり、完全に浮いている足をばたつかせてバランスを取りながら、伏見の視線の先に浮かんでいる光のディスプレイを覗き込む。

「あれ？　でも授業中だよな？　なんでタンマツいじれてるんだ？　オレのは……」

自分のタンマツをだして見ると、やはりロックされていて操作を受けつけない。災害が起こるとか保護者からの緊急連絡が入るとかの事態がない限りは授業が終わるまでこの状態なのだ。

「ほら、オレのは操作できねえのに、なんでおまえの……」

「どっか行けよッ!!」

振り向きざま伏見が怒鳴った。さらに話しかけようとしていた八田は笑い顔のまま目を丸くした。

憎しみすらこもった伏見の視線が、胸の傷にずきんと刺さった。

「わ……わりぃ……」

すごすごと頭を引っ込め、便器から滑りおりた。

伏見の個室がある側の壁を向いて便器に横向きに座り、仕切り壁の隙間を見あげてしばらくおとなしくしていたが、

「あ、あのさ……。うるさくしねえから、話してもいいか？　伏見、いつも一人でサボってんのか？」

やっぱり長くは黙っていられなくて、神妙な声をかけてみた。

後ろの席なのでよくわかるのだが、伏見は授業にいないことがちょこちょこあった。虚弱《きょじゃく》っぽい奴だから病欠なのかもしれないが、各教科の担任が「伏見はどうした」と毎回クラスを見まわして訊くからやっぱり無断欠席なんだろう。優等生風の外見のわりに一人でサボるなんて、度胸ある奴なんだな、と今は思う。

「オレ、実はさ、一人でサボったの初めてなんだよな」

後ろ頭を掻きながら告白した。中学に入って一ヶ月あまり、授業をサボったことは何度かあるが、毎回八田組の仲間を誘ってのことだった。

隣からの反応はないが、聞いて欲しくて続ける。

「八田組っての、オレがクラスで作ってた組なんだけど……オレさ、仲間に嫌われてたみたい、

なんだよな。オレがあいつらのためにって思ってしてたこと、迷惑だったみたいで……。でもさ、あいつらも嫌なら嫌って言えばよかったと思わねえ？　卑怯《ひきょう》だよな、今になってほんとはオレとなんかつるみたくなかったって言われてもさあ」

口を尖《とが》らせてつい愚痴っぽくなる。

「言ってもあんた、人の話聞いてないじゃん」

ようやく隣から返事があったと思ったら正論で突き放されて「う……ぐ……、そ、そうかも、だけど……」漬物石《つけものいし》をずっしりと載せられたみたいに頭が低くなった。

便器の縁に踵《かかと》を引っかけ、膝を抱えて体育座りをする。「同じなのかなあ、オレが今こうやって伏見に愚痴ってんのも」膝頭に顎をくっつけて話すと伏見っぽいぼそぼそした喋り方になるなと発見した。「あいつらがタンマツ使ってオレの陰口言いあってたのとさ、同じってことになんのかな」

「……あんたさ、一人じゃ不貞腐《ふてくさ》れることもできないの？」

冷たい声が壁をつたって降ってくる。まったくもって反論のしようがなく「うぅ」と打ちのめされる。でも、相手してくれるんだよな……三回に一回くらいだけど。三回に一回も返事してくれるだけありがたい。

膝頭から顎を浮かせて天井を見あげた。仕切り壁の上の天井にさっきのように青い光が映っている。光の正体を知ってから見ると、ぱたぱたと表示が変わるタンマツの画面を映していることがたしかにわかる。まるで天井に放たれた青い小鳥が一人遊びしているみたいだった。

なんで伏見に向かって愚痴りはじめたんだろう。つるんでる奴がいない伏見が相手なら、愚痴を話しても広まらないと思ったから……だったとしたら、オレだってかなり卑怯なんじゃないか、とまた落ち込んでくる。

「釣れた」

隣からふとそんな声が聞こえた。

わざわざ授業サボって釣りゲームでもやってたのかと八田が訝っていると、

「見たければ見に来ていいよ」

と呼んでもらえた。

「そっち行ってもいいのか？」

「まともな方法で入ってくるんなら」

隣の個室の鍵があく音がした。あらためて呼んでもらえるとそれはそれで男二人で個室に入るってのもどうなんだという気がしてくるが、どっちにしても八田はもう伏見がやっていることに興味を抑えられなくなっている。個室からでて、言われたとおり今度はちゃんとドアから隣にまわった。

便器に腰かけている伏見の膝の上に、さっきと同様にキーボードとディスプレイの形をしたプレート状の光が浮かんでいる。八田は伏見の正面にうんこ座りしてディスプレイを見あげた。半透明のディスプレイは、左右反転しているが八田の側からでもなにが映っているのか見ることができた。

《ｊｕｎｇｌｅ》の画面であることはすぐわかった。森の中の広場っぽい空間を数体の３Ｄのキャラクターが気ままに歩いている。仮想空間内でのユーザーの分身となる、アバターというキャラクターだ。初期状態では簡素な恰好しかしていないが、顔形や服装や持ち物を自分好みにカスタマイズすることができる。昨夜使ってみて八田もアバターをもうちょっとかっこよくしたくなったのだが、目を惹《ひ》かれる着せ替えアイテムは有料で買わなきゃいけないっていうシステムである。

「伏見のアバターって……これか？」

中央にいるのが伏見のアバターだと思われたが、見た感じ初期状態からなにもいじってなさそうだ。仮想空間内のアバターと、半透明のディスプレイ越しに見える伏見の顔を八田は見比べた。青いフィルターを通して見る伏見の顔色は普通に増して血の気が感じられず、アバター以上に人形じみていた。

「眼鏡くらいかけさせれば？」

思いつきで口にしたらガン無視された。

まわりを行き交う様々に着飾ったアバターたちに埋没《まいぼつ》してしまうほど無個性なアバターは、しかし目印のように一つだけアイテムを手にしていた。——斧《おの》だ。

と、なにかが衝突してきたようなエフェクトとともに画面が揺れ、背景が変わった。

なにかのゲームがはじまったようだ。釣りゲーム……ではなさそうである。トレーディングカードゲーム？　それともパズルゲーム？　いや、シミュレーションゲーム？　いくつもの要素がぎゅうぎゅう詰めになったような、パラメータがやたらいっぱいあって複雑そうなゲーム画面だ。

「《·jungle》で今流行《はや》ってる、jcube《ジェイキューブ》っていうゲーム。今釣りあげた対戦相手が昨日の三年の一人」

3Dのカードと立方体のブロックが画面の中を泳ぐように交錯《こうさく》していたが、やがて伏見側と対戦相手側に分かれて陣形のようなものを組んだ。各人のカードは五枚、ブロックも五個だ。

「あっこれ、オレも見たことあるぜ」

カードの絵柄は初めて見るが（おっ、かなりかっこいい）、立方体のブロックには八田にも見覚えがあった。実物を手にしたことはないが、有名なパズルだ。

一面が三列×三列の色とりどりのタイルでできている六面体で、横または縦に一列ずつタイルを回転させて、同じ色のタイルを一つの面に集めるというやつだ。六面全部の色を揃えたら完成だけど、一面揃えるだけでもそこそこ難しいはずだ。

「あんたにわかるように簡単に説明すると、キューブの色を揃えることで攻撃力や守備力を溜めて、それをカードのパラメータに変換して、カード同士がバトルする。色によって属性があって、たとえば赤が〝炎〟、緑が〝雷〟、白が〝回復〟。五個のキューブの揃え方によってコンボがだせる。五個全部のキューブの赤の面を揃えたら〝炎〟の5コンボになるとか。で、戦略シミュレーションの要素もあるから、自分の陣地と獲《と》った陣地に戦力を配分して補給線確保して反乱が起きないように政治を……」

「あ、それ以上はわかる気がしねえからいいや」

説明の途中で八田は匙《さじ》を投げた。八田もゲームは好き、どころか〝相当に〟好きである。一番得意なのがゲーセンで直《じか》に身体を使ってやるリズムゲームやレーシングゲームで、格闘ゲームやシューティングゲームもそれなりに得意だ。とにかく見境《みさかい》なくやるほうではあるが、法則を覚えなきゃいけないやつや、頭を使って先の先まで予測しなきゃいけないようなのは苦手である。シュピーンッと！　ダギュワワーッと！　なんとなくの感覚とか反射神経でやるのがゲームの醍醐《だいご》味《み》だと思っているからして戦略シミュレーションってやつとは一生相容《あいい》れる気がしない。

バカにしたように八田を一瞥して伏見はシミュレーション部分の説明を飛ばした。

「消耗したカードの体力は時間をおけば徐々に回復するんだけど、有料アイテムを使えばその場で回復してゲームを続けられる。カードを強化できるアイテムも有料で買える仕組みになってる。そこがこれのいやらしいとこなんだけど……あの連中、相当ぶっ込んでる。何十万って単位」

「何十万ー!?」

そりゃあ小遣い足りなくなって躍起《やっき》になってカツアゲもするはずだ。

「あれ？　でもほら、三年だって授業中じゃねえか？」

さっきも疑問に思ったが、伏見にしろ三年にしろ、何故《なぜ》ロックがかかっているはずの授業時間中にゲームで遊べるのだろう。

「もちろん普通はできない。ただ《.ｊｕｎｇｌｅ》をインストールすると抜け道ができる。このタンマツを作ってるメーカーのセキュリティは強固だけど、《.ｊｕｎｇｌｅ》はそのセキュリティをかいくぐってシステムに侵入し、スパイウェアを植えつける」

「お……おう、そうか」

もっともらしく八田は相づちを打ったがもちろんなにもわかってない。

「五分前か」

と、伏見がディスプレイの端に表示されているデジタル時計にちらりと目をやった。気づくとずいぶん時間がたっていた。一時間目の終了五分前だ。休み時間になれば便所に人が入ってくるだろう。

「五分あれば、十分だ」

眼鏡の奥で伏見が目を細めた。

画面を「Fight!」という文字が横切り、バトルがはじまった。

途端、光でできたキーボードの上を伏見の指がすごい速さで走りはじめた。画面の中でキューブがくるくる回転し、ばらばらだったタイルの色が揃っていく。なにが起こっているのか八田の目では追えなかったほどの速さでまず一つ目のキューブの六面が揃った。カードに巨大なエネルギーが充塡《じゅうてん》され、相手のカードを攻撃する。相手のカードの体力ががっつんがっつんと、見ているほうは爽快なくらいに削り取られる。カードの悲鳴が聞こえるかのように画面が揺れる。

そうか……あれ、罠《わな》だったんだ。

ほぼ初期状態のままの、あんな適当なアバターを操作してる奴がこんなに強いなんて、対戦を申し込んだ相手は想像もしていないだろう。《ｊｕｎｇｌｅ》をはじめたばっかりのユーザーだと踏んで舐《な》めてかかってきたはずだ。

伏見のキューブが鮮やかに回転したと思ったらあっという間に六面の色が揃っていくのに比べたら、相手のキューブの扱い方はもたついている。一面、よくて二面を揃えてはちょっとずつエネルギーに変えていくだけだ。

しかも驚くべきことに、伏見はキューブを一つずつ操作しているわけではないのだ。どうやってやってるのか知らないが画面上の複数のキューブを同時に回転させているのである。さっき言っていたコンボっていうのが立て続けに炸裂《さくれつ》する。とにかく手つきが鮮やかで、わずかな思考時間もないように見える。キーボードの上を踊るように滑る細い指が、まるで画面の中のキューブを実際に摑んで弄《もてあそ》んでいるかのようで、

「すっげぇ……」

つい見惚《みと》れて八田は呟いた。

相手はどうにか戦況を立てなおそうとして、有料だというアイテムをどんどん使い込んでいた。おそらく時間と課金をかけて育ててきたカードなんだろう、失うのはつらいものだ。八田もトレーディングカードを集めたことがあるのでその気持ちはわかる。しかし焦れば焦るほどキューブは揃わなくなる。画面の向こうにいる敵の恐慌が手に取るように伝わってきた。

ディスプレイの向こうで伏見の口角がつりあがった。むすっとした仏頂面《ぶっちょうづら》がデフォルトの伏見の顔に、暗い熱を帯びたような笑みが浮かんだ。

これが、〝倍にして叩き潰す〟やり方――タンマツの中で大事に育てたカードを切り刻み、有料オプションという方法で金をどぶに捨てさせる作戦。拳でやり返すか、奪われた金を同じく現

金で取り返すことしか八田は考えてもいなかった。伏見の発想にいささか寒気《さむけ》すら感じた。

怖《こえ》ぇ……こいつ……。けど……すげぇ……！

いつしか八田はディスプレイ上で繰り広げられるバトルではなく、その向こうに透《す》けて見える伏見の顔のほうに焦点《しょうてん》をあわせていた。ディスプレイの中で踊るキューブのモザイクタイル柄で白い顔がいびつに分断されている。その顔は、炎に焼かれる罪人を愉悦《ゆえつ》の表情で見物する、煉《れん》獄《ごく》の番人じみていた。

†

カツアゲの仲間はあと二人いた。初心者ユーザーに偽装して待ち伏せし、気軽に挑戦してきた愚か者を叩き潰す凶悪なユーザーの存在は、おそらく一人目の犠牲者から聞いて警戒しているだろうから、伏見（あのアバターの持ち主が伏見だとは、連中はよもや知らないだろうけど）を避ける可能性があった。

伏見は二、三日ずつ周到に日をあけて、残る二人が油断するのを待ってから巧妙に対戦を仕向け、カードというバーチャルな財産と、課金としてのしかかってくるリアルな財産の両方を搾《しぼ》り取った。

三人全員が丸裸にされるまで一週間——正味のゲーム時間だけなら十分やそこらで、三人は何万っていう課金を背負うはめになったわけだ。今頃さぞ蒼《あお》ざめていることだろう。

一週間後の帰り道。

「なあ伏見伏見、オレ噂で聞いたんだけど、課金の支払いが滞《とどこお》ったら《.jungle》から気味の悪ぃ覆面した取り立て屋が来て、金にできる身体の組織とかを持ってくんだって。血ぃ抜かれたり皮《は》剝がれたり！」

ぞっとしない顔をしつつも怖いもの見たさの期待を滲ませて、八田は伏見に訊いた。

「都市伝説だよ」

素っ気ない返事に「えー。ほんとじゃねえのか」とちょっとがっかりする。伏見のこのつっけんどんなリアクションにも慣れてきた。どうやら八田が振る話題がマズいわけじゃなく、単にこれがノーマルの状態のようだとわかってきたので。

「あいつらのカードぶんどったおかげで、おまえのデッキ超強くなっちまっただろ？　それにおまえのキューブの腕があれば、もう敵なんていないよな」

「そうだな。《.jungle》でやりたいこともう別にないし、つまんなくなったな」

生意気な口を叩く伏見もそれなりに自尊心を満足させたみたいで、伏見なりに機嫌は悪くなさそうである。

「カード、欲しければ全部譲ってやるよ。おれはもうやめるから」

「えっ……い、いらねえよ」

一瞬迷ったものの断った。伏見がやってるのを見ていてやってみたいなとは思っていたが、せっかくはじめても伏見がやめちまうんじゃあ……面白くない気がする。

この一週間ですっかり伏見と一緒に帰るようになっていた。八田が隣についているだけなので伏見が一緒に帰ってるつもりなのかわからないが。八田は自転車を立ち漕ぎして伏見に近づいたり離れたりする。ときどき「おっと」とふらついて伏見にぶつかりそうになるが、それすらも実は楽しんでいる。

「でもさ、都市伝説だとしてもあいつら今頃ビビッてるに決まってるぜ。今度の課金払えなかったら、覆面の取り立て屋が本当に来ないとも限らないもんな」恐ろしい取り立て屋にいつ捕まって血を抜かれ、皮を剝がれるかと怯えている三年たちを想像すると胸がすく。「余計に金が必要になって、必死になってカツアゲしてたりしてな」

きしししと笑いを漏らしてから、

「ん?」

自分で言ったことに、はたと自分で気づくことがあった。

「なあ、伏見? 一応訊くけど、おまえのことだからもちろん次の対策も——」

後ろから急に自転車を引かれた。がくんと前後に首を振られ、危うく片足をついて振り返ると、自転車の荷台のフレームを摑んで立っている者がいた。例の三年の一人だった。

はっとして前を見ると、林の中から残りの二人も現れて行く手を塞《ふさ》いだ。

学校の裏手と神社の林のあいだを通る、あの静かな道である。学校周辺とはいえバス通生は通らない道だから不幸にも人目はない。

「また金貸してくれないかなあ、伏見くん。八万。どうしても必要になってさ」

前の二人が両側から伏見に覆《おお》いかぶさるようにして立つ。後ろの一人は八田の自転車を押さえている。

「持ってねえよ」

「持ってなければもちろん今すぐ家から持ってきてくれるんだよね、伏見くん。おれたちすごく困ってるんだ。困ったときはお互い様だよね？」

声にあきらかな脅しを滲ませて二人が伏見に顔を近づける。先週絡んできたときに比べて切羽詰《せっぱつ》まった空気が窺えた。たぶん本当に金が必要なだけで、自分たちをこてんぱんにした対戦相手が伏見だと知って仕返しに来たわけではないのだろう。

伏見がわずかに片足を引いた。あと一センチでも近づいたらまた頭突きをかまそうっていう殺気が放出される。

あの反撃を一度食らっている連中が、なんの対策もしないで同じやり方で絡んでくるほどバカじゃないんじゃないか……？　八田は素早く三年たちの身辺に目を走らせた。一人がブレザーのポケットの中でなにかを握っている——こいつら、丸腰じゃねえぞ……!?

十徳《じっとく》ナイフのようなものがちらりと目に入った瞬間、八田は自転車の荷台を押さえている三年の胸を蹴り飛ばした。

不意をつかれた三年が呻《うめ》き声をあげてのけぞった。蹴りつけた反動を使って八田は自転車を蹴りだし、伏見と残りの三年二人のあいだに突っ込んだ。「うおっ？」と三年二人が慌てて飛び退《と の》いた。

「伏見、乗れ！」

急ブレーキをかけて後ろに叫ぶ。気色《けしき》ばんだ三年たちが伏見を捕まえようとする。伏見の顔を狙《ねら》ってナイフが一閃《いっせん》するのを見て戦慄《せんりつ》が走った。

「伏見！――」

間一髪――文字どおり髪の毛一本のところで伏見はナイフの下をかいくぐり、こっちに走ってきた。

すかさず八田は前に向かって自転車を漕ぎだす。追いついてきた伏見が跳び箱の要領で荷台に跳び乗る。運動できなそうに見えたのに意外な身軽さに驚きつつ、ペダルを強く踏んで一気にスピードに乗る。「落ちんなよ！」と叫び、あとはもう前のめりになってめいっぱいの力で漕ぐ！漕ぐ！　漕ぐ！

「おりゃあああああっ」

自分自身があげる気合の声に三年たちの声が掻き消され、遠ざかっていった。

下り坂に入り、十分距離も稼いだと踏んで後方を確認すると、かすかに怒声が響いてくるものの三年たちの姿はすっかり道の向こうに消えていた。サドルの縁を掴んで身体を固定しながら伏見も後ろを振り返っていた。

「ふー。なんとか振り切ったぜ」

息はあがっていたが、気分は痛快だった。

「考えてみたら当たり前だよな？　伏見がゲームの中であいつらに金使わせたら、あいつらがまた伏見に金せびりに来るっていうサイクル。そしたらどうするつもりだったんだよ？」

「どうって、考えてなかった」

伏見がこっちに向きなおって尻の位置を落ち着けなおし、つんとした顔で言った。

「へっ？……考えてなかったって？」

「あいつらにとって最悪にイヤな仕返しの方法思いついたら、早くそれでぶっ潰してやりたくて、あとのこととかどうでもよくなったし」

と、開きなおって胸まで張って。

八田はあきれて、いかにも頭のキレるキャラクター然とした伏見の眼鏡面《づら》を見返した。

「おっまえ……あんだけ自信満々っぽくて、それはねえだろ。あいつらナイフ隠し持ってたんだぜ？　こないだみたいに殴られるだけじゃ済まないとこだったんだぞ。ああいう奴らの痛めつけ方がエスカレートしてくの当たり前だろ、ちょっとは考えろよ。おまえみたいな坊ちゃん育ちの学校にはそういう奴いなかったのかもしんねえけど……」

「巻き込まれたくなければおれにまとわりつくなよ。あんたが狙われてるんじゃないんだし。あんた金持ってなさそうだもんな」

「そっ、そーゆうこと言ってんじゃねえだろ!?　おまえはなんだってそんなに性格歪《ゆが》んでんだ!?　オレはおまえのために……」

ひねくれた反論にむかっとして声を高くしたが、すぐに尻すぼみになった。

八田組の友人たちに言ったことと、これじゃあ同じだ。善意を押しつけたくてあいつらを助けたわけじゃなかった……今だって別に、伏見に感謝されたくてこんなに頑張って自転車漕いできたわけじゃない。「おまえのため」じゃ、ない……。

車道に大幅《おおはば》にはみだしていたので、すれ違った車にクラクションを鳴らされた。

ただでさえお巡《まわ》りに見咎《みとが》められたら面倒なことになる二人乗りだ。話を中断し、前を向いて漕ぐことに専念した。

後ろで黙って不貞腐れている伏見を、八田も黙って運んでいく。

怒声をあげて追いかけてくる三年たちを振り切って、逃げ切ったときの、痛快な気分の理由に、八田には確信があった。

一人じゃないからだ。

だって後ろに誰かを乗せて、力いっぱい自転車を漕いでそいつと一緒に悪者から逃げるなんて、ちょっとわくわくする冒険じゃないか。

Mission 2

「くああ……ねみぃ」

大あくびをかましながら下駄箱から上履きをだそうとして、八田は下駄箱の中を二度見した。

上履きの片方になにかが差し込まれていた。四つ折りにされた紙片のようだ。

「んだよ、挑戦状か？　上等だ、返り討ちにしてやらあ」

誰にともなくうそぶきつつ声がうわずった。折りたたまれた紙の端から、ピンクのリボン風の飾り罫《けい》が見えていたのだ。お、おいおい、今どき下駄箱にコレが入ってるなんて漫画の中でしか見たことねえぞ……？

素早く左右に視線を走らせる。生徒たちが眠たげに挨拶《あいさつ》を交わしながらそこここを行き交っているが、こっちを見ている者はいない。

二本の指で端っこをつまむと、紙片がぱらりと開いた。挑戦状にはとても見えないファンシーな絵柄の便箋《びんせん》に、丸っこい字で短い文章が綴《つづ》られていた。

【八田美咲様
今日、一緒に夜景を見に行きませんか？　アヤ】

ま……まさかほんとにコレは、アレという名のコレなのか⁉

どかんと脈があがり「ど、どわあっ」飛び退いた拍子に向かい側の下駄箱に派手にぶつかった。物音に驚いて振り向いた者がいたので慌てて便箋をポケットに突っ込んだ。

銀行で大金を引き下ろしてきたみたいな足取りで左右を気にしながら廊下を走って教室に飛び込んだところで、戸口を摑んで急ブレーキをかけた。前の戸口から入ってすぐ、廊下側一列目の一番前の机に鞄を放りだし、椅子《いす》をまたいで後ろ向きに座った。そこは八田の席ではないが、その後ろ、廊下側一列目の前から二番目が伏見の席である。

頬杖《ほおづえ》をついてつまらなそうな顔でタンマツの画面をはじいていた伏見がわずかに目をあげた。

八田はごほんと咳払《せきばら》いをし、

「あー。伏見。折り入って見てもらいたいものがあるんだけど」

物々しい前置きをしておいて、便箋を机の下から伏見の腹に押しつけた。便箋がくしゃくしゃになってしまったことにそのとき気づいてちょっと後悔した。

「ゴミ渡すなよ」

「ゴミじゃねえよっ。入ってたんだよ、靴箱に」

「ああ、不幸の手紙」

「ちっちげーよっ、見りゃわかんだろ、らぶっ」

でかい声で言いかけたその単語をはっとして飲み込んだ。机に肘《ひじ》をついて伏見に顔を近づけると、伏見が顔をしかめてそのぶん離れた。

「ら、らぶれたーだろ、どう見ても……」

口にしてみたら腹の中がえらくふわふわして「ぬおー」と身をよじらせる八田に伏見が冷たい目をよこし、腹の前で便箋を開いて左から右に流し見た。

「アヤって誰?」

「声抑えろって。うちのクラスにはたしかいねえから、他のクラスじゃねえかな」

「ふーん」伏見が便箋をぽいっと机の上に放ったので「放置すんなっ」と八田はそれを慌てて保護した。

八田が居座っている席の本来の主、出席番号順で伏見の一つ前の花山《はなやま》がすこし離れたところで物言いたげな顔をしていた。なんか文句あんのかという目で八田が睨むと花山は目を逸らし、八田組の元仲間たちが集まっている席に寄っていった。

「で、さ、どうする？　行くか？」

話を戻し、若干もじもじして訊くと、すでにどうでもよさそうにまたタンマツをいじっていた伏見が「は？」と、珍しく虚《きょ》を衝《つ》かれたような反応をして目をあげた。

「誘われたのあんただろ。なんでおれに訊くんだよ」

「だってオレ、女と二人ででかけたことなんかねえし、どうしたらいいかわかんねえじゃんか」

「知らねえよ」

「じゃあ伏見は行かないのか？」

「行くわけがない」

ばっさり言い切って伏見はタンマツに目を戻した。眼鏡のレンズが硬い光を反射して冷たい印象を強調する。伏見の白い額《ひたい》を八田は不満顔でしばし見つめていたが、便箋をくしゃっと丸めてポケットに突っ込んだ。

「じゃあ、行かねー」

「なんで。行けば？　舞いあがってんじゃん」

「ま、舞いあがってなんてねえし？　べ、別にラブレターなんか欲しくねえし？　だ、だいたい女より男とつるんでたほうがおもしれーし？」

「つるむ相手いないじゃん」

「お、」おまえとつるんでるじゃねえか……と物足りない気分で睨んだが、伏見はその台詞を限りに八田がそこにいることを意識から消し去ったみたいにタンマツから目をあげなかった。

†

とは言ったものの手紙の送り主のことが気になってしょうがなく、誰かが話しかけてくるんじゃないかと八田は一日中そわそわしていた。

しかし結局、送り主が接触してくる気配のないまま放課後になった。

正直言ってやっぱり拍子抜けした。からかわれただけだったのかな……。

今週の掃除《そうじ》当番は昇降口だ。竹ぼうきでアイスホッケーの真似事《まねごと》をしながら至極いい加減にコンクリートを掃《は》いていると、スクールバッグを肩に掛けて帰っていく伏見の姿が見えた。

「あっ伏見、ちょっと待ってろよー。一緒に帰ろうぜ。あと一分で終わる。いや三十秒。なあ、寄り道していこうぜ。昔オレのシマだった鎮目町案内してやる」

掃除の用をまったくなさない感じでほうきをざかざか左右に振りながら、下駄箱の前で靴を履き替えている伏見に寄っていった。誓ってわざとじゃないのだが伏見がちょうど足もとに置いたローファーをほうきで撥《は》ね飛ばしてしまい、中腰になった伏見の肩からイラッというオーラが立ちのぼった。また怒らせちまったと八田は顔を引きつらせて「うっ、わり……」

「みちゃーきびゅんっ」

ハートマークがつきそうなハイテンションの女子の声が背中から飛んできたと思ったら、柔らかいものに抱きつかれた。

「うぎゃあああああっっっ！」

悲鳴とともに八田はその女子を突き飛ばして思わず伏見に抱きついた。「うきゅ」とかいうかわいらしい声をあげて女子が尻もちをついたので「わっ、わり……うぎゃあああっ」スカートの中身を目にしてしまい謝罪もそこそこにまた悲鳴がでた。

「あ、見ても大丈夫なんですこれ。ホットパンツ穿いてるんです。ほら」

と、女子が尻もちをついたままスカートをつまんで中身を見せた。カボチャみたいに膨らんだ形の短パンからほっそりした太腿《ふともも》が生えている。八田にしてみればスカートの中というだけで下着だろうが短パンだろうがなにも変わらない。三度目の悲鳴をあげて伏見の背中にまわった。「うるさいよ……」迷惑そうに押しのけられたが八田は「ひぃぃぃ」と悲鳴の続きを漏らしつつ伏見の肘を摑み寄せて楯にする。

「みちゃきびゅーんはウブなんですね？」

女子がぴょんとジャンプ一つして立ちあがると、ウサギみたいな長い耳が一緒に揺れた。なにかと思ったら背中のリュックサックにウサギの耳に似た飾りがついていた。

とりあえずスカートの中は見えなくなったので、八田は伏見の陰からおそるおそる身を晒した。

「遅くなっちゃってごめんなんです。今日ずっと保健室にいたから会いにいけなかったんです」

保健室にいたわりには元気がはちきれんばかりというふうに見える。女子を含めても八田はクラスの中で小さいほうなので日々悔しさを噛みしめているが（これから成長期を迎えてぐんぐん伸びる予定だ！）、その女子は八田から見てもさらに小柄だった。頭の両脇で二つ結びにした髪型や、ピンクのチェック柄のリュックサックの肩紐《かたひも》を左右の手で握って立つ姿はかなり子どもっぽく、日向中の制服を着てはいるが小学生料金でまだぜんぜん通用しそうである。

額に手刀をかざして女子は元気よく敬礼をし、

「大貝阿耶《おおがいあや》なんです」

と自己紹介した。なんか喋り方変じゃないか？　と思ったが女子の喋り方をどうこう言えるほど八田は女子のことを知らない。

「おーがい……」名前とあわせてるのか知らないが、髪の結び目についているちょうちょ結びの飾りがちょうど二枚貝みたいな形をしている。

「……あや」

手紙の送り主と一致した。

「手紙見てくれたんです？」

「て、てててがみ？　ってななんのことだったかなあ、なあ伏見？　ってかかか帰るんじゃねえーっ」伏見が薄情にもさっさとローファーを履いて立ち去ろうとしていたので腕にすがりついた。

「えっ、見てくれてないんです？」

阿耶と名乗った女子ががんっとショックを受けた顔をした。大きな瞳《ひとみ》の表面が揺れ、じわりと涙が浮かんだので八田はたいそう慌てふためき「あっ？　あーあーあー手紙、あれのことなっ？　あ、ああ、見たぜっ？」

「じゃあ今日、一緒に行ってくれるですね？」

「あーいや、いやいや今日は伏見と遊びに行くことになっててさ。先に約束しちまってたからさ、悪ぃけど」「してないけど」「しっしただろ？　したよな？」顔を寄せて伏見の肘をつねる。

阿耶の視線が伏見の顔に移動した。両の瞳がすうっと細まり、表情が冷たくなった。

「猿比古。なんで最近ｊｃｕｂｅのランキングから落ちてるんです？」

八田は目を白黒させて伏見と阿耶の顔を見比べた。

「知りあいだったのか？　なんだよ、だったら朝教えてくれりゃよかったじゃねえか」

「思いだしもしなかったし、これの名前なんて」

伏見の素っ気ない言い方に阿耶が険のある声で言い返す。

「阿耶に負けるのが怖いからやめたんです？」

「飽きたからやめただけだ」

「やめるのはおまえの勝手だけど、なんで最後にリングにあがって阿耶に身ぐるみ剝がされていかないんです？　勝ち逃げしやがるのは卑怯者です」

めんどくせえ、と伏見が口の中で毒づいた。一刻も早く立ち去りたいオーラがありありと放出される。

「ふん。まあいいです。阿耶だって今jcubeよりハマってることがあるんだから」
阿耶が身体をひねってリュックの脇のポケットからタンマツをだした。リュックから繋《つな》がっているらせん状のコードがびょーんと伸びた。タンマツにはウサギのマスコットのストラップが、というかタンマツ自体の優に三倍はあるのですでに〝ぬいぐるみ〟であるものがぶら下がっている。

阿耶がこっちに向かって見せた画面の中を、そのウサギとよく似た姿形のアバターが歩いていた。これが阿耶のアバターということなのだろう。初期状態からほとんどなにも変えていない伏見の無個性なアバターと違って、個性的なアイテムでカスタマイズしまくっているようだ。

背景はファンタジーRPGでよくありそうな、〝冒険者の酒場〟を思わせる内装の屋内だった。阿耶のウサギはともかくとして冒険者っぽいいでたちのアバターもうろうろしている。大木《たいぼく》の真下に掘られた地下の店といった想定なのだろうか、絡まりあった木の根っこが壁を這っている。

カウンターにいるマスターらしきアバターの上に吹きだしがでていた。

【shellさんが今参加できるミッションだよ
>廃工場に隠れ棲《す》むカッパを捕まえろ
>ミステリーサークルを作ろう　第2回
>飛行船に乗っている謎の人物と接触しろ
>もっと見る】

なんか面白そうだ。興味をそそられて八田は画面に顔を近づけた。

「カッパを捕まえる？」

「カッパはほっとけです。三つ目を見るんです」

「です。飛行船に乗りに行くんです。阿耶の計算では、今夜飛行船が鎮目町の上空を通るはずなんです。阿耶たちはそれを待ち伏せるんです」

「三つ目……飛行船……？」

「阿耶たちって……オレたちのことかよ？　お、女の友だちと行けばいいだろ？」

阿耶と顔が近かったので赤面して距離を取りながらわざとぶっきらぼうに言ったとき、
ぽこ
と、泡が浮かびあがるような効果音とともに、画面の真ん中に新たな吹きだしが現れた。マスターとの会話の吹きだしとは違うものだ。《ｊｕｎｇｌｅ》のグループメッセージの通知だとすぐにわかり、嫌な記憶が胸に滲んだ。

【アヤ早く死んでくれないかな】

読もうと思ったわけではないのだが目の焦点があってしまい、文面にぎょっとした。

最初の吹きだしに追従《ついじゅう》して、ぽこ、とまた吹きだしが現れた。ぽこ。ぽこ。ぽこ。泡が分裂するように増えていく。

【あいつ中学デビューだって。小学校の卒業写真、超地味だったよ（笑）】

【でもキャラ間違ってデビューしてない？】

【喋り方変だし。かわいいと思ってやってるんならイタいよね】

【イタタタタ】

【恥ずかしくて一緒に歩けないんですけど】

【マジ死んで欲しい】

「……みちゃきびゅん？　どうかしたんです？」

画面を凝視して固まっていると阿耶が不審げにタンマツを自分の側に向け、途端、顔を強張《こわば》らせた。

ぽこ。ぽこ。ぽこぽこぽこぽこぽこ……小さな効果音が続いている。吹きだしがどんどん増えているのだ。

「おまえ……それ……」

自分の経験と重なって八田は身体が冷え込むのを感じた。

望んでもいないのにタンマツに次々に届く、自分が知らないところで言われている悪口、嘲笑――。

「……ふん、だ」

と、開きなおったように阿耶がふんぞり返り、再びタンマツをこっちに見せた。画面は今や気分が悪くなるほどの否定的な言葉の数々で埋め尽くされていた。

「初めてじゃないですよ。二週間くらい前から届くようになったんです」

二週間前っていえば……八田組の元仲間たちのやりとりが八田のタンマツに届いたのと同じ時期のはずだ。

「入学してすぐグループになった子たちです。おまえたちのほうがイタいってんです。同じ恰好して同じもの持って同じ喋り方して、気持ち悪いんです、バカ女ども。こっちこそ一緒に歩けるかっていうんです」

幼い印象の外見から驚くべき辛辣《しんらつ》な毒舌がぺらぺらと紡《つむ》がれる。けれど口角が小刻みに震えていた。

「こいつらも飛行船のミッションやるつもりなんです。阿耶は誘われてないですけど。だから出し抜いてやるんです。ね、だから一緒に飛行船捕まえに行ってくれるですよね?」

そう言われたら、もう八田には断る理由を見つけられなかった。

†

待ち合わせの夜八時。〝鳥黐町《とりもちちょう》五丁目〟のバス停近くに自転車を停めて待っていると、バス停にバスが着くのが見えた。窓の中をウサギ耳がひょこひょこ揺れながら水平移動し、大貝阿耶がステップの上に現れた。

ウサギ耳がついたリュックサックは同じだが、制服ではなくて私服になっていた。お腹の部分に別布のでっかいポケットがついたデニムのジャンパースカートに、ボーダー柄のソックスにハイカットのスニーカーっていう恰好はますます中学生には見えない。

バス停に降り立つと阿耶はリュックサックの肩紐を握って若干不安そうにきょろきょろし、八田の自転車に気づいてぱーっと笑顔になった。

「お待たせなんです、みちゃきぴゅーん！」

約束だけしておいてバックレるという選択肢もあったのだが、そうやって駆け寄ってくる姿を見ると、ちゃんと来てよかった、と思わざるを得ない。

「そのキテレツな呼び方やめろ。でないと案内しねえからな。あとそのカッコはねえだろ……」

「えっ、これ変なんです？」

「いっいや変じゃねえよ、変じゃ。た、ただ目立つだろ、夜出歩くのに」

背中のウサギ耳がしょんぼりと垂れるので八田は慌ててフォローしつつ、伏見早く来てくれーとそわそわとあたりに目を走らせた。普通の女子と話すのだって十分ハードル高いのに、このちょっと変わったセンスの女子とのツーショットはかなりきつい。

「みちゃきちゃんはこのへん詳しいんですよね？」

「八田くん」

「美咲くんはこのへん詳しいんですよね？」

「……」みちゃきぴゅーんとかいう胃がよじくり返りそうな呼び方に比べたらよっぽどマシだからまあいいか……って気づいたら自分の中のハードルが下がってるのはいかがなものか。

「まーな。鎮目町はオレの昔のシマだからよ」

鼻を高くして八田は自転車のサドルを叩いてみせた。

さっきのバスとは反対方向からまたバスが来て、道の向こうに停まるのが見えた。バスが走り去ると、バス停の脇にひょろりとした人影が一つ立っていた。

「伏見ぃ！」

心底《しんそこ》ほっとして八田は大きく手を振った。伏見はこれといって顔色を変えず、信号が変わるのを待って道を渡ってきた。細身のズボンにポロシャツにカーディガンっていうすらっとした恰好は、休日の塾帰りの優等生といった感じである。

一方の八田は迷彩柄のジャンパーにワークパンツという、なんだかんだでつい冒険者を意識した恰好をしてきている。ヘルメットとヘッドライトも装備したかったけどさすがに張り切りすぎなのでやめておいた。

合流してみると見事に三人ばらばらな恰好である。

「夜でてきて平気だったか？　伏見んちって親ちゃんとしてそうだからよ」

来なかったら迎えに行くからなと念を押したらうるさそうに「一応行く」と約束してくれたが、本当に来てくれる確率は半分もないんじゃないかと思っていた。案外つきあいいいじゃんか……気まぐれかもしれないけど、それでも心がはずんだ。

「ちゃんとしてる？　うちが？」

目をあわせずに伏見が呟いて、短い嘲笑のようなものを漏らしたのがすこし気になった。

このバス通りから西側が鎮目町になる。阿耶が言うには今夜、飛行船が鎮目町上空を通るのだそうだ。

「曇ってきたな。飛行船見えないんじゃないか？」

街のネオンがうっすらと映り込んだ夜空に灰色の雲がかかっていた。磨《す》り減った制服のズボンの膝小僧みたいに雲が薄くなっているところがあり、そこだけかすかに白んでいる。あの向こうに月が隠れているのだ。

「高度を下げてくる予定だから問題ないんです。雲の下まで降りてきます」

「予定、ってどういうことだよ？」

「そうですね、じゃあここで今日の計画を発表するんです」

阿耶が主導権を握り、例のでかいウサギがぶら下がったタンマツをリュックの脇から引っ張った。画面をぽんとはじくと夕闇《ゆうやみ》の中に青いプレート状の光が浮かびあがった。「あれ？　伏見と同じやつ？」と伏見のほうを見ると、伏見が不愉快そうに舌打ちした。

「飛行船は今夜、このルートで鎮目町上空を抜けるはずです。高度は高いところで三百メートル、低いところでは六十メートルを切るまで迫ります。ルートの真下で待機して〝キャンドル〟を灯《とも》せば、飛行船は絶対拾ってくれるはずなんです」

ホログラフィーのディスプレイいっぱいにマップが表示される。鎮目町を含む関東全域のマップのようだった。飛行船のルートを示していると思しき線がマップ上に蛍光イエローで描かれている。

交通量がもっとも多い時間帯だ。ガードレールの向こうを行き来する車の騒音がうるさく、顔を寄せあってディスプレイを覗き込んだ。夕闇に浮かびあがるディスプレイの光が三人の顔を青白く照らしだす。

「なんで飛行船のルートとか、高度とかまでわかるんだ？」

「それはですね、ミッションにはヒントが与えられてるんです」

阿耶が操作するとディスプレイの表示が切り替わった。マップにかわって表示されたのは、細かな文字がびっしりと敷き詰められた画面だった。つい怯《ひる》みながら目を凝らすと、全部数字だ——何万字なのか何十万字なのか想像もつかない、区切りのない数字の羅列《られつ》だった。できることなら数学という教科とは距離を置きたい八田としては「うげっ……」と吐き気を覚える光景である。

「《.jungle》からのヒントとしてこの文字列が与えられてるんです。ただこれがなにかっていうのは教えてくれないんです。でも阿耶はすぐ閃《ひらめ》きました。これは飛行船の巡回ルートの予測データです。これを解析すれば、いつどこを飛行船が通るかがわかるっていうわけです。日付と時刻が混じってることに気づけば法則を見つけるのは簡単です。いいですか、この文字列を三十二桁《けた》ごとに区切るんです。最初の四桁が日付、次の四桁が時刻、次の九桁がX軸、次の九桁がY軸、最後の六桁が高度。これをソートしてマップ上にプロットすれば、点が集まってこんなふうに一本の線になるっていうわけです」

画面の表示がマップに戻った。そうやって視覚的に示されると、八田にも数字の意味がわかった、ような気がした。……しないかも。

「へー……。大貝、おまえすげぇな」

「簡単です」

と言いつつも阿耶は自慢げに小鼻をうごめかし、伏見にちらっと横目をやった。しかし伏見がなんら感じ入ったふうではないので腹立たしげに顔を歪めた。

「マップに鎮目町の衛星写真を重ねあわせると、ルート上にいくつか屋上があるビルがあるのがわかります。このうちのどこかで張るっていう計画です。そこで美咲くんの出番っていうわけです」

「なーるほどな！　鎮目町のことならオレに任せとけって。小一までオレ、この町に住んでたんだ。その頃は探険隊組織して、隊員引き連れて町中を探険して、基地も作ってたからな。入り込めそうなビルなら目星がつくぜ」

鎮目町を案内してやると八田組の仲間たちをよく誘っていたので、それが阿耶の耳にも入ったらしかった。なんだかんだで全員の都合がつく機会がなく計画は先延ばしになったままだったが……今にして思えば、もしかしたら示しあわせて避けてたんだろうか。興味もないのに強引に誘って、迷惑だよねって……。

落ち込みそうになったので気を取りなおして八田はマップに向きなおった。

〝飛行船〟は〝覆面の取り立て屋〟と同様、中学生のあいだで囁かれている都市伝説の一つだ。なんでも世界的な資産家とかいう奴が空の上の飛行船で優雅に暮らしているんだとか。阿耶がさっきちらっと口にした〝キャンドル〟――これはその飛行船を呼ぶための特別な信号を灯すアプリのことだ。孤独な人間や悩みを抱える人間が〝キャンドル〟を空にかざして待っていると、飛行船がやってきて拾いあげてくれるんだとか。飛行船に拾われた人間は雲の上にある楽園に連れていってもらえるとか、いや脳を改造された上で地上におろされて世界征服の手先にされるんだとか……そのへんは諸説《しょせつ》乱れ飛び、それぞれに派閥があってネット上で激論が交わされているらしい。

鎮目町に住んでいた頃、子どもたちのあいだで定期的に「UFOの目撃情報」が持ちあがったものだが、そのUFOが飛行船だったのだと、話を聞いたときに八田はすぐピンと来た。ちなみに八田の探険隊もUFOの捕獲に挑んだことがあるのは言うまでもない。当時は周期性があるなんていうことも、UFOを呼ぶための方法があるなんてことも知らなかったので、無闇に探しまわって空振りに終わっただけだが。

UFOもとい、その飛行船に乗り込んで、そこに住んでいる謎多き資産家の写真を撮ってくるというのが、阿耶が持ち込んできた〝ミッション〟だった。

つまりリアル参加型のゲームのようなものだ。阿耶が見せてくれた木の下の酒場の他にも《jungle》内にはミッションを斡旋《あっせん》している〝店〟が複数あるのだそうだ。達成したミッションに応じてポイントが溜まったり、アイテムがもらえたりっていうご褒美《ほうび》がある。jcubeはタンマツの中だけで完結するゲームだが、ミッションの多くは現実世界で実際になにかを遂行《すいこう》することがクリア条件になる。

「このビル……」

ホログラフィーの中に手を差し入れ、衛星マップの一点を八田は指さした。自分の指にホログラフィーの光が重なって青く染まった。

「まだあったのか。ここなら外の非常階段から屋上に入り込めるぜ」

「何階建てです？」

「たしか……十階建てだな」

「そうすると屋上の高さは三、四十メートルってところですね」

八田が指し示した場所に表示されている飛行船の予想高度を見て阿耶が頷いた。

「うん。ここがいいんです。飛行船のお腹のすぐ下に潜《もぐ》り込めるんです。さっすが美咲くん、頼りになるんです！」

「わ、わかったからこっちに来るな！　さわるの禁止！」

阿耶がジャンプして抱きついてこようとするので八田は及び腰になって逃げる。二人でぎゃーぎゃー喚《わめ》いて伏見のまわりを駆けまわっていたら、

「行き先が決まったんなら行くぞ」

と伏見がすげなく輪の中から抜けて歩きだした。中心を失った二人はがくっとつんのめった。

「おまえが仕切るなです！」

文句を言いながら阿耶が小さい歩幅で伏見を追いかけていく。八田は自転車のペダルに片足だけ乗せて地面を蹴り、阿耶と伏見を追い越して「こっちだぜ」と先頭に立った。阿耶にしろ伏見にしろ土地勘のない二人にこの町で主導権を握られるのも癪だ。

探険隊の隊員を引き連れて、子ども用の自転車で鎮目町を駆けまわった六年前——六年ぶりに戻ってきて、今はおとな用の自転車にまたがって、あの頃とは違う友人とともに冒険にでかけよ

うとしている。

ハンドルを握った右手の指がむずむずした。脳を改造されて地上におろされるとかいう都市伝説のせいかもしれないけど、ホログラフィーの青い光に触れた部分が、宇宙から来た別の物質に書き換えられたみたいな、むず痒い感じ。

新しい種類の遊びがはじまっているという感覚に、腹の底がふわっと浮いた。

伏見猿比古と大貝阿耶。二人とも八田が今までつるんだことがないタイプで、ちょっと……いやけっこう変わり者で、そしてどうやらすごく頭がいい。

そんな二人と、自分が体当たりで覚えてきた知識がこんなふうにリンクするというのは心躍る体験だった。今まで自分の目に見えていた世界が、思ってもいなかった方向に引っ張られていくように感じた。


このビルに上るのも六年ぶりになる。壁から突きだしたテナントの看板や、窓ガラスに貼《は》られているポスターが古びたように感じたが、ビル自体は変わっていなかった。六年というのは八田にとっては人生の半分の時間だが、町の歴史からしたらさして長い時間ではないのかもしれない。

鎮目町は治安がいい町とは言いがたい。駅前こそ新しく整備され、きらびやかなショッピングビルが林立しているが、裏道に一本入れば今でもそこは犯罪組織や不良グループの吹き溜まりだ。そういう組織間の抗争も昔から絶えなかったらしい。

子どもの遊び場になるような自然に恵まれた土地柄ではないから、鎮目町に住む子どもたちは町の中で遊び場を創出するのに長《た》けていた。このビルの屋上もそんな遊び場の一つだった。

「昔はこのビル、ヤクザの事務所があったらしくてよ。ケーサツと撃ちあいとかもあったらしいぜ。この手すりのへこみとか、銃弾の痕っぽくねえか？」

イキがって話しながら八田が先行して外階段を上っていく。おどかしてやろうと思ったのだが後続の二人の足取りに特に変化はない。

「そんなところに入り込んで、おうちの人に怒られなかったんです？」

「そりゃあ大目玉食らったさ。ガキの頃はおふくろにしょっちゅう尻めくられてひっぱたかれてたな。けど男に生まれたからには親に怒られたくらいで探険やめられるわけねえだろ？」

「ふーん。男の子はそういうもんなんです？」

「そういうもんなんですだよ。なあ伏見？」

同意を求めて振り返ると、最後尾の伏見が立ちどまって階段の下方を見つめていた。訝しげに耳を澄《す》ます仕草をしているので「なにか聞こえるのか？」と八田も真似をしたが、表の通りを行き交う車の騒音がかすかに聞こえるくらいだ。

「ネットに流れてた話があって」

と、下方に視線を流しつつ伏見が話しだした。ふいにはじまった話の意図を訝しみつつも、八田も阿耶も伏見の静かな話し口調に吸い寄せられるように耳を傾ける。

「ビルの屋上から飛びおり自殺した女がいたんだけど、幽霊になっても自分が死んだことを自覚できなくて、また階段を上って、また飛びおりた。でも女の幽霊はまだ自分が死んでないって思って、死ねない、死ねない、って呪詛《じゅそ》を吐きながら、階段を上っては飛びおりるのを繰り返した。しばらくしてそのビルは閉鎖されたんだけど、その理由っていうのが、そのビルの非常階段を上ってると、足音が一つ多くついてくるからなんだって……」

伏見の声が嫌な湿《しめ》り気を帯びる。風が吹き、手すりがかたかたと鳴る。

「っていう話」

と、伏見は天気の話でもしたみたいなさっぱりした顔で話を終わらせた。いやなんの脈絡《みゃくらく》でそんな話したよ!? 最後まで聞き入ってしまったことを八田は大いに後悔した。

「ななな、なんだよいきなりなに話しはじめるかと思ったら、しゅしゅしゅしゅ趣味悪ぃぞ伏見ぃはははははっはひっ」

「足音」

と、伏見が呟いて、また耳を澄ますように首を傾けた。

「さっき、四つ聞こえた気がした」

「よ……よっつって……は、はひっ? な、なななにゆってんだか三人だろ三人、よっつなんて聞こえるわけっ……」

「また上りはじめたら聞こえるんじゃないか?」

本気っぽい口ぶりで伏見が言う。八田はすがるように阿耶のほうに首をまわした。阿耶も笑い顔を引きつらせて「ふ、ふふふふしゃるひこなにゆってんですかばばばばかばかしい話ででっ」語尾が変な跳ね方した。背中から生えているウサギ耳までぴりぴりと毛を逆立てている。

八田も阿耶も階段から足の裏を剝がすことができない。歩きはじめたら、まさかと思うけど、足音が増え
カンッ！

甲高《かんだか》い足音が鉄板を鳴らした。

「ふっ、ふぎゃあぁぁぁぁぁぁ！」

悲鳴が阿耶と綺麗《きれい》にハモッた。先を争って逃げだそうとしたがぐしゃっと一緒に潰れた。

腰を抜かしている八田と阿耶の脇を、
かん、かん、かん、かん
と軽快な足音を響かせて、伏見が平然と上っていった。

追い越していくとき、「なーんて」とぼそっとした声で言っていった。足音は……当然のように一人分だった。

は……？

なーんてって……え？

「ええっ⁉」

目を剝《む》いて八田は階上に消えていくひょろっとした背中を振り仰いだ。

まさか今の、ジョークか⁉　そういうシャレがきく奴だったのか⁉

「くそっ。くそっ。くそっ。あんな手に引っかかるなんて一生の不覚です。大貝家末代《まつだい》までの恥です」

口汚く罵《ののし》りながら阿耶が屋上の入り口に近いところにレジャーシートを広げ、お菓子やら水筒やらを並べていく。レジャーシートはリュックと同じピンクのチェック柄である。シートの真ん中に八田が持参した電池式のランタンを置いて光源としたが、阿耶がその上に光がウサギ柄に切り取られて映るシェードをかぶせた。なんだこりゃ……。

なにかっていうとピンクやらウサギやら、屋上の秘密基地が女の子のおままごとのお店屋さんにされたみたいで八田は少々不本意である。小さい頃も隊員の妹や親戚の女の子がついてきてしまうことはあったが、基本的には女抜きの硬派な探険隊だったのに……。

「どーぞ、美咲くん」

阿耶が水筒の飲み物をプラスチックのカップに注いで勧めてきた。ミルクティーだろうか、甘そうな色の液体で、それもどうも落ち着かない。探険の飲み物っていったら、黙って川の水だろ！（っていうのはテレビで見た理想像で、鎮目町の川はどぶ川ばっかりだからせいぜい「硬派っぽい飲み物」は水道水だったけど）

「う。ああ。ども」

とはいえはっきり断ることもできず、八田はシートの上にあぐらをかいてカップを受け取った。

「伏見は？」

おまえもなにか言ってやってくれよという気分で視線を巡《めぐ》らせると、伏見はウサギ柄のランタンの光が届かない屋上の端のほうにいた。柵から身を乗りだして下の車道の様子を確認してから、コンクリートの地べたに座り込み、ホログラフィーのキーボードとディスプレイを空中に出現させた。

「おーい伏見、こっち来て一緒に……」

「放っておけばいいんです。昔っからああいう奴なんです。阿耶と美咲くんだけで飛行船に乗せてもらえばいいんですよーだ」

聞こえるように阿耶が言ったので伏見がちらっと目をあげた。「そういうこと言うなよ。三人で来たんじゃねえか」八田が取りなすと「阿耶はあいつは誘ってないです」と阿耶はそっぽを向く。伏見もどうでもよさそうに手もとに視線を戻した。

「親戚なんです。またいとこっていうんですか、近くはないけど遠くもないっていうやつです。だから小さいときから知ってるんです」

忌々《いまいま》しそうにそう言って阿耶はポッキーを三本まとめて前歯で折った。

伏見のあの感じからして親しい女友だちがいそうには見えないので疑問だったのだが、そういうことだったのかとやっと納得がいった。なるほど、親戚ね。安心したっていうかなんていうか、伏見にガールフレンドなんかがいたらなんとなくこう、全部において先越されたみたいな気がするし……。

「伏見んちってどんな家なんだ？　金持ちっぽいことはちょっと聞いたけどさ」

「お金はあるですよ。お母さんが会社やってるんです」

「おふくろが社長なのか？　親父じゃなくて？　すげぇなそれ」

純粋な感想を言った途端、阿耶が「うひっ」と笑い声を立ててポッキーを噴いた。「うひひひひっ。もお、美咲くんってば笑わせないでくださいです。あいつが社長？　想像しただけであり得ないですうひひひひっ……」

「な、なんか笑うとこあったか？」

菓子屑《くず》が気管に入ったらしく拳で胸を叩いて「うえっげほげほ、うひ、げほっ、うひひっ」と阿耶はちょっとこいつそろそろ大丈夫かって感じで笑っている。わけがわからず八田は引き気味になって眉をひそめた。

「あ、ごめんです。電話みたいです」

と、あっさり切り替えて阿耶がタンマツをだした。でかいウサギがぶら下がったタンマツが着メロを鳴らしていた。八田の守備範囲外なのでよくは知らないが魔法少女もののアニメの主題歌だったと思う。

そのタイミングで八田は立ちあがり、阿耶に渡されたカップと、持参したコンビニの袋を提げてレジャーシートを離れた。

「ママ？　なにー？」

電話に応じる阿耶の声が背中に聞こえた。それまでのハイトーンボイスより二段階くらい低い声だった。

「伏見、こっち寒くねえのか？　まだ飛行船が通る時間までけっこうあるし、腹ごしらえしとけよ。これ」

伏見に近づいていき、コンビニの袋をその目線にぶら下げた。大通りを眼下に望む屋上の端は入り口付近よりも風が強い。ディスプレイを見つめていた伏見が一度目をあげ、無言で袋を受け取った。おにぎりなんかを適当に買ってきたのだが、なんだか渋い顔をして悩んだあと伏見が選んだのは板チョコだった。

「そんなんでいいのか？　腹減っちまうぞ。おにぎり食えよ」

「食える具がない」

銀紙を剝いて板チョコをひとかけかじり、片手に残りを持ったまま片手で膝の上のキーボードを操作する。八田は伏見と並んで座り、柵に背中をつけた。

カップに口をつけた途端「甘っ」と舌をだした。甘い物も八田は普通に好きだが……こ、これはいったいどんだけ砂糖ぶち込まれてんだ。

「今聞いたんだけど、大貝と親戚なんだってな？」

その話をだすなり伏見がディスプレイに向かってあからさまな舌打ちをした。察してはいたが仲の良くない親戚関係のようだ。

「あー……このビルさ、ちょっと思い出があるんだよな。まだ小便臭《くせ》ぇガキの頃、おふくろと喧嘩して……っていうか叱《しか》られて、不貞腐れて家出して、ひと晩一人でここにいたんだ。今くらいの季節ならよかったかもしれないけど、真冬でさ、夜はすっげー寒くて、案の定ってか次の日熱だして……。そしたらあんなに怒ってたおふくろがいつもと同じふうに看病してくれて、オレだけが気まずくって……」

大昔のことだから今さら恥ずかしいってわけでもないのだが、話しながらなんとなく後ろ髪をがしがし掻きまわす。叱られた原因はどう考えても自分にあったのに、結局謝れなかったのがだいぶあとまで心に引っかかっていたっけ。

「オレ、小一までこっちに住んでたって言ったろ。オレんち親父がずっといなかったんだけど、おふくろにいい人ができて再婚して、そんでその新しい親父が住んでるほうに引っ越したんだ。今年またその、新しい親父の仕事の関係でこっちに戻ってこれたんだけど」

舌が焼け落ちそうなほど甘ったるいミルクティーをちびちび舐めつつ、明後日《あさって》の方向を眺めて話を続ける。駅前のきらびやかなネオン群が柵の向こうに遠く滲んで見えている。

伏見の家になにかしら事情があるっぽいことを阿耶から聞いてしまったので、自分のことも話さないとフェアじゃないような気になっていた。伏見は八田の家になんか興味ないとは思うけど、話さないと自分の気持ちの据わりが悪い。

「おふくろと新しい親父のあいだに赤ん坊が……つまりオレの弟が生まれて、そんで去年妹も生まれたんだ。したら、オレだけ半分しか血が繋がってねえ家族なわけじゃん。新しい親父とおふくろと弟と妹はがっちり繋がってんのにさ。いや、オレは弟も妹も好きだし、新しい親父は普通にいい人なんだよ。おふくろがあの人と一緒になったのはよかったと思ってる。ただ、これからおふくろを幸せにすんのは新しい家族なんだなって……もうオレがおふくろを守らなくてもいいんだなって、思ったときに、さ、あそこにもうオレの居場所はないような、気になって……」

手の中でカップをまわすと、優しい色をした液体が一緒にまわる。新しい家族はこんなふうに甘く溶けあったミルクティーだった。その中に自分だけ溶け込んでいないように感じたのだ。

ひとしきり愚痴をこぼしてから、気が済んで声を明るくした。

「あっオレが話したくて勝手に話しただけだからよ。かわりにおまえの家の話聞かせてくれとかいうんじゃねえから、気にすん……」

「叱られたって」

伏見がふいに口を開いたので、八田は「え？」と訊き返した。伏見の視線はホログラフィーの中を高速で流れる数字を追っている。

空耳だったのかもしれないと思いはじめるくらいの時間をおいてから、ぽつりとした声でまた言った。

「なんで？」

「へ？」一瞬なんの話かわからなかったが「あ、ああ、そこか」八田にしてみればだいぶん前に通り過ぎたところである。オレ、そのあとけっこう長い身の上話してるんだけど……まさかそんな初《しょ》っ端《ぱな》で立ちどまってて続きは聞いてなかったってことじゃねえだろうな、おい。

「えーと？　叱られた理由？　なんだっけな、デパートでエスカレーターの手すり滑りおりたとか、そんなことじゃなかったかな。もし下に人がいてぶつかったらどうすんの、あんたも下にいた人も怪我することになるのよって、すんげえ剣幕《けんまく》で」

「看病って？」

自分で訊いたくせにそれについての感想はなにもなく、続けてまた訊かれた。

「へ？」

「なにすんのかって」

「って、特別なことなんかねえけど？　熱測《はか》ってくれたりとか、食いたいものあるか訊いてくれたりとか、暑かったり寒かったりしないか気ぃ遣ってくれたりとか、普通のことだよ。あとやっぱりなんかほら、風邪《かぜ》ひいて寝てると寂しいだろ？　だからおふくろが台所でなんかしてる音が聞こえてて、呼んだらすぐ来てくれるって安心感が一番……あっ？　いっいやオレはもうそういうのはいいんだけどさ。今の弟くらいの歳《とし》の頃のことだぞ？」

勝手に慌てて余計な補足をしているうちに、ふと疑問が浮かんだ。

首を傾けて伏見の顔を覗き込み、訊いてみる。

「……風邪ひいて看病してもらったことくらい、あるだろ？　おふくろに」

「ないよ」

「あーああ、社長なんだって？　すげぇ忙しいんだろうな？　じゃあかわりに親父がかまってくれたりしたんじゃねえか？」

ぱき、と小さな音がした。

伏見の手の中で板チョコが割れた音だった。

「……ああ。かまってくれる」

そう呟いた伏見の声に、バス停での反応と同じものを感じた。親がちゃんとしてそうだと八田が言ったときの、唾を吐くような笑い方。

「もー、それってただのママ友の愚痴じゃん。聞き飽きたってもう」

また高くなってきた阿耶の声がこっちまで聞こえてきた。

「そんなことで長電話してるほど阿耶は暇《ひま》じゃないの。え？　友だちの家で宿題やるって言ってきたじゃん。えーっ言ったよ！　ママが聞いてなかっただけでしょ。エリカちゃんちじゃないよ、あいつんちには電話しないで。違う友だち。挨拶？　しないでいいよっ」

喧嘩腰の言い方に気圧《けお》されつつ八田はレジャーシートのほうを振り返った。「大貝っておふくろと喋るときの声違くね？」こっちが素なんだろうか？　クラスで耳にする女子の会話と同じような、普通の喋り方だ。

「美咲くん！」

と、阿耶がタンマツを摑んだまま焦ったような顔で駆けてきた。「ちょっとかわってなんです！」タンマツの送話部を手で覆いつつ、きょとんとしている八田の手に押しつけてきて「クラスの八田美咲っていう子の家で宿題やってるって言っちゃったんです。そしたらママがお母さんにご挨拶するって。お母さん今いないって言ったんだけど、じゃあ美咲ちゃんにかわれって」

「えー……なんでそんなめんどくせぇ嘘つくんだよ。まあいいけどよ、挨拶くらい……」

友だちの親と喋るなんて気が重いが、仕方なくタンマツを受け取って耳にあてようとしたところで、

「あ、女の子ってことになってるですから、そのつもりでお願いなんです」

とんでもない注文をつけてきやがった。

「んなっ⁉　はああ⁉　誰がっ」

「しーっ」

八田に持たせたタンマツの送話部をまた手で押さえて阿耶が声を潜《ひそ》める。顔を離しつつ八田も引きずられて声を抑えた。

「じょ、冗談じゃねえぞ女の口真似なんて、できるわけねえだろっ」

「美咲くんまだ声変わりしてないからぜんぜんオッケーです。男言葉さえださなかったらバレないんです。大丈夫、行けます。れっつとらい」

「ざ、ざけんなっ」

「お願い！　お願いなんです！　ここまで来て帰りたくないんです、どーしても飛行船に乗りたいんです！」

「うっ……ぐ……」

飛行船を捕まえに行くという新しい冒険に単にわくわくしていた八田と違い、阿耶からはもっと切迫《せっぱく》したものが感じられた。ここまで必死な感じで拝《おが》まれたら、無下に突っぱねるのも男がすたる……というものだ。

「……わかったよ。やるよ」

せいぜい渋面《じゅうめん》を作って阿耶の手を押し戻し、タンマツを耳にあてた。「美咲くん！」阿耶が顔を輝かせた。

くそ……こうなったら男を見せるぜ。いや女を見せるぜ。意味がわかんねえ。半ばやけっぱちで一つ咳払いをして声を作る。声変わりしてないと言われたのが癪なので、あえて裏声を作って第一声を発した。

「こっ、こんばんわぁおばさん、初めましてぇ、八田美咲でぇす」

思った以上に甲高い声がでて自分でもびっくりした。

「はぁい、はぁい、そうなんですぅ、あやっぺと宿題やってまぁす。ママももうすぐ帰ってくるから大丈夫でぇす。迷惑なんかじゃないですよぉ。はぁい、今度はあたしが遊びにいきますねぇ」

こ、ここまでやりきらなくてよかったんじゃね？　最初に変な勢いをつけちまったせいで収まりがつかない。脂汗《あぶらあせ》がだらだら流れ、頬がぴくぴく引きつる。両手で口を押さえて笑いを堪《こら》えている阿耶を歯軋りして睨みつけた。お、おまえのためだろおがっ……。

「はぁい。はぁい。おやすみなさぁい」

どうにかごまかしきって通話を切ったときには、一生分の裏声と女子力を使い果たした気分だった。女子力はもともとないし裏声を温存する必要もないけど。一分足らずの電話で憔悴《しょうすい》しきってうなだれつつ阿耶にタンマツを突っ返した。

「こ、これで文句ねえな……おまえのピンチは乗り越えたんだろーな……」

裏声使いすぎて喉《のど》がずきずきする。

「ばっちりなんです。ママが疑いようがない演技だったんです」

「笑ってんじゃねえかてめえ」

「笑ってないですようひひひ」

「くっ……二度とおまえの頼みはきかねえ……」

「そんなこと言わないでなんです。ごめんなんですひひひ」

これ、万一録音されてたらオレの人生終わったぜ……。虚《うつ》ろな目で遠くを見つめる八田である。

「くく」

と、押し殺した小さな声が聞こえた。

阿耶が笑いを消して目を見開いた。阿耶の視線の先を追うと、伏見が膝頭に顔をうずめて小刻みに肩を震わせているではないか。

「ふっ、伏見!? おまえまでーっ」

「うっそ……猿比古が笑ってる……」

阿耶がキャラを忘れた喋り方で呟いた。

手の甲で口もとを隠して伏見が顔をあげた。頬が微妙に痙攣《けいれん》しているが表情は消しており、笑った顔を見られなかったのがちょっと残念だった。……けど、ちょっと嬉《うれ》しくなった。伏見から笑いを引きだせたことが、なんとなくだけど誇らしい功績のような気がして、まあ方法は不本意極まりないんだが、まっいいか、という気分になっていた。

足の下にかすかな震動を感じたのはそのときだった。

地震——？　と八田がきょろきょろしていると、伏見が急に立ちあがって柵の向こうに目を凝らした。「伏見？　なんだ？」八田も隣に寄り、伏見の横顔を一度見てから、その目が見据える先を追った。

柵の向こうは身体を持っていかれそうになるほどの強い風が吹いている。「あっ、たいへんですーっ」と阿耶がレジャーシートのほうに駆け戻っていった。振り返って見るとスナック菓子の袋などの軽いものが風で浮いて飛ばされかかっている。

「あそこ」

と、伏見の声がして柵のほうに向きなおる。風で乱れる髪がまとわりつく眼鏡のフレームを押さえながら、伏見は上空の一点に視線を据えている。八田は柵に腹を乗せて上半身を外に乗りだした。

空を覆っていた灰色の雲を風がぐんぐん押し流している。引きちぎられた雲の切れ間に細い空が覗いていた。――見えた！　月明かりの中を飛んでいる、小さな黒い影。ここからでは豆粒サイズにしか見えないが、たぶんずっと遠いから相当でかいものだ。

「飛行船!!」

八田は明るい声を張りあげた。

「本当ですか？」

阿耶も駆け戻ってきて柵に飛びついた。

「どこです？　どこなんです？」

「ほら、あの明るいとこ。わかったか？　あれ飛行船だよな？　な？」

ついテンションをあげる二人に対して、伏見の声色は険しい。

「予測より遠い。それに高度が……高い」

「阿耶が間違ってるっていうんです？　そんなはずないです。座標と高度を正確にプロットしたんですから」

八田を真ん中に挟んで阿耶が伏見に嚙みつく。伏見は阿耶を無視して身をひるがえし、さっきと同じように柵を背にして座り込んだ。ホログラフィーのキーボードを素早く操作するとディスプレイ上にマップが出現した。

「いつの間に！」

阿耶が眉をつりあげた。最初に阿耶が自分のタンマツで表示させた飛行船のルートと同じものが、蛍光イエローのラインですするすると描かれていく。

ルートを見る限り、今いるビルの真上を22:15に通過することになっている。時間を見ると、今はまだ九時前。予測が正しければ飛行船が接近してくるまであと一時間半ほどある。

「マップ、もう一度よく見て」

伏見に下からくいくいと服を引っ張られた。

「なにか気づくことない？」

「え？　そ、そんなこと言われても……」

八田は中腰になってマップに顔を近づけ、あらためて蛍光色で示されたルートを目でなぞった。

あれ……？　なにか違和感があった。最初見たときはなにも問題ないと思ったけど、これだとどっかに……。「だめーっ、美咲くんってば！」と、ホログラフィーの中に阿耶が顔を突っ込ませてきた。阿耶の顔の上でマップが波打った。「猿比古の言うことなんか聞くことないんです。阿耶が間違ってるわけないんです。阿耶の言うことだけ聞いてればいいんです、美咲くんはっ」

「八田っ」

伏見が苛立《いらだ》ったように呼んだ。阿耶に対するあてつけだったのかもしれないが、「あんた」以外で呼ばれたのはこのときが初めてだった。

阿耶の顔に焦点をあわせないようにして八田はマップに集中した。

「あっ……わかった！」

阿耶の顔を押しのけ、ルートの途中の一点を指さした。自分が気づかなきゃいけなかったのに——はしゃいでいて見落としたのかもしれない。

「ここに鉄塔があるのわかるか？　線と重なってる、ここ。もしここに書いてるとおりの高度で飛んできたら、どうしたって鉄塔に激突してるはずだぜ」

マップにしろ衛星写真にしろ平面図なので、これを見ているだけでは建物の高さの感覚は摑めない。しかし八田の土地勘のもとになっているのは俯瞰《ふかん》のマップではなく、自分の目線からのものだ。鉄塔の高さも他のビルとの比較で思い浮かべることができる。

「鉄塔……？」

伏見が再び柵に取りつき、眼鏡の奥できつく目を細めた。八田は伏見の顔の横から空を指さして「あれだよ」と教えてやった。夜空にそびえ立つその建造物を目視で見分けることは困難だが、航空機に注意を促す航空障害灯が細長い輪郭《りんかく》をうっすらと浮かびあがらせている。

確認できたのかどうかわからないが伏見はまたその場にしゃがみ込んでディスプレイとキーボードに向かった。阿耶が「ヒント」だと言っていた、あの気が遠くなるほど細かな数字の羅列が画面上に現れた。眼球が細かく動いて、なにかを吟味《ぎんみ》するように数字の上をなぞる。

「計算しなおすつもりですか！　失礼なんです！」

「今の時点でどう見てもずれてるだろ」

阿耶の抗議を伏見は一蹴《いっしゅう》し、

「八田、飛行船の現在地は？」

「えっと……このへんだと思う」

未だ小さくしか見えない飛行船がいるあたりをマップの中に見つけて指で示す。その場所は蛍光イエローのルート上にない。現在時刻に飛行船がいると阿耶が予測したポイントから大きく外れている。阿耶が口をへの字にひん曲げて黙り込んだ。

「文字列を三十二桁で区切るっていうのは、間違ってない。たとえばここからここの三十二桁を抜きだすと０５３０１５２５０３５６８９５２０１３９６９１７０３０３５０１５……０５３０が日付、１５２５が時刻、０３５６８９５２０がＸ軸、１３９６９１７０３がＹ軸、０３５０１５が高度」

画面を埋め尽くす数字の羅列を眼鏡のレンズに映しながら伏見が口の先で呟く。阿耶が「ほらみろです」と胸を張るが、伏見がぶつぶつと一人で続けているだけなので悔しそうに歯軋りする。

八田も口を挟めず見守るしかない。

「この文字列はただの親切なヒントじゃない……わざとなにかを隠して、解読させようとしてる」

伏見がキーボードの上に指を走らせ、画面上の数字に手を加える。

「どっかが暗号になってるのかな……素因数分解？　素人《しろうと》にそこまで解かせるか……？　たぶんもっと単純な話だ、パズル的な……数字を足すか引くかして……じゃ、駄目か。一桁ずつ組み替えて……あ、これで行けるか……？　オーケイ、これだ。この法則で全部変換してプロットしなおすと……」

独り言が妙な熱を帯びはじめた。途方もない桁数の数字が伏見の脳内でめまぐるしく変換されていく。八田にはもう伏見の頭の中で宇宙がビッグバンして小惑星がどごんどごん衝突したりしてるイメージしか浮かばない。

こいつ、すげぇな——。

ぽつ、とマップの上に蛍光ブルーの点が現れた。ぽつ、ぽつ、ぽつぽつぽつっ……降りだした夕立が瞬《またた》く間に雨脚《あまあし》を速めるように、点はどんどん数を増《ま》していく。やがて点の集まりが一本のゆるやかに蛇行したラインを描きだした。

阿耶が描いた蛍光イエローのラインと、その蛍光ブルーのラインはまったく別の曲線を描いていた。

「そ、それが正解って証明できないですっ」

阿耶が食い下がるが、少なくとも阿耶のものよりは正解に近い証拠に、新たにはじきだされた飛行船の予測位置は実際の現在地にぴったり重なっていた。そして問題の鉄塔も、新たなルートでは回避している。

「すげぇっ……やったな、伏見」

「いや」

興奮して賞賛しかけた八田の声を伏見が冷静に遮《さえぎ》った。

「まだなにかある……こんな引っかけを用意してるんだから、これだけのわけが……。あっそうか、さっきの法則で変換すると座標がもう一組現れるんだ……これを新しくプロットして……」

マップに重なって画面上にもう一つ別の窓が開かれた。伏見の指がすごい速さでキーボードの上を走り、英数字と記号で構成された命令文らしきものを書いていく。数字の羅列がそこに流し込まれる。マップ上に今度は蛍光グリーンで点が打たれていく。

今度は一本の繋がったラインを示すものではないようだった。正円に近い丸が描かれて、その中に……顔？　みたいなものが……？

「こ、これは……！」

目の前に現れた驚愕《きょうがく》の事実に八田は目を見開いた。

窓灯りを使って描いた絵文字のように、町の地図上に現れたのは――。

〝にっこり〟っていう顔だった。

「……ふざけた真似しやがって」

伏見が舌打ちまじりに呟き、脱力してキーボードから指をおろした。テスト問題を早めに解き終わってシャーペンを机の上に放りだす優等生っていう感じの、興が醒《さ》めた顔になってホログラフィーも引っ込めてしまった。

「なんでマップ消しちまうんだよ？　今のもなんかの暗号とかじゃないのか？　なんかすげぇ秘密が隠されて……」

「ねえよ。出題者が根性曲がってるだけだろ。もう謎はないって合図だ」

「じゃあ正しいルートは見つかったってことなんだよな？　で、次はどうする？」

「次って……。ここでぼさっと待っててもうこっちに飛行船が来ないことははっきりしただろ。〝キャンドル〟を灯したところで遠すぎて、飛行船から見つかる可能性はほとんどない。寒いだけだから、帰る」

「えっなに言ってんだよ、追いかけようぜ、飛行船！」

勢い込んで言うと、伏見が困惑したような顔をした。月明かりの中に浮かぶ小さな影を指さして八田は声を高くする。

「だって今見えてるんだぜ？　見えてんのに諦《あきら》めることなんかねえよ。まだ追いつけるって」

鎮目町は自分のテリトリーだ。ホログラフィーに投影された、手で触れることができないマップではない、実際の手応《てごた》えをともなった土地勘が八田にはある。

渋る伏見にもう一度マップを表示してもらい、ルート上にある建物を吟味する。なるべく高くて、入り込めそうな建物……。珍しく頭を必死で回転させて、子どもの頃の探険の記憶を掘り起こす。

"Hirasaka-Bldg."という文字が小さく添えられた建物が、ここしかないと自ら主張するように目に飛び込んできた。比良坂ビル――飛行船が今浮かんでいるあたりと、自分たちが今いるビルのちょうど中間あたりにあるビルだ。

「よし、ここなら――」

「間にあわねえよ」

八田が指し示したビルを一瞬見ただけで伏見が言った。

「中間地点だろ？　飛行船のほうがずっと速い」

「いーや。間にあう」

「なにを根拠に？」

「そんなもん、勘だ！」

自信満々で八田は言い切った。


「よし行くぜ、二人とも！」

伏見と阿耶を半ば引っ立てて非常階段を駆けおり、下に置いておいた自転車を引っ張ってきた。

サドルにまたがって顎で荷台を示し、

「乗れ！　走ってったんじゃ間にあわねえ！」

「三人乗りするんです!?」

阿耶が嫌そうな反応をした。

「オレのことなら心配するなって。おまえら二人ともたいして体重ねえだろ。昔はおまえら三人分くらいあるデブ乗っけてよく走りまわってたからよ」

「美咲くんの心配はしてないです」

阿耶が横目で伏見を睨んで渋っているうちに、伏見がすたすたと歩いてきて荷台にまたがった。

「だせよ。あいつは歩兵でいいらしい」

「なんで阿耶が歩兵なんです！　乗るですよ！　ほんっとムカつく奴です！」

地面を踏み鳴らして一つジャンプしてから阿耶も追いついてきて、「どけ！」と伏見を荷台の片側に押しやってもう片側に横乗りで座った。二人とも尻が小さいからなんとか引っかかってるという感じである。阿耶が無理な体勢で八田のジャンパーの背中を摑んでくる。

「おまえの背中になんか死んでも摑まるもんかです」

「こっちこそ死んでもさわるな」

「おまえら仲悪いのはしょうがねえけど、落ちるんじゃねえぞ！」

伏見を荷台に乗せて三年たちから逃げだした、一週間前と重なった。あのときの二倍の重量を乗せて運ぶことになるが、背負うものが増えるほど発憤《はっぷん》するというものである。

気合を入れてペダルを踏んだ。さすがにバランスが悪くて発進直後は思ったようにスピードに乗れず「うわわわっ」と蛇行して「きゃあああっ」と後ろで阿耶の悲鳴があがる。ジャンパーが破けそうなほど引っ張られて腹まで迫りあがった。

「ぬおおおおおっ」

歯を食いしばって渾身《こんしん》の力で漕いでいるとなんとかスピードがではじめた。ママチャリが定員オーバーに抗議して軋《きし》みをあげ、今にもばらばらにぶっ壊れそうだ。

「美咲くん、大丈夫なんです？」

「おうっ！　よ、余裕だって！　大船に乗っとけ！」

前のめりになってペダルを交互に踏みながら、顎を反らして空を見あげる。飛行船の影は目の前にそびえるビル群の死角に入っていた。だが伏見が算出したルートを信じれば、徐々に高度を下げて接近してきているはずだ。巨大なものに向かって進んでいるという感覚をたしかに肌で感じていた。うっすらと耳鳴りがする。前方から押しつけてくる質量の塊《かたまり》にぶつかっていくように自転車を漕ぎ続ける。

「近道するぜ！　しっかり摑まってろ！」

ハンドルをぐっと握りなおし、ビルの壁と壁の隙間の道に自転車を突っ込ませた。自転車が大きく傾いて壁に激突しそうになり、ペダルから片足を一瞬離して壁を蹴りつけた。

「伏見、後ろでバランス取ってくれ！」

声を張りあげて協力を求める。

「……バカみたいだと思わねえの？」

汗ばんだ背中に冷水を浴びせるような、冷めた声がかかった。

「自分だけ必死になって漕いで、汗だくになって」

「なんで？　思わねえよ？」迷うことなく八田は答えた。「だって乗せてっからな、おまえらをっ。一人だったらバカバカしい、かもしれねえけどっ」ペダルを踏むリズムに呼吸をあわせ、ひと漕ぎごとに力強く声をだす。「オレ、誰かとなんかするのが好きなんだ。悪さして怒られんのも、バカバカしいことで腹の底から笑うのも、つるんでる仲間がいるから面白《おもしれ》ぇんだろ？　オレさっ……押しつけがましいのかもしれねえけどさっ、空気読めねえのかもしれねえけどさっ、陰で笑われてたのかも、しれねえけどさっ……」

すこし声に力がなくなる。前方を見据えていた視線が斜め下に下がっていた。

今までの自分は人の気持ちなんか考えないで、自分が楽しければみんなも楽しいに違いないって思い込んで、自分の「楽しい」を押しつけていたのかもしれない。陰で疎《うと》まれてたなんて想像もしてなかった。

それを思い知らされた今、前に比べたら人の中に強引に踏み込めなくなった。すこしびくつきながら伏見の反応を探っている。まあ人から見たらまだぜんぜん無神経かもしれないけど、自分なりに丁寧に、伏見とつきあおうとしている。

なんで？

もう人に嫌われたくないから？——そんなんじゃない。

伏見の頭のいいところ、すげぇと思ったからだ。身体の底から震えるほど何度もわくわくしたからだ。笑った顔を見たいと思ったからだ。一緒にもっといろんな面白いことして、一緒に笑いたいって思ったからだ。

壁の隙間を抜けた。

「着いたぜ！」

ドンピシャ、比良坂ビルの目の前だ。八田は自転車を急停止させた。二人が飛びおりるのを待って自転車をその場に倒し、「階段は裏だ。急げ！」二人の背中を押したが、伏見が足をとめたので後頭部に追突した。

「無理だ。間にあわない」

空を仰ぎみて伏見が言った。

「なにゆってんだ、もう目の前に――」

ゴッ……!!

そのとき――空が、割れた。

頭上を覆っていた雲の中から、飛行船がその巨大な腹部を現した。
ゴ、ゴ、ゴ……！　重々しい駆動音が大気を震わせ、顔面をびりびりと叩く。空気が押し潰されて濃密になり、耳がキンとする。突風が汗を一気に乾かした。
全貌《ぜんぼう》がとうてい視界に入りきらないほど、

「うおっ……でかい……！」

そして、

「低い……！」

ビルのてっぺんを削り取りそうなところを飛行船は過ぎていく。それでも数十メートルの高度はあるはずだが、視界を埋め尽くすほどのその巨大さが距離感の錯誤《さくご》を引き起こす。もし今、手を伸ばしたら触れられるんじゃないか——。飛行船に乗っている誰かが気づいて、手を摑んで引っ張りあげてくれるんじゃないか——。

けれど手を伸ばすどころか微動だにすることもできなかった。水圧のようなものをともなった質量に圧倒されて、棒立ちになるだけだった。

巨大な舌で空をひと舐めしていっただけのような、一瞬の時間だった。飛行船は三人の頭上を無情に通過し、再び厚い雲の中へと突っ込んだ。最後尾のプロペラが雲をばらばらな破片にちぎって、ビルの上にばらまいていった。

〝キャンドル〟を灯す暇もなかったし、思いだしもしなかった。

押し潰されていた空の高さが正常に戻り、圧迫感から解放されると、逆に地球の重力が頼りなくて足もとがふわふわした。

「あーあ。結局間にあわなかったです」

自分の計算間違いに落ち込んでいるのか、阿耶がどことなく気まずそうにぼやいた。

「美咲くんの勘は外れたですね」

「悪ぃ……。間にあうと思ったんだけどな。オレの勘も焼きがまわったなあ」

八田も気まずさをごまかして軽口っぽく言い、自転車を起こしにかかった。

「悪かったな、伏見。おまえが言ったとおりだった。一人で熱くなっちまって……。帰ろうぜ」

振り返って言ったところで、きょとんとして自転車を押す手をとめた。ぶつくさ言いながら帰る方向へ歩きだしていた阿耶も不思議そうに足をとめた。

伏見だけがまだぴくりとも動かずに、飛行船が去った先を見あげていた。

「もしあれに……」

独り言のように呟く声が聞こえた。

「……乗れてたら、なにか変わったのかな……」

声も表情も淡々としているのに、ぽつりと漏らした小さな声が、助けを求めて叫んでいるみたいに聞こえたのは、なんでだろう。

「……ですね。どっかに連れてってもらえたかもしれないです。こんなバカらしくてつまんない世界じゃない、どこか遠くにある、違う世界に」

あんなに反発していた伏見への態度をやわらげて、しんみりした声で阿耶も言った。

飛行船は一瞬で圧倒的な存在感を八田たちの身体に刻みつけて通過していった。去り際の引力にまだ引っ張られているような感じが身体に残っている。

今の自分たちが属している、ちっぽけな世界とは違う世界が、あの飛行船が行く先にはきっとあるんだと思った。なにかすごいパワーに満ちた、今の自分では想像もできないようなでっかい世界が、どこかに本当にあるんだったら……。

だったら、いつかは行けるんじゃないだろうか。

今夜飛行船を逃したのは残念だったが、また追いかければいいんだし、八田はそんなに落胆してはいなかった。

廊下を走って教室の前の戸口から飛び込んだところで、戸口を摑んで急ブレーキをかける。廊下側一列目の一番前、花山の机に鞄を叩きつけ、椅子をまたいで後ろ向きに座る。前から二番目の席の伏見と向きあい、

「おっす。伏見」

だいたいつまらなそうな顔でタンマツをいじっている伏見がちらと目をあげ、「ああ」とだけ応《こた》えて目を戻す。反応の薄さが八田は未だ不満なものの、気を取りなおして昨日のアニメの話なんかを一方的にしはじめる——。

以上、ここ一ヶ月ばかりの八田の朝の行動パターンである。

しかし六月半ばの今日、八田はおとなしく自分の席につき、三つ前の空席を気にしていた。

伏見、今日はおせーな……。

窓寄りのほうの机に集まって談笑している元八田組の視線が視界の端でちらついていた。気にしない、気にしないと自分に言い聞かせて目を向けないようにした。今日八田くんぼっちじゃね？最近八田くん、伏見とつるんでるよね。友だちいない同士だからじゃないの——実際にそんなことを話しているとは限らないのだが、ひそひそ声が耳に聞こえてくるような気がしてしまう。

ぼっち同士だからなんて理由じゃねえよ。伏見はなあ、すげーんだぞ。

ふんぞり返って机の上にどかっと足を放りあげた。折悪《あ》しく教室に入ってきた担任に見咎められ、「八田あ！　机に靴乗せんなあ！」と怒鳴られた。

その日、結局伏見は来なかった。具合でも悪いんだろうか。様子を尋ねたいが、つるみはじめて一ヶ月が過ぎた今現在、実は伏見の電話番号もメールアドレスも知らなかったりする。「交換しようぜ」とごく当たり前のつもりでタンマツをだして言ったことはあるのだが断られた。「えっ、なんで？」けっこう傷ついて理由を訊いたら「人のデータなんか入れたくない」……だそうだ。

わっかんねえなあ、あいつ。飛行船のときはつきあってくれたし、拒否られてるわけじゃない、と思うんだけど。

季節は梅雨《つゆ》に入っていた。ここ三日は一日中雨で、自転車通学は少々つらいものがあるので八田も一時的にバス通生である。自転車だったら一人でも意気揚々《いきようよう》と走れるのだが、一人で乗るバスが八田は好きではない。

しっとりと湿った渡り廊下の向こうから違うクラスの女子の集団が来るのが見えたので、心持ち脇に避《よ》けてすれ違った。女子の集団は甲高い声で喋りながら通り過ぎていった。

その集団からしばらく距離をあけたところを、ウサギ耳が生えたリュックサックを背負った小柄な女子生徒が歩いてきた。

どこかとぼとぼした足取りで歩いていた阿耶だが、八田の姿に気づくなり明るく「あっ美咲くん！　やっほーなんです！」と手を振った。しょんぼり垂れていた背中のウサギ耳もぴょこんと元気になった。

　また抱きついてきそうな勢いで駆け寄ってくるので八田は反射的にファイティングポーズを取った。「むむ？　カウンター狙いですか」と、一メートルくらい手前でキキッと急停止して阿耶も同じポーズを取った。

　直前の薄暗い表情が伏見と似ていた気がして、この二人って血が繋がってるんだなとあらためて納得するものがありつつ訊いてみる。

「なあ、今日伏見休んだんだけど、理由知ってるか？　風邪でもひいたのかな」

「知るわけないんです。猿比古のことなんて訊かないでくださいです」

「そ、そっか」

　と八田は肩を落としたが、阿耶がなにか思いついた顔になり、「そういえばもう六月中旬ですか」と外の雨景色に目を向けた。「ってことはそろそろあいつが帰ってくるかもですね」

「あいつ？」

「父親ですよ。猿比古の。月に一度くらいぶらっと帰ってくる男です」

　伏見の父親ということは阿耶にとってやっぱり親戚にあたるはずだが、親戚のおじさんに対する敬意みたいなものはまったく感じられない言い方だった。

「おふくろが社長っていうのは聞いたけど、伏見の親父ってなにやってる人なんだ？」

　友人の親の職業なんかに普段はわざわざ興味を持つほうではないが、伏見の親のことを嘲笑のネタにするような阿耶の言い方が以前も引っかかった。月に一度くらい帰ってくるって……一緒に住んではいないのだろうか。

「仕事？　してないんじゃないですか？　顔がいいだけのろくでなしってうちのママがいつも言ってるです。あ、パパとあいつが従兄弟《いとこ》だから、ママはあいつとはなにも繋がってないんです。それにママがほんとに嫌ってるのは猿比古の母親のほうですし。あの女はいくら美人で有能でも男を見る目だけは壊滅的になかったわねって……まあ僻《ひが》みですよ。そんなことでしか猿比古の母親に優越感を持てないんです。パパと結婚できたこと以外にママにはなーんにも取り柄ないですから」

ぺらぺらと話す阿耶の声が毒を持っていて、こっちまでじくじくと侵されるような気がした。なにかしら育った環境が特殊じゃないとああいうムズカシイ奴にはならないだろうなとは思っていた。しかし血縁者を悪し様《あざま》に言うことで優越感を確認する親戚関係なんて八田の理解を超えている。なんか……ヤな家だなあ。阿耶の家を含めて。

「猿比古が気になるんです？　美咲くん」

「そりゃあダチだからな、心配すんのは当たり前だろ。伏見の相談に乗ってやれることがあればオレはいつでも……」

「美咲くんなんかになにができるっていうんです」

阿耶の言い方に、やけに棘を感じた。

「大貝……？」

ちょっと戸惑ったが、阿耶はすぐに調子を戻して「そんなことよりまた一緒にミッションチャレンジするんです。今度こそ猿比古に口挟ませないでクリアするんです。ね、美咲くん――」とうきうきとタンマツをだした。

続く話は右から左に聞き流しながら、そうだよなあ、と八田は考える。なにか困ってることがあったらオレが力になるぜ！　なんて言おうものなら苛々と突き放されるのが目に浮かぶ。

〝感謝されたいんだったら他あたれよ〟――またあんなふうに言われたら傷つくな、とは、思うけど……。

「悪い。オレ、職員室に用があるの思いだした」

「えっ、美咲くん？」

きびすを返して廊下を駆けだした。折悪しくすれ違った担任に見咎められ、「八田あ！　廊下走るなあ！」と怒鳴られた。

†

なにか今日持ってかなきゃいけないプリントとかあるだろ!?――と担任を押し切って住所を聞きだし、別に急ぎでもなんでもなさそうなプリント一枚引ったくって、行ったことのない方角のバスに乗った。なんでもいいから自分の中で〝口実〟が必要だったのだ。

「でけー家……」

傘の下からその家を見あげてしばらく気後れしていた。

外国の洒落《しゃれ》た映画にでてきそうな、両開きの窓が正面にたくさん並んだ赤煉瓦《あかれんが》の外装の洋館が、車が行き交う大通りに倒れかかってきそうなくらいに接して建っている。傘の下で身を反らして、正面に見える窓の数を数えてみた。反らしすぎて雨粒がぽつぽつと顔にあたった。

「あ、そっか。マンションだよな。これ全部伏見んちのわけねーよな？」

ブロンズ色の重厚な扉の脇にインターフォンがあったので、管理人を呼ぶものだろうかと押してみた。カメラがついていたので真面目くさった顔を作って待っていたが応答はない。

「誰もいねえのかな……」

カニ足で壁に沿って移動し、一階の窓をひょこっと覗く。天気の悪い屋外よりも屋内のほうがもっと暗く、ガラスに自分の顔が映るだけで中の様子は窺えない。またカニ足で玄関の前に戻り、雫《しずく》を象ったような彫刻でできた、なんだか素敵っぽいドアノブをものは試しと摑んでみたら……まわった。

「げ、あいちまった」

ノブを引くと屋外以上にひんやりと湿った空気が流れでてきた。ど、どうしようと思いつつも首を伸ばして扉の隙間に顔を寄せたとき、尻ポケットの中でタンマツが震えだしたので跳びあがるほどビビッた。

扉から首を引っ込めてタンマツを見ると、阿耶からだった。八田のタンマツに登録されている非常に数少ない女子の連絡先だ。

「お、おおおう大貝？　ど、どした？」

『美咲くん、猿比古んちに行ったんでしょう』

「おっ、おう、なんでわかったんだ？　ちょうど今家の前にいて……」

びっくりはしたが、すっかりまごついていたところだったのでありがたいタイミングの電話だった。

「ここってマンションじゃねえのか？」

『一世帯ですよ。その家、鍵かかってないから勝手にあけて入ればいいです』

うん、もうあけちゃった。「鍵かかってないって……不用心だなあ。こんな見るからに金持ちそうな家、空《あ》き巣《す》に狙われ放題じゃねえか」

『昔実際に入られたんですよ。猿比古が一人で家にいたときだったらしいです。それ以来どうせ泥棒に入られるんだったらって、鍵かけないかわりに持っていかれて惜《お》しいものは置かないようにしてるってことです。おかしな発想の家です。猿比古の部屋は二階にあがって右のすぐ一つ目です。部屋にいると思うですよ。そいつ、お手伝いさんが作っていくもの食べないでいつも買ってきてるから、もし自力で買いに行けない状態だったらなにも食べてないと思うです。阿耶からの情報は以上です。阿耶は今日どうしてもママの買い物につきあわなきゃなんでそっちにつきあえないんです。しょーーーがないから美咲くんに任せるんです』

言い方がやたらとげとげしている。阿耶は伏見が気に食わないみたいだから、対抗意識で突っかかってるんだと今まで思っていたのだが……。ん？　と、八田は首をひねった。

『はーいはいママ、今行くってばー。じゃ、ママがうるさいから切るですよ』
「あ、ああ、さんきゅーな」
『用が済んだらすぐ帰りやがれです。あいつ鬱陶《うっとう》しがるですから』
電話を切ってから、あらためて扉に顔を寄せて中を覗いた。「えーと、お邪魔しまうおっ……、す……」大声っていうほどの声じゃなかったのに、思った以上に響いたので初っ端からうろたえた。

しかし誰かが応える気配はなく、家の中は静まり返っている。傘をたたんでドアの脇に立てかけ、中へ踏み入った。入ったところは吹き抜けのエントランスホールで、正面に王宮とかにありそうな幅の広い階段があった。八田家の玄関のように子どもの靴や親のサンダルで足の踏み場がないっていうこともなく、靴を脱ぐべき場所の境界線がわからない。土足でいい家なんだろうか……一から十まで自分の家と違う。

本当に鍵がかかっていないのに誰もいないようだった。田舎ならともかく街のど真ん中だ。治安がいいとは言えない鎮目町で育った八田としては信じがたい不用心さだ。どうせ泥棒に入られるんだったら盗まれて惜しいものは置かない……一理あるといえばあるような、と思わなくもないが、変わった発想だなあ……。

ぽかんと口をあけてエントランスに立ち尽くしていたが、きょろきょろしながら階段を上りだした。

右のすぐ一つ目……教えられたドアの前に立ち、

「伏見？　おーい、いるか？」

遠慮がちにノックした。反応がないのでそうっとドアノブをまわしてみたら、これもあっさりあいた。殺しも辞さない強盗なんかに侵入されたらほんとどうするつもりなんだ。

電気は消えていて部屋は薄暗かった。表の大通りに面した窓が奥にあり、雨模様の空の色と同じ鈍《にぶ》い灰色の光が壁に掛かった日向中学の制服にあたっている。家具は勉強机と本棚とベッドといったくらいだが、かなり大型のテレビがある。いろんな種類のコンシューマーゲーム機がテレビの前の床に直《じか》に置いてあり、ケーブル類が床の上をのたくっていて、全体を見まわすとなさすぎるくらいモノがないのにそこだけがごちゃごちゃしている。

ベッドの上に目を転じると、掛け布団が盛りあがって三角形の小山ができていた。小山の向こうで青みがかった光がまたたいている。

「……？　伏見？」

ぐすん、ぐすんと洟《はな》をすする音が聞こえ、小山がもぞもぞと上下する。八田はベッドサイドに近づき、首を倒して小山の向こうを覗き込んだ。

掛け布団を頭からかぶってうずくまった伏見が、例のホログラフィーのディスプレイを熱心に見つめてキーボードを叩いていた。

「ふーーしーーみぃーー」

あきれ返って八田は伏見の耳に嵌《は》まっていたイヤフォンを片っぽ引っこ抜き、耳に向かって呼んだ。伏見が首をひねってこっちを振り仰いだ。掛け布団がずり落ちて顔が露《あら》わになった。青い光が色白の顔と眼鏡のレンズに映っているが、あきらかにほっぺたが赤い。

「八田。なんでいるの？」

と純粋に不思議そうな顔をして、ず、と洟をすすった。

「プリント持ってけって担任に押しつけられて来たんだよ。病欠じゃねえのかよ」

「ああ別に、サボっただけ。やっちゃいたいことがあったから」

さらっと言ってイヤフォンを耳に突っ込みなおし、ディスプレイに目を戻す。手探りでティッシュボックスからティッシュを一枚むしって洟をかむという一連の動作のあいだもディスプレイから目を離さず、一秒たりと手を休める時間が惜しいというようにまたキーボードを叩きはじめる。

「うらーっ！　おめーは締め切り前の漫画家かーっ！」

咆吼《ほうこう》して八田は伏見の両方の耳からイヤフォンを引っこ抜いた。

「どこがサボっただけだ！　普通に風邪っぴきじゃねえか！　おとなしく寝てろっての！　この部屋なんか空気悪ぃな、五分だけ窓あけっから布団かぶってろ」

どすどすと窓辺に寄って窓を開け放った。風が強い日ではなかったので雨粒が吹き込んでくることはない。ひやりとした空気が頬に触れる。

「誰もいねえみたいだけど、なんか食ったのか？　水分摂《と》ってるか？　水でもなんでもいいから持ってきとけよ。台所って一階か？」

部屋を見まわすが食べ物も飲み物も見当たらない。風邪っぴきを一人で家に放置して、なんにも用意されてないってどういうことなんだ。

「一人でうるさい奴だな……」

などと恩知らずな毒を吐きつつ伏見が性懲《しょうこ》りもなくキーボードに向かっているので八田は「うらあーーーっ！」と怒りを爆発させた。「オレがおまえのおふくろだったらキレてんぞっ！　飯食ったのかって訊いてんだよっ！」

イヤフォンとタンマツを取りあげて勉強机の上に投げつけた。空中に投影されていたディスプレイとキーボードが消え、「なにすんだよ。うぜー」と伏見が舌打ちした。ほんとこいつが息子だったらクソ生意気でたいへんだな⁉

「なにをそんなに夢中になってやってんだよ？」

「メールアプリ作ってんだよ。あとは細かいとこ見直してデバッグ」

「メールアプリ？　あるじゃねえか、もう」

「純正のアプリなんか使ったら情報ダダ漏れだ。《ｊｕｎｇｌｅ》はスパイウェアを植えつけるって前に言ったろ。メールの内容とかタンマツに入ってる個人情報とか、タンマツ上で起こったこと全部、スパイウェアを通じて《ｊｕｎｇｌｅ》に吸いあげられてる可能性がある。だから自分で暗号かけたのを作ろうと思って。二人でメールする程度のだったらそんなに大がかりじゃないし」

アプリを作るって、そんなことできるのか、っていうかアプリって誰かが作ってるものだったのかというところからはじまって、八田にとっては伏見の説明の半分以上が宇宙語で耳をつるつる滑っていったが、最後の部分がかろうじて引っかかった。

「二人でメール……って、オレとおまえ、ってことでいいのか？」

「アドレス交換したいって、八田が言ったんだろ。おれは見られて困る個人情報なんかもともとタンマツに入れてないし、《:jungle》がスパイウェアだろうが別にいいから入れっぱなしにしてたけど……今までは」

ティッシュボックスを引き寄せながら伏見はぼそぼそ言って、ぶーんと洟をかんだ。

アドレス交換を申し入れて「人のデータなんか入れたくない」とにべもなく断られた意味は……そういうこと、だったのか。

「八田がいらないんなら完成させるのやめるから、いいけど」

「え!?　いらねーなんて言ってねえだろっ」

赤くなった鼻の頭をつんと背けて天《あま》の邪《じゃ》鬼《く》なことを言いだすので八田は慌てて否定した。伏見がちらりと半眼でこっちを見て、

「欲しい？」

「ほっ、欲しい欲しい。超欲しい。おまえと連絡つかねえの不便だもん。けど、続きやるのは風邪治ってからにしろよ」

なだめるように言ったら伏見はどうやらその答えに満足したらしい。外した眼鏡を枕の横にぞんざいに置き、布団を引っ張りあげて横になった。

「なんか食ったのか？」

枕に顔を近づけて問うと、喋るのもだるそうに枕の上で首を振った。

「なんか食えそうか？　あっお手伝いさんが飯作ってくれてるんだってな。持ってきてやるよ」

顔をしかめてもっと激しく首を振る。そういえばお手伝いさんが作っていくものは食べないと阿耶が言ってたっけ。

「じゃあオレがなんか作るか？　こう見えてけっこうレパートリーあるんだぜ。好きなもんなんでも作ってやるよ。カレーとチャーハン限定だけどな」

「二種類は〝なんでも〟じゃねえ」具合悪いくせにツッコミは素早いな？

「あっあと雑炊《ぞうすい》も作れるぜ。たぶんだけど。米と卵とめんつゆくらいあんだろ？　よし決まった、雑炊なら食えるだろ。台所借りるぞ。おまえはひと眠りしとけよ。あ、その前に氷枕作ってきてやる」

一方的に決定事項にして部屋をでていこうとしたが、反応がないので戸口で振り返ると、伏見はぐったりした感じで目を閉じて浅い呼吸をしていた。相当具合が悪そうだ。

「……ここ、開けとくから、なにかあったら呼べよ。すぐ来っから」

ドアを開け放したまま廊下にでた。

なんでこの家、おとなが誰もいねーんだ……。あらためて腹立たしくなってきた。こんだけつらそうな子ども一人で放置して……いやオレはもう中学生だし一人でぜんぜん平気だけど、まあ伏見も同い年なんだけど、けど、二、三ヶ月前まで小坊だったんだぜ？

「……あ、おふくろ？　今クラスの奴の家にいるんだけどさー」

二階に神経を向けつつ、階段の途中でタンマツをだして家に電話した。

『なあに？　クラスの友だちが風邪？　お母さんはいらっしゃらないの？　いないって……子ども置いてどこに行ってるの？』

「知らねーよ。子どもっても中一だぞ」

『中一は子どもでしょうが』

「それよりさ、飯も食ってねえっていうから作ってやろうと思うんだけど、ほら、卵雑炊あるじゃん、風邪のときおふくろが作るやつ。あれオレでも作れるかな」

『よそのお宅で台所なんかお借りして、火事にでもなったらどうするのよ。お母さん行こうか？』

「へ？　わざわざ来るほどのことじゃねえよ。萌《めぐみ》連れてくるわけにもいかねえだろ」電話口の向こうで赤ん坊がむずかっているのが聞こえていた。妹の萌だ。「いいから教えてくれよ、オレができるから」

『けどあんた一人じゃねえ……』

「うるせえこと言ってねえで、教えてくれっつったことだけ教えてくれりゃいいんだよ」

やたあ、というかぼそい呼び声が二階から聞こえた。

「ん？　どしたあ？」

タンマツを口から離して二階を振り仰いだが、声はそれきり聞こえない。もう一度タンマツに向かって「いっかい切るからな。あ、先に言っとくけど今日遅くなるかも……」『当たり前でしょ』と、言い終わる前に母がかぶせてきた。『お母さんがお帰りになるまでいてあげなさい。困ったことがあったらすぐ電話するのよ』

「わかってるって。いちいちうるせえな」

反抗的に言い返しつつも心強さを得て電話を切った。

二階に駆け戻って部屋を覗き、

「伏見？　どうした？」

「喉渇《かわ》いた」

なにかと思えば布団の中からその旨《むね》の要望である。

「へいへい、なにが飲みたい？」

「なんかうっすーいグレープ。果汁0パーとかのやつ。微炭酸だともっといい」

「要望細けえな……0パーって果汁入ってねえじゃん。いいけどよ。すぐそこにコンビニあったよな。ひとっ走りしてくるわ」

「小銭、リビングのカップボードの上の皿ん中」

「あいよ」

街のど真ん中にある家なのでちょっとした買い物の便がいいのは助かる。小走りで階段をおりはじめたら、

「やたー」

と、また上から呼ばれた。

「ん？　おー」

二階を振り仰ぎ、また駆け戻って部屋を覗いた。

「どしたあ」

「あとなんかアイス」

「お、そうだな。熱あるとアイス食いたくなるよな」

「なんかうっすいバニラ。安いやつ」

「オーケー。うっすいの好きなのかよ……」

請《う》け負《お》ってまた小走りで階段をおりはじめたが、

「……」

ふと思うところがあって足をとめ、足音を立てないようにしつつ後ろ向きで戻りはじめた。耳を澄ませていたら、

「やたー」

「おう！　やっぱりか！　あとはなんだっ」

呼ばれた瞬間に戸口に首を突っ込んでやった。布団の端から亀の子みたいに頭だけをだした伏見が「た」の形に口をあけたまま、びっくりしたように固まった。

「呼んだら来るっつったろ？　何度も試しやがって。疑ってんのかよ」

溜め息をついてから、八田は偉ぶってふんぞり返り、

「コンビニ行ってても聞こえっからな。試したきゃ試せよ。おふくろ譲りの地獄耳なんだぜオレは。だから、大丈夫だからよ……何度も確認しなくても。安心して寝てろ」

最後は口調をやわらげる。飛行船を追いかけた日、ビルの屋上で伏見とした話をとっくに思いだしていた。

なんで伏見があんな些細《ささい》な点に食いついたのか、あのときはよくわからなかった。寝込んでいるときに家族がそばにいて、ちょっとしたわがままを聞いてくれるっていう、八田としては誰でも子どもの頃当たり前に経験してるだろうと思っていたことが、伏見にとっては想像できないようなことだったのだ。

頭の回転がめちゃくちゃ速くて、普通じゃない知識をめちゃくちゃいっぱい持ってる奴なのに……なんでこんな、普通の中一として当たり前すぎることを知らねえんだって、なんだか八田のほうが、せつなくて泣きたくなった。

「……窓閉めてけって言おうと思っただけ。さみーんだよ」

洟をすすって伏見は文句を言い、布団の中にもそもそと頭を引っ込めた。素直じゃねえなと八田はあきれて「あーへいへい。悪かったな忘れてて」と窓辺に歩み寄った。

部屋の換気も済んだ頃合いだった。雨は小康状態になっている。今のうちにコンビニまで往復してこられそうだ。

窓を閉めてベッドを振り返ると、盛りあがった掛け布団の下ですこし息苦しそうな、しかし規則的な寝息が聞こえはじめていた。寝ちまったならジュースは急いで買ってこなくてもいいかもしれない。先に氷枕作ってこようかな、と考える。コンピューターのこととかネットのこととか数字のこととかには詳しいくせに、氷枕なんてこいつもしかしたら知らないんじゃないかという気がした。

†

母に電話で指示を仰ぎ、喧嘩腰のやりとりになったりしつつも台所（というより厨房《ちゅうぼう》と言ったほうがいいくらいのでかい冷蔵庫があった）で食事の準備を終え、まだ伏見が起きてこなかったので、ダイニングテーブルに突っ伏していつの間にか眠っていた。

匂いで目が覚めた。なんかいい匂いする……。ちょっと甘くて、ちょっとスパイシーな感じっていうの？　いい匂いすぎてくすぐったいような……。

誰かが首を倒してこっちを覗き込んでいた。一つまばたきをすると、ぼんやりと白んでいた視界が一段階はっきりした。やたらかっこいい男の顔があった。あーこいつ、今はおとなしい顔してるけどおとなになったらこんな男前になんのな……まだ寝ぼけた頭で普通に納得してから、ぱちぱちとさらに何度かまばたきする。

「おまえなに？　どこのガキ？　小学生？」

「……わっ！」

がたんと椅子を鳴らして飛び退いたら「おうっ」と相手のほうものけぞった。八田は椅子の横で思わず気をつけをして「あっ……あ、えっとお邪魔してますオレ、伏見の……猿比古、くん、のクラスの」

「猿比古の？　ガッコのダチ？　へー小坊かと思った」

ずけずけした物言いをする人だ。兄貴がいるなんて言ってなかったよな？　これが親父？　すっげ若いな……。じろじろ見ていると、向こうもなんだかにやにやして見返してくる。

伏見がおとなになった、だなんて一瞬寝ぼけて考えたのも無理はなかった。雰囲気は違うが……あと眼鏡はかけていないが、目鼻立ちが驚くほど似ていて、ひと目で血の繋がりがあることがわかる。

伏見のと同じ質感の髪は片側を掻きあげてワックスかなにかで固めていて、それがすごいキマってて、なんかキラキラしたかっこよさを漂わせている。両の耳たぶに複数のピアス穴があった。古着っぽいヘンリーネックのシャツにシルバーアクセサリーをじゃらじゃらつけて、下はダメージ加工のブラックジーンズに、つま先がとんがったブーツ。平凡なサラリーマンでそこそこ歳も行っていて腹がではじめている八田の義父と同じ〝父親〟という種類の男とは思えないくらいの違いである。

あいつが社長？　と阿耶が爆笑したのを思いだした。まあ普通に社長っていう感じではない。繁華街《はんかがい》をぶらついてそうな派手めの兄ちゃんだ。

「ほんとにおまえ猿比古と同い年？　最近の中坊はけっこう発育いいと思ってたわ。まあこれからなのかね。で？　猿比古とダチやってくれてんの？　名前は？」

「あ、八田です」

「名前訊いてんだからちゃんと言えよ」

「みさき？　女みてえな名前だなあ。おもしれー。ガッコでからかわれたろ？　小坊とかってそういうのすぐネタにするもんなー」

「八田……美咲」

「えっと、まあ……」

脊髄反射《せきずいはんしゃ》で喋ってるみたいな言葉の数々に八田は顔を引きつらせた。変なふうに陽気な人だなあ。八田も性格は明るいほうだと思っているが、その自分ですらちょっとついていけない。顔は似てるのに伏見とはベクトルが真逆だ。

「んでウチのおサルさんはダチほっぽってなにしてんの？　おーい、猿比古ぉ？」

「あっ伏見、熱あって寝てるんで起こさなくても」

遠慮のない声を張りあげてダイニングからでていく男を八田は慌てて追いかけた。

「あ？　んなもん寝てたほうが悪くなるって。血が足のほうに下がったほうが熱下がるんだぜ、知らねえのか？　おーい、でてこいよ、猿比古ぉ。おれの声聞こえてねえわけねえだろ。隠れてんじゃねえよ」

そんな話知らねえけど……ものすげぇ適当なこと言って男はひょいひょいした足取りで歩きながら手でラッパを作り、「でてこねえと新しいトモダチの口にカマキリ突っ込むぞ？」

ばんっと二階でドアが壁にぶつかる音がした。

雷鳴みたいな音を轟《とどろ》かせて伏見が階段を駆けおりてきた。最後の数段を危うく踏みはずしそうになって座り込むように階段の下に着地したが、すぐに立ちあがり、手に摑んでいた眼鏡をかけて男と対峙《たいじ》した。まだ具合が回復しているはずがなく、肩で荒い息をしている。

「チョロいぜ。燻《いぶ》りだし成功ー」

実に楽しそうにそう言って男が笑った。戸惑いがちにその脇に立っている八田に一瞬伏見が目をよこし、牽制《けんせい》するような視線を男に戻して、

「八田、帰れ」

と、嗄《しゃが》れた低い声で言った。

「え？」突然の命令に八田は目を白黒させたが、とりあえず笑顔を作って「あ、雑炊できたから食えよ。けっこううまく……」

「なに？　トモダチ、飯作ってくれたのかよ。優しいじゃん。中坊が作ったもんがちゃんと食いもんになってんのかね」

床を踏み抜くような足取りで伏見が近づいてきて、軽口を続ける男を無視して八田の手を掴んだ。「帰れって」「伏見？　ちょっ待……」八田は床に躓《つまず》きつつ玄関に向かって引っ張られていく。蒸しタオルを手首に巻かれたようなじっとりした熱を感じた。

背後からなおも男が軽い声をかけてくる。

「猿比古ぉ、優しいトモダチ追い返すなんてひでーじゃん。なあ、トモダチ泊まらせろよ。花火買ってきたから遊ぼうぜ。まあこの雨で全部湿気《しけ》ちまったけどな。だいたい火ぃつかねえと思うから、トモダチの頭の上で一本ずつつけてみるってロシアンルーレットどうよ。うっかりしたら一本くらいはつくかもしれないぜ」

「うるせえっ‼」

伏見が玄関先で振り返って怒鳴った。至近距離で怒声を食らって八田のほうが思わず身を竦めた。

「ぎゃははは、怒った怒った」

「最初からずっと怒ってんだよっ‼　死ね‼」

伏見に肩を突き飛ばされて八田は玄関から外にでた。伏見も外にでてきて、背中をぶつけるようにして乱暴にドアを閉めた。男がずっと爆笑していたが、重厚な鉄扉に遮られてほとんど聞こえなくなった。

「あっオレ、傘と鞄……」忘れ物に気づいて取って返そうとしたが「学校で返す」と伏見がドアの前を遮ってドアノブを手で覆った。幸いにも雨はもう霧雨になっていたし、どうせ宿題はしないから一日くらい鞄がなくても困らない。

「あ、ああ……。じゃあ、よくなったらでてこいよ……？」

立っているのがやっとという感じでドアに背をつけて伏見がこくんと頷く。腑《ふ》に落ちないこともあったが、裸足《はだし》で外にでてきている風邪っぴきを引きとめておくわけにもいかなかった。家族も帰ってきたから八田の役目は終わったし……なんか、変な親父だけど……。

「あ、雑炊食えな。けっこううまくできたんだ。味見したから心配すんな、食えるもんにはなってるから」

白々しかったかもしれないが、あえて明るく言った。

「今度オレんち来いよ。チビがいてうるせえかもしれないけど。おふくろにさ、ご飯食べにおいでって言えって言われたんだ。カレー好きか？　好きだよな。じゃあおまえ、冷えるから中入れ。お大事に、なっ」

言いたいことを一気に言い置き、軽い足取りで身をひるがえした。夜を迎えて家の前の大通りは車の往来《おうらい》がさらに増えていた。外灯の光が霧雨に滲んできらきらした虹色の十字架を作っている。

「八田」

と、ぽつりとした声に呼びとめられた。

「なんだよ、早く家入れ」

「……今日、……いろいろ、アイス、とか」

そう言ったきり、伏見は口をへの字に結んで下を向いてしまう。

自分のおふくろが子どもを叱るときの真似をして八田は両手を腰にあて、

「そーゆうときは、ありがとう、だろ？」

けれどすぐにニカッと笑って言った。

「ま、礼言われることじゃねえよ。こんなのはオレんちじゃ当たり前だ。じゃあな！」

†

【雑炊にパイナップル的なもの入ってたんだけどなにあれ】

三日後、伏見の自作のメールアプリが完成した。試運転を兼ねて最初に飛んできたメールがこれである。

【的なものっていうかパイナップルの缶詰だよ。オレんちじゃ風邪のときの雑炊には特別にパイン缶入れるんだよ。カレーも客が来たときはパイナップル入れるぞ？】

【ねえよ、普通に】

【なんだよ、おまえんちじゃパイナップルは高級品じゃねえってことか。メロンか？　メロンなら文句ねえのか？　じゃあ今度カレー食いに来たときメロン入れてやるよ】

【おまえんちの当たり前が、おれの当たり前になることは、一生ないって断言する】

Period 2 ____ 14-15 years old

Mission 1

四角い水槽の中で世界が完成していく。学校に行かなくていい夏休み中、毎日何時間も飽きもせず水槽にへばりついて観察していた。

蟻《あり》なんかずうっと見ていて面白いんですかね？

と、顔のない女が露骨《ろこつ》に不快そうに訊いてくるので、
蟻を見てるんじゃない。バカが適当な口きかなくていいよ。

振り返りもしないで言ったら、顔のない女はもうなにも言ってこなくなったけど、その日から水槽がある一帯の掃除をしなくなった。顔のない女に顔がないのは、単に印象にないからだ。

住人たちの途方もない、無意味にも思える労力で、日々すこしずつ道が延びていく。その道は無節操に枝分かれし、ぐねぐねと折れ曲がり、どこかでまた交わってを繰り返す。行きあたりばったりで掘り進んでるだけのように見えるけど、でも住人たちが迷うことがないんだから、その世界に属する者だけが知ってるなにかの法則があることは間違いないんだと思った。少なくともこの閉じた世界の中では完璧《かんぺき》に完成された、ほころびのない法則。それはすごく、うつくしいもののように思えた。

伏見くん、自由研究、どうして持ってこられなかったの？

あれ……？

けど、毎日緻密《ちみつ》につけていた観察ノートを、結局提出できなかったのは、なんでだっけ……。

なにかが、邪魔して……。

ぎゃははは、猿比古ぉ、おまえ今これに夢中になってんだってぇ？

——ちりん。

澄んだ音が頭の上で聞こえ、なにか黒々した記憶に侵入されかけていた夢を清浄《せいじょう》なもので洗い流した。

ちりん、と涼《すず》やかに鳴る。しかし入ってくる風は蒸し暑い。汗で髪が張りついた額を不快な感触が撫《な》でていく。

「おかあさーん、おかあーさん！」

近くで聞こえる子ども特有のがなり声が暑苦しさに拍車《はくしゃ》をかけ、伏見は顔をしかめて薄目をあけた。

「おかあさーん、ねえおかあーさん！」

暑い……。うるせえ……。低く唸《うな》って額を拭《ぬぐ》った。ベランダに面した窓の枠《わく》に頭を預けてうたた寝していたのだった。ちりん、と窓の上で風鈴が鳴った。

部屋の中に目をやり、

「終わった？」

あぐらをかいて卓袱台《ちゃぶだい》にかじりついている八田に声をかけた。
「うーん、うーん、うーん」
うちわで自分を扇ぎながら八田は鼻の下にシャーペンを挟んでタコみたいな口をして唸ってい
る。目の前の計算問題に真剣に取り組んでいる、ような顔だけはしているものの、首を伸ばして
確認するとさっき見たときから一問も進んでない。
「いつまで待たせんだよ……」
げんなりした気分で伏見はぼやき、窓枠に再び頭を預けた。
ベランダの物干し竿《ざお》に五人家族の洗濯物がぎゅうぎゅう詰めにぶら下げられ、屋内に直射日光
が射し込むのを遮っている。しかし窓辺は畳が熱せられるほどの温度になっていた。そもそも真
夏の真っ昼間に窓をあけてるっていうのが伏見には許しがたい。エアコン一応あるのになんで扇
風機しかまわってねえの？　扇風機の前面の網に結ばれたビニール紐がそよいでいる。あれで風
が効率よく行きわたるわけでもないのに、あの紐の意味はなんなんだ。さっぱりわからない。
「おかあさーん、ねえおかあさーん、ヘラクレスが動いてないよ、ねえおかあさーん」
七歳になる八田の弟、実《みのる》が畳に腹這いになってまたがなり声を張りあげる。実の目の前にはプ
ラスチックの虫籠《むしかご》がある。
「ヘラクレスじゃねえぞ、それ」
うるささと暇さが我慢の限界に達し、伏見はさっきから指摘したくて仕方なかったことを言っ
てやった。「え!?」実が顔色を変えて腹這いからがばと身を起こした。

「ヘラクレスだよっ？　お父さんがヘラクレスって言ったもん！　ヘラクレスだよ！」

ヘラクレスヘラクレスヘラクレスうるせえな。

「ヘラクレスっていうのは……」

タンマツを片手でするすると操作する。検索するとつやつやした黄緑色に輝く軀《からだ》と立派な角《つの》を備えた大型のカブトムシの画像がすぐに何十件も引っかかった。

「これだろ」

画面を見せると、実が身を乗りだしてきて画面を凝視した。それから自分の虫籠を両手で摑み、透明プラスチックのケースの中をまじまじと見つめて、次第に愕然とした顔になった。

ケースの底にへばりついているのは角を含めてせいぜい体長五センチ程度の、ごくありふれたカブトムシだ。一緒に入れてある枝にしがみつくこともなく、くたっとして動かない。

「おかあさーーーん！」

虫籠を持って実はばたばたと台所に駆けていった。「おかーさんおかーさんおかーさんこれヘラクレスじゃないーっ」「実！　お母さんが火を使ってるときはしがみついちゃ駄目って言ってるでしょう！」母親に叱責《しっせき》され、ぎゃーっと怪獣みたいな声で実が泣きだす。「だってだってサルがこれヘラクレスじゃないってーっ」「お父さんがヘラクレスって言ったんでしょ、それでいいじゃないの」「だってお父さんよりサルのほうがなんでも知ってるもんーっ。サルは嘘つかないもんーっ。お父さんが嘘ついたーっ」

なんでおれが嘘つかないことになってんだよ。つくぞ。

なんだか嫌な気持ちが滲み、伏見は舌打ちして窓のほうに顔を背けた。間違いを正してやったのに、なんか知らないけど自分がしたことにムカムカする。

「……飲むもん買ってくる」

八田にそう言って腰をあげると「猿比古くん、麦茶ならあるわよー？」弟の泣き声にかぶさって台所から母親の大声が聞こえた。この喧噪《けんそう》の中でぼそっと言っただけの声を聞き取るとは恐るべき地獄耳だ。

「いーです。なんか炭酸欲しいから買」

「どーん！」

奇声とともに背後からなにかが突進してきた。立ちあがった瞬間に膝裏を突かれる恰好になって「うわっ」と無抵抗で倒された。「クソガキっ……」屈辱《くつじょく》に顔を歪めて四つん這いで振り返ると、「どーん！」と、三歳になる妹の萌《めぐみ》が奇声をあげて床の間の横の柱に激突し、なにがおかしいのか知らないが尻もちをついてけたけた笑いだす。台所では弟がしつこくヘラクレスヘラクレスと連呼して、下の住人もいるはずの社宅の床に向かって地団駄《じだんだ》踏んでいる。窓辺の風鈴が震動でちりちり鳴る。妹が「どーん」遊びを再開し、狭い居間を駆けまわって壁や柱に激突しまくる。

卓袱台に向かって数学どころか人生全般について悩みはじめてるんじゃないかという顔で問題に取り組んでいた八田が肩を震わせはじめた。

「だーーーっ！　うるせーーーっ！」

バンザイついでに卓袱台をひっくり返し、

「集中できねーだろうが！　実！　萌！　おめえらは一分たりとも黙ってられねーのか！」

弟と妹のがなり声を軽く凌駕《りょうが》する声量で喚くと「美咲！　あんたが一番うるさいっ！」さらにそれを軽く凌駕する声量の怒声が台所から飛んできた。

†

なにもはかどらないと八田が言うので図書館へ行くことにした。

「ったく、なんでオレたちが追いだされなきゃいけねえんだよ。受験生だぜこっちは。暇なガキが外で遊べっつうんだよ」

八月下旬、残暑の昼下がりというもっとも陽射《ひざ》しが厳しい時間帯にでてくるはめになり、八田一家が暮らす社宅から最寄りの図書館までの徒歩三十分の道のりがオアシスを求めて砂漠を越えるくらいの苦行に思える。

「一分たった。うちわ」

「あー、もうか。おう」

時間を計って手をだすと、八田が自分に向けていたうちわ（居間に適当に置いてあったやつでしょぼい商店の店名が入っている）を手渡してくる。

「あーあ、チャリンコねえとまじきついな。いい加減新しい足考えねえとなあ」

いつも停めていた通用門そばの藪の中から八田の自転車がなくなっていたのは今年の春先のこ

とだった。盗まれたのかもしれないし、見つかって撤去されたのかもしれない。いずれにしろ校則違反のチャリ通学を二年間も続けていた手前、声高《こわだか》に犯人捜しをすることもできず、自転車は見つからないままになっている。

「もうチャリンコは卒業してえな。違うのがいい」

「バイクとか？　まだ免許取れないけど」

「オレは誕生日来てるからあと一年したら取れっけどな」

「あ、アイスの自販ある。買おうぜ」

「おまえアイス好きだな？　腹壊すぞ？」

「おれは夏が終わるまでアイスと炭酸で生きることにする」

「生きれねえから。他のもんも食えよ」

「じゃあこれ以上生きなくていいや」

「いやいや生きろって。受験生のままくたばるなんて人生冴《さ》えなすぎるぜ。あ、一分過ぎたろ。うちわ」

炎天下を歩きながら益体もないことをぐちぐち喋る。

受験生、中学三年、夏休みも終盤。

「あーあ、受験かあ。なんか早いよなあ」

ろくに受験勉強に取りかかってもいないのにすでに飽き飽きしたように八田がぼやく。「ま一な」

赤ん坊だった妹が奇声をあげて走りまわるようになるわけだと伏見も思う。

「猿比古はどこでも入れるだろうからいいけど、オレは頑張ったところでどうせろくなとこ行けねえからなあ」

「美咲は瞬発力はあるんだから、一週間前とかからはじめて詰め込んだほうがなんとかなるかもな」

「外では名前で呼ぶなっつってんだろー猿比古」

「……」おまえ自分の矛盾《むじゅん》にまじで無自覚なのな。「行かなきゃいいじゃねえか、どうせろくなとこ行けないってんなら。学校で教わることなんて意味ないし。一分」

ちょっと苛ついたのと、陽射しの耐えがたさとの両方で吐き捨てるように言って、一分たつ前にうちわをぶんどった。嫌味で言ったつもりだったのだが、

「あっそうだ、それなんだけどさ」

と、八田がそれでなにか思いだしたように声を明るくした。

「オレ、中学卒業したら家でようと思ってんだ。実ももう小学生だし、萌もどんどんでかくなるし、あの社宅に五人で住んでるんじゃいくらなんでも狭いだろ。でさ、住むなら鎮目町《しずめちょう》に住みたいと思っててさ。鎮目町の不動産屋ってアングラなのもけっこうあるから、もし親の同意がもらえなくても貸してくれるところ見つかると思うし。それでさ、」

ここからがこのアイデアの神髄《しんずい》だというように八田が目を輝かせて顔を近づけ、ついでにうちわの風の恩恵を掠《かす》めとりつつ続けた。

「部屋、二人で借りねえ？　オレたちのアジトにしようぜ、そこ」

うちわを持った手を思わずとめて伏見はまばたきをした。

「……一人じゃ払えねえからおれ誘ってんだろ」

半眼になって言うと、

「たはは。やっぱわかったか」

と八田はあっさり認めて照れ笑いした。

「卒業したらバイトできるから、もちろんオレもきっちり半分だす。だせなかったら追いだしてくれていい。むしろおまえが住めばいい。あと飯もオレ担当するし掃除もする。おまえどうせなにもしねえだろうから」

言い訳するように並べ立ててから、ふと真面目な顔になり、上目遣いに睨んでくる。ごまかしまじりの明るい声から一変、声のトーンが低くなった。

「猿比古。おまえ、月に何日か家帰らねえで、ネカフェ泊まったりしてるだろ。誰もいねえときだけ帰って、誰かいるときに帰れねえ家なんか……いらねえよ、おまえに」

若干顎を反らして八田の視線を受けとめたまま、伏見は一時言葉を失った。

基本的に無神経なのに、妙にちゃんと見てるときがある。自分の価値観で決めつけて押しつけてきて、それがだいたい的《まと》を外してるからムカムカさせられるのに、そうかと思えば的の一番点数が高いところにまぐれ当たりをぶち込んでくることがある。

0点か百点か、みたいな奴で。

今のは、いいよ。百点だ。

力を抜いて細く息を吐く。頬が自然とゆるんだ。

「……ｊｃｕｂｅまたやるかな。レアカードぶんどって闇オークションで売り捌《さば》けば家賃くらい稼げるだろうから」

神妙な顔で反応を待っていた八田が、またぱあっと表情を明るくした。

「そんな金儲《かねもう》けの方法があんのか！　やっぱすげえなおまえ」

「肉体労働のバイトなんかしたくないもん。あと最低クーラーと風呂はついてないとやだからなおれ」

「オレは屋上があるところがいいな。屋上のヘリポートがパカッて開いて、戦闘機が出撃するあれ。アジトっつったらやっぱあれだよな」

「だったらおれは地下室のほうがいいけどな。地下にでっかい水槽造って宇宙線の研究してるとこがあるんだ。あの施設すげーかっこいいから」

「地下でロケット造ってんのか!?　地下ってなるとあっちか、用水路の水が引いたら横穴からアジトに繋がってる、あっちだな！」

「ロケットじゃなくて宇宙線だって。ニュートリノ」

「ああ、そのニュー宇宙船な？」

「まあいいけど……船でも」

こんな会話を、中一の頃から飽きずにずっとしてきた気がする。

家に帰りたくないし、学校に行く意味も伏見にはわからなかった。このままくだらないことを延々と話しながら行き先もなく歩き続けてるほうがずっとよかった。とはいえ外は閉口するような暑さで、そのうちタンマツの電池もなくなるし、そう都合よく逃げ続けられる先なんかないってことはわかっている。だから結局は、図書館っていう冷房が効いててコンセントもある現実空間へと繋がる道を、熱せられたアスファルトに靴の底を焼かれながら歩いていく。

†

八田のろくに進まない勉強につきあいがてら閉館時間まで図書館で涼んで、ファストフードで適当に夕飯を済ませて夜遅めに帰宅した。夕闇の下でも外車とわかるフォルムの車が家の前でハザードランプを点滅させていた。交通量の多い大通りに接して門も庭もなくいきなりでかい家の玄関があるわけで、そのど真ん前に幅の広い外車が横づけしているわけで、どうしたって一車線を半分くらい占領しており、後方から追い越していく車に迷惑そうにされている。しかし外車は当然の権利っていう顔でどっしりと威圧感を漂わせて駐車している。

外車と家の壁の狭い隙間を通って玄関にたどり着いた。エントランスホールに踏み入ると家の中は冷房が効きすぎるほど効いていた。

華やかなイヴニングドレスを身に纏った女が、正面の階段をちょうどおりてくるのが見えた。

「ええ、今夜はどうしても別の予定が入っていて、伺《うかが》えなくてごめんなさい。奥様におめでとうと伝えて。お花を贈っておいたわ」

耳にあてたタンマツに向かって社交的な声色で話し、電話を終えると、数段あけて後ろに従うダークスーツの男を振り返る。男に向かっては一変して低めの、ドスの利いた声色になり、「大《おお》川《かわ》会長のところへは私が明日直接出向きます。午前中の会議に顔だけだしていくわ。十時台のチケットを手配してちょうだい」

「承知しました、社長」

階段の下から見あげている伏見に女が気づいた。顔を見るなり不快そうに眉を寄せ、

「いつもこんなに遅いの？」

なんで普段いない人間にそんなこと言われる筋合いがあるんだ。自分の部屋に行きたいのだが通り道に女がいるので、伏見は黙って一階のダイニングの方向に進路を変えた。

「ねえ」

と踊り場から呼びかけられた。

「仁希《にき》なんだけど。一応教えておいたほうがいいわよね、あなたの父親のことだから」

その名にぴくりと身体が反応した。

この女と自分が普段どういう関係かを、たぶん一番わかりやすく説明すると——自分たちの直接の続柄を無視して、互いにあの男を介した続柄で呼ぶ。この女、伏見木佐《きさ》にとって伏見猿比古は「仁希の息子」であり、伏見仁希は「あなたの父親」である。伏見猿比古にとって伏見木佐は「あいつの嫁」であり、伏見仁希は「あんたの旦那」である。

女がダークスーツに目配せをし、ダークスーツが一礼して先に歩きだす。伏見とすれ違ってダ

ークスーツが車のほうへとでていってから、女が話を続けた。

「入院してるらしいわ。私も知ったの、一昨日《おととい》なんだけど」

「入院？　なんで？」

さすがについ普通のリアクションで訊き返してしまった。

この夏休みは比較的気持ちが平穏な日が続いてると思ったら、たしかに八月に入ってからまだ一度もあいつの顔を見ていない。

不摂生《ふせっせい》から来る内臓の疾患《しっかん》であることを女に聞かされた。いつかどっかの路上ででも刺されて死んでくれればいいとは思っていた。けど、病気……っていうのは想像していなかったので、拍子抜けしたような感じもあった。まだ三十代の半ばにも届いていないはずだ。それで不摂生が祟《たた》って入院するほど、ろくでもない生き方をしてきたってことだ。

「病院は西田《にしだ》さんに教えておいたから、お見舞いに行ったら？　遺伝子的にはあなたの父親なんだし」

そう言って、ミトコンドリア的に伏見の母親であるはずの女はゴージャスなイヴニングドレスを着て出席するような種類の、しかし知人の妻の誕生日パーティーではないらしいので企業のパーティーかなにかなのであろうどこへやらにでかけていった。顔をあわせるのは一週間ぶりくらいだったと思うが、話したのはそのことだけだった。

ダイニングへ向かいかけた足を伏見は方向転換し、階段の端っこを通って二階にあがった。階段の真ん中はあの女の強壮な気にまだ支配されてるような気がしたから。

入院……って、治る病気なのかな、と考えている。無論治らない病気であることを期待して。一生その病室からでてこなければいい。

もちろん見舞いなんて行く義理はなかった。あいつが病院から貸与された病衣を着て、同室の年寄りに囲まれてベッドに張りつけられているところを笑いに行ってやるのはいいかもしれないと一瞬思ったが、頭の中でシミュレーションしたら急に腹が立っただけで面白くもなんともなかった。

伏見にとっては「あの女の旦那」――伏見仁希っていう男は、無邪気と無神経と自覚のある悪意と自覚のない悪意、それぞれ四分の一ずつでできていた。

産婦人科の新生児室の前でのエピソードがある。思いついたことを全部口にしないと気が済まないのか、ガラス窓越しに新生児の顔を見た瞬間「うわ、猿みてー。気持ちわりー」と看護師や他の母親たちの目を憚《はばか》ることなく大声で感想をぶっ放《ぱな》し、「じゃあ名前それにするわ」とその場で決めた。当時十九歳。成人もしていなかった。

八田の弟の実に本当のヘラクレスオオカブトを教えてやったとき、なんであんな嫌な気分になったのかわかった。別にあいつと同じことをしたってわけではない。あいつの中にはただの悪意しかなかったけど、それに比べたら自分がしたことなんて善意九十九パーセントだ。それでも、実の中では正しい世界ってことで放っておいてやればよかったものを壊してやったことが、ちょっとだけ重なったのだ。一ミリグラムだってあいつと似てる部分なんか自覚させられたくないのに。

夏休みの自由研究に蟻の巣の観察を選んだのは、小学校一年生のときだった。

その年の夏休み中にすっかり染みついた日課どおり、小一の伏見は朝起きるとパジャマのままでいの一番に水槽を見にいって——悲鳴をあげた。

あいつの悪戯《いたずら》だということはすぐにわかった。伏見が思う〝うつくしい法則の世界〟が、ひと晩にしてぐちゃぐちゃに破壊されていた。泣きながら水槽と観察ノートをすぐに燃やした。

あいつがなにをしたかっていうと、水槽にガソリンを流し込んで蟻を全滅させた上、でかいゴキブリを何匹も放り込んだのだ。

Mission 2

「猿比古、全国模試の順位見たですよ。四十五位ってなんなんですそれ？　お腹でも痛かったんですか」

大貝阿耶がひさしぶりに話しかけてきたのは、秋に入り、制服も冬服に戻った頃だった。

夏のうちはまだ猶予《ゆうよ》があった気がしていたが、二学期になると月一の頻度《ひんど》で模試があり、受験生という役割を強制的に押しつけられるようになっていた。

「ああ、結果まだ見てなかった。四十五位？　対策なにも立ててなかったからそんなもんかな」

場所はといえば男子便所の前の廊下である。愚痴っぽいトーンの会話をしながら便所からでてきた同学年のグループがぎょっとしたような顔でこっちを見た。各々のタンマツに送られてくる模試の成績表をちょうど見せあっていたところだったようだ。

「うっわ、最悪ですおまえ。今の発言で全国の中学三年生から顰蹙《ひんしゅく》を買ったです。夜道で刺されても文句言えないです。やる気もないのに四十五位にしがみついてるなんて未練がましいんです。落ちるんだったらすがすがしく百番台まで落ちやがれっていうんです。阿耶は椿《つばき》ヶ原《がはら》学園、余裕でA判定なんです」

受験生アピールなのかなんなのか阿耶は角張った黒縁の眼鏡をくいっと押しあげ、成績表が表示されたタンマツをこっちに見せた。めんどくせえのに捕まったなとうんざりしながら伏見は仕方なく相手をする。

「あっそ。椿ヶ原に高等部から入るくらいなら中等部から行きゃよかったのに」

そうしたら同じ中学でおまえの顔見なくて済んだのにと暗《あん》に、というか明確にこめて。

「ふん、中等部からのエスカレーター組なんて小六で勉強やめてるバカばっかりです。阿耶はバカの同類にはならないんです」夜道で刺されるのはおまえだ。刺されりゃいいので忠告しないが。

「今日は美咲くんとつるんでないんです？　珍しいですね、友だちいない二人でいつもセットのくせに」

「便所まで一緒に行かなくてもいいだろ別に」

八田とはうまい具合に中一から三年間同じクラスになったが、うまい具合にこの面倒くさい又従兄弟とは一度も机を並べずに済んだ。伏見にとっては大いに幸運だったが、八田を気に入っている様子の阿耶には不運だろうから逆恨みされてるような気がする。

「あっ、猿比古ーっ」

と、廊下の角から勢いよく飛びだしてきた八田が勢いよく直角に曲がってこっちに走ってきた。

「おっおお、大貝」と、伏見の陰で死角になっていた阿耶の姿を遅れて認め、伏見を真ん中に挟んで立ち位置を取った。

「あれ？　大貝、目ぇ悪かったのか？　勉強しすぎで視力落ちたか？」

八田がきょとんとして言うと、阿耶が胸を張ってわざとらしく眼鏡を押しあげた。そういえば前はかけてなかったっけ、と伏見はそれを聞いてから気づいた。正直どうでもいいから意識していなかった。

「失礼なんです。勉強なんか視力が落ちるほど頑張らなくても阿耶はできるんです」

「ふーん？　眼鏡、猿比古のやつと似てんな？」

「偶然です。それより美咲くんは模試どうだったんです？」

阿耶に話を振られ、八田が「そっそうだ。猿比古ー」と情けない顔になってすがってきた。

「模試の結果でるのが今日だっておふくろがなんでか知ってて、帰るの待ち構えてんだよ。いや隠してもしょうがないから見せるのは見せるんだけど、親父が帰ってきてからのほうが丸く収まるからさ。夜まで時間潰してえんだ」

「聞くまでもない結果みたいですね。憐《あわ》れです、美咲くん。まあ公開されてる百五十番までには当然影も形もなかったですからわかってましたけど」

「そ、そういう大貝はどうなんだよ？」

「阿耶は三十番なんです。猿比古より十五番も上なんです」

「三十番程度で胸張るなよ」

伏見が口を挟むと阿耶が眼鏡を押しあげて睨んでくる。

「そりゃあ四十五番じゃあみっともなくて大きい声じゃあ言えないですよねえ？」

「三十とか四十五とかって、百点満点の点数の話じゃねえよな？　はあ、おまえらの血筋ってほんと優秀だよな。オレとは話の次元がぜんぜん違《ちげ》ぇや……」

八田が肩を落として嘆いた。

血筋でこいつの同類にされるのは、０点だ。不愉快になり伏見は二人を置いて歩きだした。だいたいなんで便所の前で立ち話してなきゃいけないんだ。「おおい？　猿比古？　なー今日帰り暇だよな？」「猿比古！　おまえはほんっと自己中ですねっ」二人がやいやい言いながら追いかけてきた。

†

「あーあ、ほんと早いとこなんか小回りがきく足が欲しいな。バスが足っていうんじゃサマにならねえもん」

鳥黐《とりもち》町五丁目のバス停の脇に座り込んで帰りのバス待ち中、八田はタンマツでできるゲームに精をだし、伏見は炭酸の瓶《びん》をちびちび傾けながらタンマツの画面をおざなりにはじいてネットを流し見ていた。

鳥黐町と鎮目町の境界線がこのバス通りだ。伏見と八田が鎮目町内を行動するときはいつもこのバス停が出発点になる。

「あっくそ死んだ。あん？　コインを使って続行しますか？　おう、そんなに言うならしてやるぜっ」

模試の結果からの逃避なのか、今日はゲームをしてもいい日と八田は自分に許可をだしたらしい。とはいえ集中していないのは明白で、傍《そば》で音だけ聞いているとさっきからあっという間にゲームオーバーしては悪態をついてコンティニューしている。そのコインって有料のやつだろ。まんまとハマってんなと思いつつ伏見は放置している。

「よっ、とっ、とぇっ、くそっちょこまかとおっ…………なあ、猿比古。今日大貝に聞いたんだけど、親父ずっと入院してるんだってな……？」

ゲームから目を離さずに八田がぼそっと言った。あの女がいると八田に余計な情報が入るなと伏見は忌々しい気分で「まーな」と投げやりな相づちを打った。

夏から入院しているらしいあの男は今も回復していない。三ヶ月ばかりも顔をあわせずに済んでいることは、伏見の最近の心の安定にかなりの割合で貢献している。

「見舞いとか行ったのか？」

「なんで。行ってないよ」

「なんでっつってもっ……一応親父だろ？」ゲームにかじりついた姿勢で八田は濁《にご》した言い方をし

た。「……知ってるけどさ、あんまり、おまえにとっていろいろ、あれなのは」

「はっきり言えよ。変人で変態で人間のクズだって」

「病気してるんだろ？　いくらなんでもその言い草はひどくねえか？」

八田がゲームから目をあげた。その瞬間ゲームの中で爆発音がして、「あっくそ」と頭を掻きむしった。

「美咲。今日おまえつまんねえ」

炭酸をひと口呷《あお》り、小さなげっぷと一緒に伏見は棘のある声で吐き捨てた。

「人がいるとこで名前で呼ぶなっての。んだよ、つまんねえって」

八田の声にも棘が混じる。

「普通のことしか言ってねえ」

「……」口ごもってから八田は「……そりゃ、オレはおまえと違って普通だよ」不貞腐れて言い、「もう一回だ、コノヤロ」とタンマツを抱え込むようにして背中を丸めた。

八田にちょっと、がっかりした。最近のおまえ、受験っていうまわりの空気に呑まれて萎縮《いしゅく》してんじゃねえか。四十点とか五十点とかしかださない八田はなにも面白くない。力任せに突っ込んで0点か百点かでいいんだよ、おまえは。

ネットを眺めていてもこれといって面白い情報もない。タンマツをポケットに突っ込み、くさくさした気分で瓶に口をつけようとしたら、

「くそーっ、死んだっ」

悪態とともに横から瓶を引ったくられた。八田がぐびっと瓶の中身を呷り、

「あーっもう、つまんねえ、いろいろっ」

と八つ当たり気味に明後日のほうへぶん投げたが、途端「あちゃ」と、しまったという声をだした。

瓶が回転しながら飛んでいった方向に運悪く通行人がいた。あーあと伏見は胸中で嘆息し、尻を浮かせて八田のブレザーの背中を摑んだ。どやされたらすぐさま逃げる準備。

見事なコントロールで通行人の後ろ頭に命中——する寸前、通行人が危なげなく片手で瓶を摑んだ。

染めているのか天然なのかわからないが赤い髪をたてがみのように逆立てた、目つきの鋭い男だった。周囲に五、六人の手下が従っている。いずれも柄がいいとは言いがたい風体《ふうてい》の、若いチンピラばかりだ。

よりにもよって投げた先が悪すぎた。鎮目町には一般人が絶対関わったらいけない連中っていうのが何種類かいる。なにかがうまくまわってないときはこんなことでも間が悪い。

おまえか、というように赤毛の男が八田を睨んだ。

「ミコトー。中坊ビビらせなさんな」

と、そばに従う背の高い男が、軽妙かつものの柔らかな関西弁で赤毛をたしなめた。

「だっ、だだ、誰がビビッてっ……」

どう見てもビビりつつ八田が突っかかろうとする。伏見はとっさに八田の肩を押しとどめて関

西弁を睨みつけた。赤毛のほうがヘッドなのだろうが、こっちが赤毛の手綱《たづな》を握っていると踏んだのだ。

関西弁が苦笑いを浮かべ、肩を竦めて「行こか」と赤毛を促した。赤毛が「ふん」と短く笑い、背を向けて歩きだした。残りの手下たちがぞろぞろとそれに続く。

八田が囁き声でそう漏らしてへたっと尻もちをついた。伏見も息をついて緊張をゆるめたとき――。

「ビ、ビビッたぁー……」

立ち去っていく赤毛が、後ろ手で無雑作《むぞうさ》に瓶を放った。

放物線を描いて飛んできた瓶が八田の足もとに落ちた。

その瞬間、瓶が激しい炎に包まれた。顔を炙《あぶ》る熱気とまばゆい光に伏見は思わず一瞬目をつぶった。

目をあけたとき、瓶はその一瞬の高熱で溶けて液体化していた。マグマのようにぐつぐつと赤く滾《たぎ》っていたが、すぐに冷えて固まった。ただ、瓶の形状は完全に失われ、どろっとしたスライムのような形になっていた。

†

その伝説は、飛行船に乗る男の伝説ほどには古くない。ここ一年ほどのあいだに人々の口の端に上るようになった。

飛行船に乗る男の伝説と同じく、一人の男にまつわる都市伝説だ。

燃えさかる炎の力を持つという、鎮目町にいる一人の怪物の話だ。獰猛《どうもう》な肉食獣のようにぎらぎらした金色の光を宿した瞳と、燃える炎のような色の髪をしていることから、〝赤い怪物〟と呼ばれている。

〝赤い怪物〟は手下を率い、鎮目町の裏社会に古くから巣くうゴロツキどもを潰して歩いている。ゴロツキの中には急速に勢力を拡大している〝赤い怪物〟の仲間に加わりたがる者も多い。そのほとんどが、怪物の炎によって身を焼かれて死ぬだけだという。

だがその炎をくぐり抜け、生き残った者は、〝力〟を手に入れる。

〝力〟って……？　どんな……？　あの瓶を溶かした力と同じもの……？

伏見はタンマツの画面を滑らせていた親指をとめた。

都市伝説が本物であるという確証となるようなソースを探している自分を滑稽《こっけい》に思う。トリックに引っかけられただけだ。伏見が飲んでいたのが自販機で買ったただの炭酸ジュースだったのはたしかだが、八田が投げた瓶を投げ返すときにすり替えることだってできたはずだし。

〝そないなとこで腐っとるくらいなら、おれらと来《き》ぃひんか、中坊〟

赤毛の男とともに立ち去り際、関西弁の男がそう言い残していった。

〝溜まっとるもん、ぶっ放す先を提供したるで〟

鎮目町は駅前こそ巨大な街頭ビジョンを掲げたショッピングビルが建ち並び、若者向けの街として開発されているが、ギャングの街という側面も併《あわ》せ持つ。一歩裏通りに入れば犯罪集団の不正取引が横行し、不良グループ同士の衝突もあとを絶たない。

そんな中で勢力を急速に伸ばしているギャング集団に――入らないかって、あの関西弁、誘ったのか？　自分たちみたいな中坊を？　バカバカしい、本気のわけがない。からかわれただけだ。

「……伏見」

仮に本気だったとして、中坊なんか誘い入れてろくな使い方をするわけがない。捨て駒にされるのがオチだ。なんていうんだっけそういうの、鉄砲玉？　ああいうパフォーマンスで頭の悪い若者の気を引いて、勧誘して歩いてんのかな。それが「勢力を急速に広げてる」からくりだったりして。ギャングどころかただの大道芸人じゃねえか。

「……伏見。……伏見っ！」

頭の真上から頭蓋骨《ずがいこつ》にねじ込ませるような大声を突き刺された。呼ばれているのはずっと聞こえていたものの反応する必要性を感じていなかったのだが、仕方なく伏見は目をあげた。

英語の教科担任であり、一年のときのクラス担任でもあった教師が顔を引きつらせて席の脇に立っていた。机にかじりついてテストに取り組んでいたクラスメイトのほぼ全員が、ある者はこっそりと、ある者は露骨に、いずれも迷惑そうにこっちに顔を向けている。

「没収《ぼっしゅう》だ。渡しなさい」

と教師が手をだしてくる。授業中はロックがかけられるはずのタンマツを操作している生徒がいることを学校側がようやく把握したのは最近になってからだ。一年のときに八田も疑われたカンニングのやり口もそれで発覚し、問題が大きくなった。模試や定期考査などの主要な試験時にはタンマツを回収するという対策が講じられたが、それはまったく根本的な解決ではない。

ロックを解除しているのが生徒のあいだで流行っている《.jungle》というアプリであることにまでは、学校側は未だたどり着いていなかった。学校のシステム担当者の無能さにはあきれるしかないが、《.jungle》が頻繁なマイナーバージョンアップを繰り返し、タンマツのシステムに潜り込む方法を変更し続けているからでもある——あたかも画面上でくねくねと姿を変え続けるスクリーンセーバーみたいに。

「渡しなさいと言ってるだろう」

無視していたら教師がタンマツを強引にもぎ取ろうとしてくる。無能がでかい面して集まって生徒になにを教えてるつもりになってるんだと、伏見は純粋に疑問しか浮かばない。

「さわるなよ」

手刀で切るように教師の手を払いのけ、タンマツをブレザーのポケットに突っ込んだ。

「オワリマシター」

棒読みで言い、とっくに解き終わっていたテスト用紙と筆記用具は机の上にそのままにして、鞄だけ持って席を立った。かすかにざわめく教室の後方を通って戸口に向かう。そのルートは八田の席のすぐ後ろを通るのだ。

八田が椅子の上で身をひねって「猿比古」と呼んだ。八田にちらりと目配《めくば》せをして伏見は教室をでた。

「伏見！　いい気になるなよ！　いくら校外模試がよくてもおまえの内申は最低だぞ！」

教師のヒステリックな声が廊下まで突き抜けてきた。負け惜しみにしか聞こえなかった。

「おい、八田!?　おまえもか！　おまえは伏見とは違うんだぞ！　おまえの場合はただの駄目な奴の逃避だ！　おまえらみたいな堪《こら》え性《しょう》のない人間が社会にでてからっ……」「猿比古、帰るのか？　じゃあオレも帰る」教師の声に押しだされるようにして、鞄を抱えた八田がつんのめりつつ追いかけてきた。

「いいのかよ。おれとおまえ、違うらしいけど」

素っ気なく言ったら八田は口を尖らせ、「……いいんだよ」と鞄を肩に引っかけて隣を歩きだした。

今のは自分のほうの意地が悪かった。苛々したから、つい。

二人で並んで上履きをぱこぱこ鳴らし、静まり返った廊下を歩く。伏見は再びタンマツをだし、さっき見ていた画面を表示した。都市伝説についての様々な情報をまとめたサイトからリンクが張られていた、とあるサイトだ。

「このサイト」

と八田に画面を見せた。

「ん？　あっ、これってこないだの胡散臭《うさんくさ》い関西弁……？」

「そう」

バーカウンターっていうやつだろうか、洒落た木製の長いテーブルの奥でカクテルグラスを磨《みが》いている男の写真が貼られている。笑顔で誰かと話しているようだが、目線は撮影者のほうには向いていない。遠目に撮ったものを拡大したらしく画質が粗い。たぶんちゃんとしたカメラではなくてタンマツのカメラ機能程度のもので撮影されている。

写真はその一枚ではなかった。画面をスクロールしていくと、他にも写真が連なっている。関西弁の男の他、先日あの赤毛につき従っていた他の手下の顔もいくつかは記憶にある。背景は同じ店の中だったり、外だったりと様々だ。親指を滑らせてどんどんスクロールしても写真はなかなか途切れず、百枚くらいはあるように思う。写真にキャプションなどはなにもなく、アップロードした者も、サイトの趣旨《しゅし》も不明だ。

「これ、隠し撮り、だよな……？」

「だろうな」

撮られた者たちが目にしたら多少なり気分が悪くなるだろう。しかもこのサイトは別に隠されているわけではなく、ある検索ワードから簡単にたどり着ける。むしろ撮られた者たちの目に触れることを想定しているんじゃないかと推測できる。

誰が、なんの目的で……？

「気色悪ぃことする奴らがいるなあ。なんでこんなことしてんだろうな？」

八田が眉をひそめて口にしたことに、伏見は引っかかりを覚えた。

「今なんて言った？」

八田が顔をあげて目をしばたたかせた。

「ん？　気色悪ぃことする奴らが……」

奴ら、とごく当たり前に八田は言った。

「なんで複数だと思った？」

「なんでって……なんかこの写真、バラバラだなって……いろんな奴らが撮ったような気がしたんだよ」

画面を逆にスクロールしながらあらためて見ていくと、八田がバラバラと感じた理由が伏見にもわかった。画質や色合いに統一感がなく、距離や角度、時間帯にもかなりの幅がある。

いろんな奴ら……集団性……。

思考したのはわずかな時間だった。

「八田。大貝阿耶に頼んで欲しいことがある。おれのメールアプリあるだろ、あれ、おまえとあいつ繋がってるよな」

「いいけど、オレから？　おまえからメールすればいいんじゃね？」

「あいつおれのこと嫌ってるじゃん。おまえから言ったほうが言うこと聞くだろ」

八田はきょとんとした顔をしてから、「オレ、たいがい女ニガテだけど、案外おまえのほうが遅れてるんじゃないかって気がしなくもないぜ……」と呟きつつ自分のタンマツをだした。

†

家に引きあげてきて伏見の部屋で待っていると、連絡して一時間ほどした頃、八田のタンマツに例のメールアプリ経由でデータが送られてきた。

「来た来た」

と二人で画面を覗き込んだ。

【阿耶の人脈ですからね？　せいぜい感謝するんです。阿耶あってこそだっていうのをよーく覚えておくんです……】

恩を売る文章が長々と書かれているメール本文は読み飛ばし、添付されているデータにだけ注目する。阿耶は未だ《ｊｕｎｇｌｅ》のヘビーユーザーで、《ｊｕｎｇｌｅ》の中で繫がっているフレンドというのが多数いる（逆に言えばあいつにはリアルの友だちがいない）。そのフレンドを使って過去の〝ミッション〟の情報を集めてもらったのだ。

探しているものを悟られないよう念には念を入れ、ある期間に提供されたミッションを、わかる限りたくさん集めて欲しいという形で依頼した。誰に悟られてはならないのか、伏見もまだ確信はしていない。しかしこれで確信できると思っている。

八田が画面をフリックして下へとスクロールしていく。ミッションのタイトルとその概要が次々と現れる。

「ちょっと戻って……これだ」

八田の指の横から伏見は反対方向に画面をはじいた。

目についたのは、刑事の密偵《みってい》を募集しているというミッションだった。

鎮目町のとあるバーで犯罪の取引が行われている。参加者は〝刑事役〟のノンプレーヤー・キャラクターから適宜《てきぎ》指示を受けて事件の真相に迫っていく、というストーリーに沿ったミッションだ。なるほどユーザーの興味を巧妙に誘う仕立てになっている。

第一の指令は問題のバー、〝HOMRA〟に出入りする人々の写真を撮ってくること。

「ビンゴだな。あのサイトで晒されてたの、このミッションで集めた写真だ」

バーHOMRA――〝赤い怪物〟のアジトと噂されている店だ。偶然の一致とは思えない。このミッションの出題者は、〝赤い怪物〟の一味の隠し撮り写真を集めてネットで晒しているということだ。

「ユーザーは本当はなにに協力させられてるか知らされないまま、ゲーム感覚で参加してる。多数の人間を無差別に参加させることで、本当の目的を曖昧《あいまい》にする。〝赤い怪物〟の一味が不審に思って写真を撮ってる人間を捕まえたとして、そいつらはおれたちと同じただの中高生だったりするだけだから、なんの真相も引きだせない。〝赤い怪物〟は鎮目町で他のギャング集団を潰して歩いてる凶悪な一味だっていうけど、これに関しては一般人を一人一人締めあげたところで、ギャングを潰すみたいにはなにも潰せない」

「……えーと、オレ、ぜんぜんついていけてねえんだけど、つまりオレたちはなにを突きとめたんだ？」

自分の思考を整理しがてらぶつぶつと喋っていたら、八田は頭をぐらぐらさせて白目を剥きかけていた。

「〝赤い怪物〟を目障りに思ってる奴らがいる、ってところだろうな。〝赤い怪物〟が潰せない方法で、自分たちは鎮目町でこれだけの人間を動かせるっていう、牽制、示威《じい》行為……」

「うーん？　で、誰が？　《ｊｕｎｇｌｅ》が？」

「……《ｊｕｎｇｌｅ》の、サービス提供者って、誰なんだ？」

半ば自問だった。タンマツに目線を向けつつ焦点はそこにはなく、画面のすこし上の虚空《こくう》を見つめている。

「誰って、どっかの会社じゃねえのか？　会員規約とかに書いてあるやつだろ？　読んだことねえから知らねえけど」

「皮はどうとでもかぶれる。そういうのじゃなくて、《ｊｕｎｇｌｅ》って仕組みの、中心にいるのは……」

電話が鳴りだしたので、びくりとして言葉を切った。

二人のどちらかのタンマツではない。味気ない呼びだし音が一階から聞こえてくる。訝しんで伏見はドアのほうに目をやった。

「電話だぞ？　今お手伝いさんもいねえんじゃねえか？」

当然でるんだろうというふうに八田が言ったが、伏見は腰をあげるのをためらった。この家の固定電話が鳴ることなんて滅多にないのだ。回線を置いておく必要性がないんじゃないかというくらい、鳴らない電話だ。あの女は公私含めて交友関係が広い人間だが、ほとんど自宅にいないことは周知だから、用がある者はタンマツに直接連絡するはずである。そしてあの男の交友関係なんて知らない。普段外でなにをしてるのかも、知らないし知りたくもない。

しばらくそのまま待っていたら呼びだし音は消えた。

「切れちまったな」

「……セールス電話かなんかだろ」

なんとなくだがほっとして、ドアに張りついていた視線を外した。

「えーと、で？　猿比古、なにか言いかけてたよな？　《jungle》のサービスの中心が？」

「……ずっと感じてることがあって……はっきり説明できるわけじゃないんだけど、なんかさ、〝悪意〟があるんだ……。それがずっと、気に入らなくて」

「悪意……？」

八田が神妙な顔になってごくりと唾を呑んだ。

「《jungle》はスパイウェアを植えつけるっていうのは何度も言ってるよな。スパイウェアはタンマツの中の個人情報を吸いあげる。一般人の個人情報なんて大半が利用価値のないゴミクズだろうけど、もし相当に高度なテキスト解析アルゴリズムがあったら、ゴミクズの海からピンポイントで有益な情報をサルベージできる。そのアルゴリズムを使えば、たとえば、〝悪意のある言葉〟を抽出《ちゅうしゅつ》できるとする。一年のとき、グループメッセージの誤配信があっただろ。おまえがハブられるきっかけになったやつ」

「え？　お、おう、そんなこともあったっけ……な？」

すっかり忘れてた、みたいな言い方をしつつ八田は顔を引きつらせた。

「《ｊｕｎｇｌｅ》内で交わされる膨大な会話の中から〝悪意のある言葉〟を抽出してデータ化できるとする。さらにそれを解析して、悪意の対象にされてる人間を特定できるとする。それを当人に送りつける……。もちろんスパイウェアでメールアドレスも抜き取られてる。推測だけど、一年のときのあれはそういうアルゴリズムのテスト運用だったのかもしれない。おまえをあげつらった悪口が、運悪くそれに引っかかっちまった……」

伏見も最初から気づいていたわけではない。この推測に至ったのは半年ほど前、「《ｊｕｎｇｌｅ》は人の悪口を集めてる」とネット上で噂になっていたからだ。八田と同じような目に遭《あ》ったユーザーが全国的にいたらしく、どこまで事実かはわからないが、中には自殺未遂や、口論から殺傷事件に発展したという話にまでなっていた——そんなことがあっても未だ《ｊｕｎｇｌｅ》のユーザーは増え続けている。やめればいいのに、バカじゃないのかと伏見は思う。たぶん……みんなが使ってるから誰もやめることができないんだろう。バカじゃないのか、とやっぱり思う。

「まあ悪口の解析なんて悪趣味なだけのもんがなにに使えるのか知らないけど。真の目的はたとえば、国の権力者の家族の他愛《たあい》ないメールのやりとりから、国家機密にアクセスするためのパスワードを浮かびあがらせる……っていうようなことだったりするかも」

八田がぱかっと口をあけて嘆息した。

「ほあぁ……。やっぱすっげーなあ、猿比古、おまえが考えてることって」

推測とはいえ二年前の事件の真相を急にほじくり返されて、落ち込んだかなとちょっと思った。八田は脳がすっかり疲弊《ひへい》したみたいな顔で脱力していたが、ふいに「ふへへ」と、なんだか気持ち悪く笑ってふにゃっと頬をゆるめた。落ち込んではいない、みたいだ。

「オレさ、この世界のどっかには、オレたちが知らされてない、なんかでっかいパワーがあるって思ってた。政治家とかじゃなくてさ、世界を動かす力を持ってる、もっととんでもなく強ぇ奴がいる。飛行船を追っかけたとき、あったろ。あのときにオレ、そういう力が絶対にあるんだって、信じたんだ。あのな、だけど、オレ一人じゃそんなこと思いつきもしなかった。オレはバカだし、目の前のことしか考えられねえからさ」

若干きまりが悪そうに頬を掻いてそう言ってから、尻を浮かせてこっちに身を乗りだしてくる。

「猿比古、おまえが、オレに見せてくれるんだ。そういう世界の存在を、おまえがオレにも感じられるようにしてくれるんだ。おまえが考えてることってオレには半分もわかんねえけど、でもおまえの話聞いてるだけで、オレはいつも最高にわくわくする」

伏見のほうが今度は驚かされて、きらきらと輝かせている八田の目を見つめ返した。

ストレートに向けられる賞賛と好意が、伏見にとっては八田が言う「なんかでっかいパワーがある世界」と同じくらい不思議なものだった。なにかそれは、身体がうずうずする感じで……熱を持った推進剤を身体の奥に突っ込まれるような、そんなような、感じで。

二年前、飛行船に追いつけなかったとき——八田がなにかすごいパワーの存在を確信したというそのとき、伏見はがっかりしていた。なにも変わらなかったって思った。

でも、あのときからなにかがすこしずつ変わりはじめてたのかもしれない。

「こないだのアジト作る話だけど、本当にやらねえか？　中学卒業したらって言ったけど、先延ばしにしてる場合じゃねえや。今すぐ実行しようぜ。その、《ｊｕｎｇｌｅ》の〝悪意〟の正体ってやつを突きとめるための基地にしようぜ、オレたちの」

すっかりその気になって八田が提案した。

「受験はどうするんだよ。おまえのは駄目な奴の逃避なんじゃゃないのか？」

「うっ……そ、それは、まあ、なあなあに？」

いったん突き放すと八田は気勢を削《そ》がれて顔を引きつらせたが、伏見はもう心を決めている。

「美咲。おれは高校行かない。中学までで十分だ。これ以上おとなの長話聞かされたって不愉快なだけで無意味だ。おまえが言ったら駄目な奴の逃避なんだよな。だったらおれが誘えばいいわけだ」

誘う……か。なんか新鮮な言葉だ。生まれてから今までそんな言葉が自分の舌に乗ったことがあっただろうか。誰かを誘って一緒になにかする、っていう行動原理を今まで自分の中に持ったことがなかった。

「やめようぜ、受験なんか。おまえの親は怒るだろうけど、おれのせいにすればいい。おれがおまえの親に恨《うら》まれる」

「お、おまえのせいになんかしねえよっ。勝手に話を進めんなよっ」

怒った顔で八田が即座に言い返してきた。

「オレのことにはオレが自分で責任持つに決まってんだろ。わかった。オレも……高校なんて、行かねーっ！　今日で受験生、やめだーっ！」

身体をいっぱいに使ってバンザイして、ばたんっとベッドに仰向けになった。

「あーっ、なんかすっきりした！」

ベッドの上で背泳ぎしはじめた八田に「おまえ解放されすぎ……」と伏見はさっそくあきれたが、目を細めて小さく笑った。

伏見は別に勉強は嫌いではないから、受験にも苦手意識はない。でも自分より劣った人間たちになんで優劣をつけられなきゃいけないんだ？

学校なんて必要ない。自分たちの世界におとなはいらない。そんなものに保護してもらわなくたって不自由はないし、よっぽど生きやすい。

世界のどこかで暗躍している陰謀に、中学生二人で立ち向かう基地を作る——考えただけでバカみたいだけど、そのバカみたいなことを、本気で成功させてやろうと思う。

尻込みや畏《おそ》れはなかった。失敗するとも思わなかった。不貞不貞しさしか今はなかった。

†

一階でまた電話が鳴っている。一日に二度もこの家の電話が鳴るなんていうことは伏見が物心ついて以来片手で数えられるほどしかない。

八田は帰ったあとだった。伏見は自室でベッドに寝転がってタンマツをいじっていたが、タンマツから目を離してドアのほうに顔を向けた。

電話はなかなか切れない。今度はしつこいな、なんなんだ……。

仕方なく起きあがって部屋をでた。

夏は冷房が効きすぎている家だが、この季節になればなったで閉め切っている部屋以外は戸外並みに肌寒い。裸足のまま部屋をでてきたので、土足仕様の硬い床を踏む足先がすぐに冷たくなる。人の気配のない一階で電話の音だけが鳴り続いている。

リビングの戸口に立つと、薄闇の片隅で電話機がひさしぶりに自分の機能を思いだしたみたいに緑色のランプを点滅させていた。

受話器を取って、

「……はい」

とでた。もしもし、でもなく、伏見です、でもなく。

『もしもし。伏見仁希さんのお宅で間違いありませんか？』

出だしからその名を聞かされて、でるんじゃなかったと後悔した。

男の声だった。サラ金の取り立て屋の声でも傲慢《ごうまん》な警察官の声でもなくて、落ち着いた感じの年配の男の声だ。

『もしもし？　伏見仁希さんのお宅で間違いありませんか？』

困ったように繰り返され、「……はい」とようやく答えた。月に数日しか帰ってこない人間の〝お宅〟がここでいいのか知らないけどな。

『××総合病院で医師をしております、藤峰《ふじみね》と申します。あなたは息子さんかな？　私はお父さんの担当医です。お母さんはご在宅ですか？』

息子さん？　お父さん？　お母さん？　この家で誰も口にしない単語を立て続けに耳にして、心がどんどん冷めていく。

他人に対してわざわざ否定しても面倒なだけだが、肯定もしたくないので「おれしか今いません」という答え方をした。

『そうですか……。あなたは何年生？　あなたに話してもわかりますか？』

「中三です。わかりますよ」

むっとしてそれに関してはおとなっぽい声を作って答えた。

『いいですか、落ち着いて聞いてください。お父さんの容態《ようだい》が急変しました。万一のため、ご家族の方に至急お越しいただきたい状況です。酷《こく》なことを申しますが、今夜持ちなおしても、いずれにしろ年を越すのは難しいかもしれません』

あー、そういえばあの人でなしにも国民健康保険証とかいうものが一応発行されてるのか。医師の声を聞きながら頭の半分で考えていたのはそんなことだった。人間じゃなくても援助を受けられるなんてこの国のシステムはクソだな。

『大丈夫ですか？　聞こえていますか？』

「聞こえてます。わかりました」

『よかった。ではすぐにお母さんに連絡してもらえますか。お待ちしています。夜間通用口から入っていただいて、当直の者に仰《おっしゃ》ってください。すぐにわかるようにしておきます。落ち着いて、夜分ですから十分気をつけておいでになってください』

あの男の担当医なんかにはもったいない、人柄のいい医師のようだった。

電話が切れてからも伏見はしばらく動かなかった。それからゆっくりした動作で受話器を置いた。

「……はは」

我ながら珍しく声にだして笑ってしまった。下を向き、肩を小刻みに震わせた。

今日はいいことがたくさんあった。ゆるやかにゆるやかに変化してきたものが、ここに来て一気にプラスのエネルギーを受けて、加速していくのを感じた。

腹減ったな……飯買いに行こうかなと、珍しく能動的にそんな気分にまでなって、電話の前を離れた。電話の内容など一度も思いださなかった。

Mission 3

「どういうことなんです、猿比古」

十二月の模試の結果が各自に送られてくる頃、また廊下で大貝阿耶に捕まった。今回は模試の受験自体をしなかったので、今日が結果がでる日だということも知らなかった。当然ながら百五十位以内に名前が載りもしていないはずである。

「おまえバカなんです？　今どき高校行かないなんて社会的に見たらクズですよ。行っとけばいいじゃないですか。おまえなんか頑張らなくてもどこだって受かるんですし、努力しなくても普通にやってれば社会で成功するんですから」

「じゃあバカじゃねえってことじゃん」

「バカです。おまえがここまで大バカだとは思わなかったです。阿耶はおまえみたいなクズには絶対にならないんです」

今日もかけている眼鏡をぐいぐい押しあげながら阿耶は憤然として言った。そもそもこいつは自分になにかで勝ったこともないのだが、なんで対等に張りあってる気でいるのか、意味がわからない。バカなのか？　こいつのほうこそ別に頭は悪くないはずなのに。

またしても男子便所の前の廊下だ。おまえはこんなところでおれが来るのを張ってんのかよ……。便所を出入りする男子生徒がちらちらとこっちに視線を向けていくが、阿耶に毛虫でも見るような目で睨まれて追い払われる。

「……ほんと、なんなんだよおまえは」

伏見は廊下の窓の枠に腰を預けた。

「気分悪くないから一分だけ話を聞いてやる。結局おれになにが言いたいのか、今まとめて言え。もう二度と聞かねえから」

「美咲くんはいいですよ。たとえこれからどんなに努力したところで急にオツムがよくなるわけでもなし、どうせたいして上には行けないんですから。今のうちにドロップアウトしたところで世の中になにも影響ないですし？　本人もこれ以上無駄な努力しないで済みますしね」

「よく手のひら返して言えるもんだな……おまえから八田にひっついてきたんじゃねえのかよ」

「美咲くんみたいなおバカに引きずられて、おまえが自分の価値を落としてることを阿耶は忠告してやってるんです。阿耶のほうが高いレベルで、対等におまえと話せます」

「なんでおまえと話さなきゃいけないんだ。おまえが一度でもおれの話を、すげーって目ぇ輝かして聞いたことがあんのかよ？」

鼻息荒くまくし立てていた阿耶が意表を突かれたように口をつぐんだ。

顔をしかめて溜め息をついてから、伏見はちょっと話を変えた。

「あの、プチプチしてる、梱包材《こんぽうざい》があるだろ、ビニールの」

「……は？　なんです？　プチプチ？」

阿耶が訝しげな顔をするがかまわずに続ける。

「あれを、潰してるような感じで……他にすることないからなんとなく手ぇ動かしてて、気がついたら全部潰してて、それがそれなりに結果になってた……みたいなもんなんだよ。勉強するのも、jcubeで高ランキングキープするのも。おれにとってはプチプチ潰す程度のことなんだ。どうでもいいんだよ全部、おまえが言うとおり、努力しなくてもできるから。おまえはおれに突っかかる価値があると思ってるみたいだけど、おれに言わせればクズみたいなことしてるだけなんだよ」

声を潜めて言ったわけではないので廊下を行き交う生徒にも普通に聞こえていて、驚いたような視線や厭《いと》わしげな視線が向けられる。しかし背景になにを思われようがどうでもいい。阿耶にしたところで背景だ。背景を言い負かしたところで気が晴れるわけでもない。

一分とっくに過ぎた。きびすを返して教室に向かって歩きだした。

「……さっ、猿比古！」

距離があいてから、阿耶の怒鳴り声が背中にぶつかってきた。

「おまえはほんとに性格最悪ですね！　阿耶は心の底からおまえが大っ嫌いです！」

ついでに物理的な衝撃もぶつかってきてつんのめった。阿耶のリュックサックがどさっと足もとに落ちた。背中に手をやりつつ肩越しに睨むと、阿耶が男子便所前で怯んだように身構えた。

「今さら言われなくても知ってる。ただおれは別におまえ個人のことは嫌いじゃない——」

つま先でリュックを掬《すく》いあげ、足の甲で数回リフティングする。

「おまえを含めた世の中全部が嫌いだから」

その数秒で、阿耶の表情がめまぐるしく変わるのを見た。困惑とか、期待とか、失意とか。

足を後ろに振りあげ、思いっきりシュートを決めるつもりで阿耶の顔面めがけてリュックを蹴った。顔を庇うこともできず阿耶が目をみはるのを見たのを最後に、伏見は背を向けて歩きだしている。阿耶の悲鳴と周囲のどよめきを背中に聞いた。

学校の成績なんてよくても阿耶のように鼻が高いと思ったことはない。ｊｃｕｂｅも惰性《だせい》でやっていただけだ。勉強もゲームも、嫌いじゃないし苦手でもないからやってるあいだはそれなりに没頭しても、やり遂げたときの誇らしさとか満足感とかはなにも残らない。

緩衝《かんしょうざい》材のプチプチを惰性で潰しているような、伏見にとっては世の中のたいがいのことがそんなふうに過ぎていた。自分の中がマイナスの感情で満たされていても、プラスの感情っていうのは空っぽだった。

〝おまえ、すげーな！〟

〝そのアイデア超おもしれえよ！〟

〝一緒にやろうぜ、猿比古！〟

いちいちオーバーなリアクションして、まっすぐそんなふうに言ってくる奴がいつも近くにいるようになって初めて、自分のこの、人よりいろいろよくできるのかもしれない才能に、本当の価値ができたような気がしたんだ。

†

「すげーっ！」

と八田は目を輝かせて、左手首に嵌めた腕時計のスイッチを押しまくった。そのたびに風防《ふうぼう》の真上の虚空に約四インチのホログラフィーの画面が現れては消える。

「うおーっ、すげーっ！　猿比古、すげーかっけーよこれ！　なんかの戦隊の隊員がつけてるやつみてえ！」

「戦隊って、おまえの頭は小二以下か」

「せっ、戦隊の隊員はおとななんだからいいだろ？」

恥ずかしそうに説得力の薄い反論をし、八田はまた「おおお」と歓声をあげて腕時計をぱちぱちといじる。

「今のところは時計自体がタンマツになったわけじゃないから、タンマツも持ってないと意味ないんだけどな。おれが使ってるやつを応用して……」伏見は自分のタンマツの画面に特定のジェスチャーで指を滑らせた。八田のよりもやや大型のホログラフィーが空中に浮かびあがった。「そのうちちゃんと改造したいけど、今回はこんなもんかな。美咲には外で動いてもらうから、機動力があるやつがいいだろ。で、おれはこれ」

と、片耳だけのイヤパッドにマイクがついたヘッドセットをだしてみせた。

「おおおっ……」

目を潤《うる》ませて食いついてきた八田に半眼をやって、

「戦隊のオペレーターみたいって思っただろ、今」

「うっ、お、お、思ってねえよ？」

「おれが思った。かっこいいだろ」

飄々《ひょうひょう》と言ってすちゃっとヘッドセットを装着する。八田がきょとんとしてから、

「なんだよー。猿比古だってその気じゃねえか」

と破顔《はがん》した。伏見もにやりと笑い返した。

「あとハッキングツール走らせる用のパソコン組んだ。タンマツだけじゃさすがに無理だし」

「司令室って感じになってきたなっ」八田が意気揚々と部屋を見まわす。「この時点で勝ったよ

うな気がしてきたぜ、オレ」

「バーカ。まだはじまってもいないだろ」

「じゃあ負ける可能性考えてんのかよ、猿比古？」

「まさか」

即答すると、八田も気合の入った顔で頷いた。

「だよな。オレとおまえが組んで、負ける気なんてこれっぽっちもしねえ」

戦隊ヒーローものの司令室といえば煌々《こうこう》とした照明に照らされた近未来的な空間にモニターがずらりと並んでいたりするものだが、ここはせいぜいアマチュアのラジオ局といった感だ。中腰にならないと脳天を擦《こす》る高さのロフトスペースを、デスクスタンドの灯りだけが照らしている。ロフトをおりると普通に立って歩ける高さの居住スペースがあるが、そっちにはまだ荷物はほとんどない。基地としての整備を先行して進めてきた。

アジトを本気で探そうという話をしてから一ヶ月。中学生が保証人もなしで借りられる部屋など普通に考えたらあるものではないが、八田が言っていたとおり、鎮目町のアンダーグラウンドな不動産屋はそのへんの条件がゆるかった。

戦闘機が出撃する屋上のヘリポートも、用水路から秘密の地下道で繋がっている地下室も、残念ながらない。かわりに梯子《はしご》で上り下りする三畳くらいのロフトがある。雑居ビルの一階で、前はなにかの店舗だったらしく、壁と床はコンクリート打ちっ放し、天井にはダクトが剝きだしになっている。がらんとした四角い空間だが、キッチンと風呂とトイレはちゃんとついている。

この条件で格安の物件だったので、八田が即決しようと言った。条件がよすぎると思って調べたら殺人事件があったとかいう曰くつき物件だったのだが……八田には言ってないんだよな、と伏見はこっそり舌をだす。

「それで美咲、そっちの準備は？」

「まかしとけって。前言ってた新しい足、調達したぜ」

八田が梯子を使わずにロフトから飛びおり、ロフトの下に潜り込んで一度視界から消えた（ちなみにロフト上が伏見、ロフト下が八田、それ以外が共有スペースというふうに領地を決めた）。

なにやってるんだろうと思っていると、
ガッ！

床を鋭く打つ音とともに、八田がロフト下から勢いよく滑りでてきた。

ロフトの上で伏見は目を丸くした。八田は向かい側の壁までそのまま突進し、壁の手前でぎゅるんっと半転して、こっちを向いてとまった。

「へへん」

とドヤ顔で胸を反らした八田が足で踏んでいるものは、

「へえ……スケボー？」

「公園でこれ練習してる大学生くらいのグループがいて、ピンと来たんだ。これなら小回りきくし、街ん中を移動するのにうってつけだって。でさ、使ってないのがあったら譲ってくれねえかってそいつらに声かけたんだ。おまえ中坊か、キックフリップくらいはできるんだろうな？　って言われたから、キックフリップってなんだって訊いたらそいつら笑って、一時間でできるようになったらおれらが持ってる中で一番いいボードやるぜ、って煽りやがったんだ。じゃあ一回だけ手本見せてくれよ、やってやるぜ、ってオレは請けあったわけだ。そんでオレは一時間どころか一回で見事成功させて、連中の度肝《どぎも》を抜いてやったってわけ。ま、オレの運動神経にかかればチョロいもんだぜ」

腰に両手をあて、鼻を高くして武勇譚《ぶゆうたん》を披露《ひろう》する八田の、その両手が擦り傷だらけになっていた。長袖長ズボンで隠れているがどうせ身体も痣だらけなんだろう。

「一回で成功、ね」

「な、なんだよ、疑うのかよ」

伏見の半眼に気づいて八田はばつが悪そうに両手を尻の後ろに引っ込めた。

「ま、まあはじめたばっかりだからこんなもんだけど、作戦まであと一週間だろ。一週間あれば完璧に乗りこなしてやるって」

一週間後——《ｊｕｎｇｌｅ》サーバーのハッキングに挑む。

急ごしらえの部分もあるが、欲しかったものは一応揃えた。慎重になりすぎて何ヶ月も機会を待つんじゃあ面白さが目減りするし、タイミングよくとある情報が入ってきたので、この日に仕掛けようと決めた。

【サプライズ・パーティーのエキストラ募集】

《ｊｕｎｇｌｅ》で斡旋《あっせん》されている十二月のミッションの中に、そんなものを見つけた。十二月二十六日の夜、鎮目町で行われるサプライズ・パーティーに参加しないかというものだ。

サプライズ・パーティー？　唐突感がなにか引っかかってネットに流れている情報を漁ったら、このミッションにはある噂がついてまわっていた。「ミッションの参加者限定で、《ｊｕｎｇｌｅ》が受験のとき有利になる情報をくれるらしいよ」――自然発生したものなのか、《ｊｕｎｇｌｅ》が意図的に流したのかは不明だ。都内に住む相当数の中学三年生（高校三年生も含むかもしれないが、あえて切り分ける必要もないだろう）にこの話は広まっている。

具体的になにがどう「有利になる情報」なのかもわからない。カンニングの幇助《ほうじょ》なのか、あるいは点数の操作なのか――詳細はすべてが不明なのだが、だからこそ期待をこめて受験生のあいだで広く囁かれていた。そして同時に焦りや疑いも生んでいた。そんな遊びに参加して貴重な時間を潰すくらいなら、当然まっとうな受験生なら家で勉強しようと思うはずだ。しかし、もし自分以外のみんなが参加するとしたら？　参加しなかったことで、参加した者よりも相対的に不利になってはたまらない、と考えるだろう。

ネットを使って人の感情を揺さぶり、行動を操作する――《ｊｕｎｇｌｅ》にはそういう一面があることを伏見は感じていた。

伏見があらためて計画の概要を説明するあいだ、八田は梯子の途中に足をかけてロフトの端に頬杖をついていた。

「そういえばさ、大貝もそれ行くのかな。猿比古、なにか聞いてるか？」

「知らねえよ。なんでだよ」

「だって大貝も《ｊｕｎｇｌｅ》にハマってっから行く可能性高いだろ？　心配じゃねえか？」

「あのな……言っとくけど、おまえがあいつの心配してるみたいにはあいつはおまえのことなんか考えてねえぞ。今日あいつがなんて言ってたか教えてやるよ。おまえはこれから努力したところで勝ち組にはなれないから、今ドロップアウトしても変わらないってさ」

隠すことでもないので今日の阿耶とのやりとりを全部教えてやった。阿耶にしても伏見から八田に伝わるのは承知の上での謗言《ぼうげん》だろう。

「ひでえ言われようだなあ、オレ……」

鼻白んだものの深刻に傷ついたわけではないようで、八田はけろっとした顔になった。

「まあオレが恨まれるのはしょうがないと思うけどさ。大貝はおまえと同じ高校行きたかったんじゃね？　なのにおまえがオレと一緒に高校行かないとか言いだしたからさ」

「行かないって言いだしたのはおれだぞ。なんで美咲が恨まれるんだよ」

「とにかく大貝に会ったら謝っとけよ？　いくらなんでも女の顔に鞄蹴りつけるのは駄目だ」

「なんで。やだよ。あっちから投げてきたんだ」

「猿比古」

八田の声色にふと重みが加わった。

「小坊じゃねえんだから、女に暴力ふるうのは駄目だ。謝っとけよ。いいな」

「……」

戦隊の隊員がどうこうってそっちが小二レベルで目ぇ輝かしてたくせに、説教かよ。

「……この計画が済んでから、会ったらな」

口を尖らせて渋々言うと、しかつめらしい顔をしていた八田が「よしっ」と笑った。

仏頂面で伏見はディスプレイに目を戻し、気を取りなおす。

「十二月二十六日、〝サプライズ・パーティー〟の集合時間は夜十一時。年末のそんな時間に、自分の部屋で机にかじりついてるはずの大勢の受験生が家から抜けだす。そして家から消えた分の人口が鎮目町に集まる。《ｊｕｎｇｌｅ》を動かしてる連中も鎮目町の動きに目を向けてるはずだ。そのあいだにおれたちは、《ｊｕｎｇｌｅ》の〝中〟を狙う」

「あっと言わせてやろうぜ。猿比古、おまえとだったら、世界だって乗っ取れる気がしてる」

八田がロフトの下から握り拳を突きだしてきた。擦り傷がかさぶたになりかけて赤く腫れあがっている。

ロフトの上から伏見も手を伸ばし、八田の右の拳に自分の左の拳を、ごつん、と突きあわせた。

自分たちみたいな中坊が本気で《ｊｕｎｇｌｅ》を乗っ取る計画を立てている。八田以外の誰に話したところで、子どものごっこ遊びだと笑うだけだろう。

でも、八田だけは笑わない。本気でやれるって信じてる。

おれが計画したからだ。世の中をあっと言わせてやろうぜって、おれが言ったからだ。

〝世の中〟なんて本当は伏見はどうでもよかった。こんなクソみたいな世界欲しいともなんとも思わない。ただ、学校とかの小さい世界でくすぶって文句言ってるだけじゃなくて、もっと圧倒的な力を持った、でかい存在にだって刃向かえる力が自分たちにはあるんだって、それを証明してやろうって思った。

「〝赤い怪物〟すらコケにした《:jungle》を、おれたちがコケにする。一週間後には世界のすげぇ奴の勢力図がちょっと変わってるぜ？」

負ける気はしない。いくらでもでかいことを言えた。

「クソつまんねえ世界をおれたちでひっくり返す」

「けどさ、ひっくり返しても面白くならなかったらどうするんだ？」

「絶望するしかないな。そうなったらもう宇宙に飛びだして太陽に突っ込む方法でも考えるか」

「それもいいな！　超イカした宇宙船造って、超クールに突っ込もうぜ！」

綿密で実際的な計画と、壮大で漠然としたバカ話とを夜が更《ふ》けるまで飽くことなく二人で語りあった。それから八田が先に寝てしまうと伏見はまた一人でパソコンに向かった。一週間後に向けてまだいくつか仕込んでおきたいことがある。薄暗い部屋でディスプレイの光だけに照らされて作業に集中した。

この部屋は、盗まれても惜しくないものしか置いていないあの冷たい大屋敷とは違った。あの家よりずっと狭いし、高価なものなんて置いてない。パソコンだって安いパーツを集めたものでしかない。さらには曰くつき物件っていうおまけまである。

でも、ここには盗まれて平気なものはなに一つなかった。

この部屋には、ちゃんと鍵をかけようと思う。

『続々と集まってるぜ。道が人で溢《あふ》れてる。すげーっていうより、ここまでになると気持ち悪い光景だなあ』

十二月二十六日、二十三時。現場で様子を窺っている八田からヘッドセットを介して報告が入る。

†

伏見は部屋に一人で残っていた。毛布を頭からかぶって机の前であぐらをかき、缶コーヒーをちびちび舐めつつ、一三五度の角度で並べた二台のモニターを睨んでいる。パソコンの液晶ディスプレイと、タンマツと連動しているホログラフィーのディスプレイだ。ホログラフィーのほうに粗い画質の動画が流れている。八田がタンマツのカメラで撮影している映像がリアルタイムで送られてくるようになっているのだ。

八田が動画を撮っているのは駅前のビルの屋上だ。駅前のスクランブル交差点は黒々とした人々の頭で埋め尽くされていた。駅舎から押しだされてくる人々が、ヘドロの川が支流を延ばすように放射状に溢れだしていく。横断歩道の白いライン、立ち往生している車のライト、道路脇の建物を彩るネオンサイン――あらゆる光を呑み込んで、黒いヘドロが街を食っていく。

「すごいな……」

ディスプレイの前で独りごちた。これほどの数の人間が、《ｊｕｎｇｌｅ》というネット上のーサービスに動かされているのだ。

『そっちの様子はどうだ？』

「まだ動きはないな」

ホログラフィーから液晶ディスプレイのほうに目を移すと、こっちの画面にも動画が流れている。こっちは事前に別のビルの屋上に仕掛けておいた固定カメラの映像だ。

群衆は駅前からいくつもの流れに枝分かれし、鎮目町中の道を埋めるように広がっていく。しかし俯瞰で見ていると、どの流れも必ずある三叉路《さんさろ》を通過しているのがわかる。それが固定カメラが捉えている場所――三叉路の角に洒落た佇《たたず》まいの店が建っている。夜遅い時間だが店は営業中のようで、暖色の窓灯りが路上を照らしている。遠隔操作でカメラをズームすると、西洋アンティーク調の看板に書かれた店名を視認できるようになる。

バーＨＯＭＲＡ――〝赤い怪物〟の根城《ねじろ》。

参加者の多くは〝赤い怪物〟の存在など知らないだろうし、都市伝説として耳にしていたとしても、その怪物が本物の恐ろしい力を持っていると信じている者はまずいまい。参加者はあくまで〝ゲームに参加している〟感覚だ。

「ん……？　誰かでてきた」

店のドアがあき、窓灯りが広がった。三、四人の男が中から現れ、路上を照らす光の上に長い影を落とした。

『おっ、〝赤い怪物〟か？』

「違う。下っ端《したっぱ》が様子見にでてきただけみたいだ」

今のところ男たちは店の前で突っ立って、異様な数の人々が目の前を移動していく様を見守っているだけだ。訝しい事態とはいえ店に被害が及んでいるわけではないし、一般人で、しかも多くは中高生だ。子ども相手に問答無用で殴りかかるわけにもいくまい。隠し撮り写真のときと同じ、《ｊｕｎｇｌｅ》の手口だ。

「美咲、日向《ひむか》中の連中を見つけた。マップ送るからそっちで見えるか？」

カメラ映像とは別のウィンドウに鎮目町のマップが表示されている。マップ上の一点に、小さな光が星雲のように密集しているところがある。光は密集したままゆっくりと移動し、やはりバーＨＯＭＲＡ前の三叉路を目指している。

この光は日向中の生徒のタンマツの位置を表していた。だいたい学校単位で固まって移動しているのだろうか。それなら好都合だ。

『マップ確認。ちょうど今いるビルの反対側から見えそうだ。ちょっと待ってくれ』

カッ、とスケボーがコンクリートを打つ音がし、八田のタンマツから送られてくる映像が一時ぶれてノイズが入った。『あのへんか……おっ、見つけたぜ。クラス違うけどみんなうちの三年だ……』伏見のほうに送られてくる映像は粗いので細かな人相までは判別できないが、八田は目がいいので一人一人を判別できるようだ。『あ、花山がいた。あと……あっ……』

「どうした？」

『あ……ああ、いや、一年のとき同じクラスだった奴らがけっこういるぜ。それだけ』

空々《そらぞら》しい言い方から、だいたいのことは察した。

「……受験が有利になる情報がもらえるなんて噂に食いつくクズだったってだけだ。縁が切れてよかったろ」

冷たく伏見は言い放ったが、八田はそこまで割り切れないのか『う……うん。まあでもオレも気持ちはわかるしよ』とフォローするようなことを言う。舌打ちして伏見は話を変えた。

「大貝阿耶は？」

『んー……今んとこ見つからねえな。ん？　大貝の居場所はそっちでわかんねえのか？』

「あいつは自分でもう一重セキュリティかけてるから、アカウント取れててもあいつのタンマツには入れないいんだよ」

『その、アカウント取る？っていうのがオレまだよくわかってねえんだけど……』

「教師のアカウント使って日向中のデータベースに侵入して、生徒のアカウント情報を抜きだした。それだけだよ。教師のアカウントとパスワードなんて離席してるときにちょっとタンマツ借りるっていう物理的な方法で簡単に盗める」

今現在、伏見は阿耶を除く日向中三年の全生徒のタンマツに管理者権限でアクセスする手段を持っている。タンマツから発信される位置情報もそれで摑んでマップ上に表示している。ミッションの全参加者中、少なくとも日向中生の動きに関してはマップ上で把握することができるわけだ。日向中生のタンマツを遠隔《えんかく》で操《あやつ》ることもできる。

『おまえ、すげーな。それって犯罪じゃねえのか？』

「そうだよ。今さらなに言ってんだ」

『メールの中身とか写真とかも全部見れたりするわけだろ？』

「まあな。そっちにはさわってないけど。他人のメールなんか興味ないし……」ディスプレイの時刻表示を見て話をやめた。「一分前だ」

『おっ。もうそんな時間か』

八田の声も緊張感を帯びた。

二十三時三十分に伏見は《ｊｕｎｇｌｅ》に向かってハッキングプログラムをぶつける。ただしこれは目くらましだ。無論そこそこしっかり作ったプログラムだが、これで簡単に乗っ取れるとは思っていないし、もし乗っ取れてしまったら肩すかしもいいところだ。とにかく「攻撃を仕掛けられている」と《ｊｕｎｇｌｅ》に認識させればこの段階ではＯＫだ。

デジタル時計が23:29から23:30に変わる。タイマーでハッキングプログラムが起動する。３Ｄで描かれた二体のティラノサウルスが、堅牢《けんろう》なビルに身体をぶつけはじめる。必要な演出ではまったくないのだが、視覚的になにかが起こってるほうが八田が面白がると思って入れた。何重にも串を通しているからこっちの身元にはそう簡単にたどり着けない。

『猿比古っ。なんか変なことがはじまったぞ？』

ヘッドセットから八田の声が聞こえた。

カメラ映像のほうに注意を戻し、少々ぎょっとした。

目を離しているうちに、人々の〝顔〟が変わっていたのだ。「お面……？」白塗りの顔に二つの目と細い三日月形の口が穿《うが》たれた、どこか薄気味悪い表情の仮面を、いつの間にか全員が装着していた。三々五々集まってきた参加者たちがどうやって手に入れたのか——。

訝しんで目を凝らしていると、三叉路をただ漫然と通過しているだけだった群衆の動きに変化があった。

ダンッ！

店の前に立っている〝赤い怪物〟の一味の目の前で、群衆がいっせいに地面を強く踏んで音を立てた。一歩進んだと思ったら、
ダンッ！

動きを揃えて今度は一歩下がる。

ダンッ、ダンッ、ダンッ！

前、後ろ、と交互に地面を踏む動きが繰り返される。

『なんだあれ……？　みんなで練習してきたのか？』

「いや……タンマツに指示がでてるんだ」

伏見のディスプレイにはアカウントを入手した生徒のタンマツの画面と同じものが表示されている。足の踏み方がタンマツにリアルタイムで送信されてきているのがわかる。それによってあたかも集団練習を積んできたかのようなステップが演出されているのだ。揃いの仮面を装着した集団によって行われる一糸乱れぬステップはミュージカルの一シーンのような迫力で、〝赤い怪物〟の一味もぎょっとしつつ見入っている様子だ。

ダダンッ！

ひときわ大きく集団が足を踏み鳴らし、バーＨＯＭＲＡに身体の正面を向けた。タンマツ上にはステップで九十度向きを変えるように指示がでている。

そして次の指示。

パンッ！　パパパンッ！

破裂音が連続してこだまし、白煙があがった。

現場で見ている八田の驚いた声がヘッドセット越しに聞こえた。カメラ映像の中で〝赤い怪物〟の一味ものけぞった。

白煙とともに飛び散った色とりどりの紙テープが、外灯に照らされて輝きながらひらひらと舞い落ちた。クラッカー——パーティー用品として売っている、円錐形《えんすいけい》のあれだ。一人一人がクラッカーを隠し持っていたのだ。

〝赤い怪物〟の一味が状況を呑み込めないでいるうちに、クラッカーを鳴らした列はその後ろの列と場所を入れ替わって逃げ散っていった。次に前面にでた列が先ほどと同様にミュージカルさながらのステップを踏み鳴らす。ダン、ダン、ダンッ、ダダンッ——ステップは次第に強く、激しくなり、最高潮のところで店に向かってクラッカーが鳴らされる。クラッカーを鳴らした列が逃げていき、スタンバイしていた次の列が前面にでる。

ミッションのキーワードどおり、それは密《ひそ》かに準備が進められた〝サプライズ・パーティー〟のオープニングのようにも見えた。ただし仕組んだ者と仕組まれた者との関係が良好である場合に限って成立する話だ。

『おおっ……オレ、これだったらまじってみたいぜ。楽しそうじゃん』

「すぐ感化されんなよ……。気ぃ抜くな」

『ぬ、抜いてねーって。ちゃんと偵察してる……あっ、あの関西弁がでてきたぜ』

「ナンバー2が引っ張りだされてきたか」

立て続けに鳴らされるクラッカーでバーの店先は今や濃い白煙に包まれている。カメラ越しでは詳細を判別するのはだいぶ困難になっていた。モニターをぼさっと眺めていてもしょうがない。

「美咲、こっちもそろそろ動く。計画どおりに行くぞ」

『りょ、了解！　こっちはまかしとけ！』

緊張を含みつつも威勢のいい応答があった。

液晶ディスプレイの中で目くらましのハッキングプログラムが攻撃を続けている。ガツンガツンと、二体のティラノサウルスが強靱《きょうじん》な顎でビルの壁を噛み砕こうとしている。そのビジュアル同様の力業《ちからわざ》で、裏ではプログラムが《ｊｕｎｇｌｅ》のセキュリティをこじあけようとしている。

ティラノサウルスには引き続き働かせておき、キーボードを叩く。用意しておいたコードに突《とっ》貫《かん》で少々手を入れてから、手中にある日向中生のタンマツに向けてプログラムを送りだした。ティラノサウルスよりももっと小さい、光るトカゲがしゅるっと一度身をくねらせて画面から消え、ネット回線に乗って飛んでいった。

《.jungle》からの公式の通知を偽装した画面が、日向中生のタンマツにこれでいっせいに表示される。

【××さん、こんばんは。これは緊急の連絡です。私たちのサーバーが攻撃を受け、侵入されました。ユーザー情報保護のためサービスを一時停止します】

伏見が送ったメッセージが表示されるタイミングにあわせて、ヘッドセットから八田の大声が聞こえた。

『おーい、たいへんだー、たいへんだー！　《.jungle》がサイバー攻撃受けて乗っ取られたってよー！』

「……うっせ。そんでへったくそ……」

大勢に向かって怒鳴る声が伏見の耳には直に突き刺さり、たまらずぼやいてヘッドセットをむしり取った。声だけでかくて演技下手すぎだろあいつ……。まあいい、この状況下で些末《さまつ》を気にする者はいないだろう。

日向中生に紛れ込んで誘導するのが八田の仕事だ。一人一人がメッセージを受け取っただけでは半信半疑かもしれないが、声をあげる者がいれば信憑性《しんぴょうせい》が増す――計画のほとんどは伏見が立てたが、これに関しては八田のアイデアだった。「誰かが言ったから、ってのはでかいんだよ。大勢を動かすにはさ。一人じゃ動かなくても、誰かがやりだしたら自然と流れができてくる」

――経験上思うところがあるような顔で八田は頬を掻いて、自らその役を引き受けた。

無論実際に乗っ取りに成功したわけではない。画面の中ではティラノサウルスが堅牢なビルに阻《はば》まれて歯を欠けさせているだけだ。

しかしその一方で、それなりの数のユーザーが《ｊｕｎｇｌｅ》が乗っ取られたという公式情報を受け取り、八田の誘導により混乱を来《きた》している。《ｊｕｎｇｌｅ》は事態を訝しむだろう。

薄暗い部屋の中で光を放つ画面を食い入るように見つめて、伏見は口の端に笑いを浮かべた。

向こうがどんな手を打ってくるか、すこし楽しみにしている自分がいる。

泥棒に入られてないか心配して、確認するためにそっと鍵をあけて外を覗いてみるなんて愚かな真似をもしするなら、足を突っ込んでドアをこじあける絶好の機会をそっちからくれることになる。シャッターをぴしゃりとおろして外部との接続を遮断《しゃだん》するっていう手を取るなら、そっちが引きこもってるあいだに公式情報を偽装してユーザーをいくらでも好きに操れる。

さて、どう来る？　そっちの出方によって次の手はいくつも考えてあるんだぜ？

ちろっと舌なめずりをして、画面から目を離さずに缶コーヒーに手を伸ばす。と、誤って指先で缶を倒してしまい、ディスプレイとキーボードの端に黒い液体がこぼれかかった。

「あ、しまっ……」

意識がわずかにそっちに逸れた、その瞬間——。

なにかの気配が目の前に現れた。

びりっ、と静電気のようなものでうなじが粟立《あわだ》つのを感じ、はっと画面に目を戻した。

ビルを攻撃していたティラノサウルスが、水をかけられた小動物がびくっと驚くようなコミカルなリアクションをした。ディスプレイの角にかかった飛沫《ひまつ》が画面の中の仮想空間に侵入したかのような――。二体のティラノサウルスは文字どおり尻尾《しっぽ》を巻いて画面の外へと逃げていった。

なんだ、これは……こんな動きはプログラムしていない。

襲撃者が逃げ去ると、ビルの正面の自動ドアが開き、中から一体のキャラクターがちょこちょこと歩いてでてきた。

簡素な衣服を身につけ、特徴《とくちょう》に乏しい目鼻立ちをした、三頭身の3Dのキャラクター――《jungle》の初期状態のアバターだ。

そいつがハッキングプログラムのウィ、ン、ド、ウ、か、ら、で、て、ディスプレイの中央まで歩いてきた。目が、あ、っ、た、と伏見は感じた。ネットの向こうでアバターを操っている何者かと。

はじかれたようにディスプレイから身を離した。後ろについた手がロフトの縁からがくんと滑り、危うく逆さまに転げ落ちそうになった。

ぱちぱちぱち、とアバターが小さな手を叩いた。

頭の上に吹きだしが現れ、台詞が一文字ずつタイプされていく。

【ナイスファイトです、中学生。黙って見物してるつもりでしたけど、面白いことしてるからちょっと挨拶に来てしまいました。こんにちは】

「おまえ……なんだよ……」

掠れた声で伏見は呟いた。なにかしらの手段でこっちを逆ハッキングしてきたにしても、ヘッドセットは外しているから相手に声が聞こえるはずはない。しかしどういうからくりなのか、

【《jungle》のエライ人です】

と、吹きだしに返事がタイプされた。すっとぼけた自己紹介だ。

【きみの頑張りは評価します。けど、見てのとおり今は赤の王と遊んでるところです。なかなか動かないようですけど、そろそろかな？】

仮想空間の中で本当に生きているかのような仕草で、アバターがディスプレイの一角に視線をやった。そこではバーＨＯＭＲＡ前の三叉路を俯瞰するカメラ映像が今も流れている。仮面の集団が列になってステップを踏み、クラッカーを鳴らすという行動が繰り返されていたが、少々変化が起きていた。

クラッカーが鳴らされるラインと、バーＨＯＭＲＡの店先との距離がさっきよりも狭まっていた。〝赤い怪物〟の一味が店の壁に張りつくほどに退《しりぞ》いている。横一列に並んだ集団がクラッカーの紐を引き、白煙が帯をなして立ちのぼる。

ひゅんっと白煙の中から火を孕《はら》んだ矢のようなものが飛来し、店の前面の窓ガラスに突き刺さった。ガラスが砕けて細かな粉が舞った。

なにかと思えば、それはロケット花火だった。細い棒の先端に鉛筆のキャップほどのロケットがついた、見た目は一般的なロケット花火のようだが、ガラスを割るほどの威力があるとしたらなにか改造されているのかもしれない。

それまで困惑して見ているだけだった〝赤い怪物〟の一味が顔色を変えた。危害を加えられる段になったらチンピラどもが黙っているわけがない。気色ばんで群衆に殴りかかろうとする者がいたが、例の関西弁の男がなにか叫んで指示をだし、別の仲間が激昂《げっこう》した仲間を羽交《はが》い締《じ》めにした。

【ははあ、《吠舞羅》のナンバー2は慎重ですね。一般の未成年者を不用意に傷つけることはしませんか。さすがです】

アバターは完全にリラックスして画面の底にぺたんと座り、伏見と一緒に映像を見物している。

集団がさらに接近してクラッカーを鳴らす。白煙の中からロケット花火が次々に飛来する。身をかがめる〝赤い怪物〟の一味の頭上を越え、バーの壁や窓ガラスに火が突き刺さる。

【さて、おれはともかく、きみは高みの見物をしてていいんですか？】

小さい両足をぱたぱたと上下させながら、アバターがこっちに首をまわした。

【雑炊にパイナップルを入れる友人は無事ですか？】

心臓から一気に血が引いた。

暗号化したメールアプリの会話を、読まれてる。そんなやりとりをしたのはいつのことだ？

二年以上も前だ。ずっと読まれてた……？　最初から、全部……？

ヘッドセットを引っ摑み、

「美咲！」

装着するのももどかしくマイクにかじりついて呼んだ。「美咲！　美咲！」ヘッドフォン部を耳にあててさらに呼ぶが、ヘッドフォンからはなんの音も聞こえない。いつの間にか通信が切れている。

無音のヘッドフォンから、突然別の声が聞こえた。

『きみが書くコードはとても綺麗です。綺麗すぎです。秘密のコードはもっとグッチャグッチャに書くことを推奨《すいしょう》します』

機械的なエフェクトがかかった中性的な声だ。はっとして目をあげると、声にあわせてディスプレイの中でアバターが口を動かした。

『きみはなかなか筋がいい。けど未熟です。おれと遊びたいんなら、もっと強く、賢くなってからにしてください。でないと、またこういうことになります』

朴訥《ぼくとつ》な顔をしたアバターが、くわと目を剥いた。

壊される――！

なにを、なのかはわからないが直感した。

とっさにネットに繋がっているルーターとパソコンのケーブルすべてを一緒くたに摑んで引き抜いた。ブツッと音を立ててディスプレイが暗転し、アバターの姿も消えた。

タンマツだけを摑んでロフトから飛びおりた。たたらを踏んで膝をついたが、すぐに立ちあがりスニーカーを突っかけて部屋を飛びだした。

同じ町内だ。バーHOMRAがある界隈《かいわい》までそう遠くない。

走りながらタンマツの発信操作をして耳にあてる。もうできる小細工はなにもない。普通に電話をかけるしかなかった。最初からなにも隠せてなんていなかったんだ。今日の計画だって全部筒抜けだった。なんて間抜けな話だ。

タンマツからは話し中を示すツー、ツー、ツーという、気持ちをわざと焦《じ》らすような平板な音が聞こえるだけだ。舌打ちしていったん切る。町内に溢れでた群衆の尻尾にほどなくして突っ込んだ。どの手にも薄ぼんやりとした光を放つタンマツが握られ、ずらりと並んだ白塗りの仮面を照らしている。

「どけ！」

肩を入れて人ごみを押しのけながらもう一度電話を試みようとしたとき、同じタイミングで着信があった。

「美咲⁉」

『猿比古、大丈夫か⁉』

二人が同時に発した声がタンマツの中でぶつかった。同時に一瞬黙ってから、

「駄目だ、全部っ……」

『急に切れたからよっ』

とまた声がぶつかり、また一瞬黙る。

「……中止だ。おれたちの……おれの、負けだ」

奥歯が軋むほどに噛みしめた。

……悔しい。初めてだ……負けたのなんて……。

『猿比古？　なにがあった？　今戻ってるとこだから、すぐ行く』

「おれも今そっちに向かってる。そっちはどうなってる？」

『あ、ああ、オレは日向中の連中にまじってたんだけど、なんかたいへんなことになってきてよ。

店の窓とかドアとか壊されて、集まった奴らが中に押し入ろうとして、それを〝赤い怪物〟の手下が押し返して……』

おそらく《jungle》は〝赤い怪物〟とその一味を煽《あお》って一般人に手をださせようと仕向けたんだろう。パソコンに侵入してきたあのアバターは、〝赤い怪物〟のことを〝赤の王〟と呼んでいた。

〝王〟……？

パンッ！

間近で破裂音がして、顔の右側に鋭い熱が突き刺さった。「熱《あつ》っ——」たまらず小さな悲鳴をあげてもんどり打った。

「くっ……」

片手で顔を押さえてどうにか身体を起こす。指の隙間から目を凝らすと、細い白煙が立ちのぼるクラッカーを手にして目の前に立っている者がいた。半分押しあげた仮面の下で、大貝阿耶が据わったような目でこっちを見おろしていた。「てめえ……」ぎり、と歯軋りして伏見は低い声を絞りだした。

阿耶がはっとした顔になり、身をひるがえして群衆の中へ逃げ込んでいった。

追う暇もなく多くの足に目の前を遮られ、クラッカーの噴射口がずらりと並んだ砲門のように頭に向けられた。正気か、こいつら⁉　ゲームの域を越えてるってことがわかってねえのか⁉

「おらあああどっけえええええっ‼」

雄叫《おたけ》びとともに、ガンッとアスファルトを硬いものが打つ音がした。ぎらつく外灯を逆光に背負って、八田のスケボーが包囲網の向こうから突っ込んできた。

「猿比古、平気か⁉」

ウィールでアスファルトを円形に抉《えぐ》りながら八田が包囲網の内側に着地した。どよめきとともに包囲網が押し広げられた。

八田の手を借りて立ちあがったが、顔の右側に突き刺さるような痛みがあり、まだ右目をあけられない。

「どうなってんだいったい？　なんでおまえが襲われて……」

誰かから奪ったのだろう、八田が頭につけていた仮面を引っぺがし、牽制するように群衆に睨みをきかせる。その首根っこを背後から掴む手があり、引き倒されそうになって「うわっ」と八田がスケボーから転げ落ちた。すかさず伏見はそいつの仮面を殴りつけ、

「とにかく逃げるぞっ」

「あっスケボー」

「捨ててけっ」

群衆を押しのけて二人は走りだした。仮面の集団が四方八方から手を伸ばしてくる。どっちかが捕まりそうになるとどっちかが仮面を殴りつけ、道を切り開いて走った。あきらかな害意をもってクラッカーが間近で鳴らされる。一面に立ちこめる白煙に咳き込みながら、何故自分たちが襲われることになっているのかもわからなかったが今は逃げるしかなかった。

片目ではバランスが取れず、ふらついて走るうちに八田と距離があいてしまった。

「猿比古！」

八田が駆け戻ってこようとしたが、ひゅんっと、その目の前に火を孕んだ矢が飛来した。

後方を振り返って伏見は舌打ちした。バーＨＯＭＲＡを襲撃したときと同様に、仮面の集団が凶器をクラッカーからロケット花火に持ち替えて追ってくる。

「先に行け！」

追い払うように手を振って八田に向かって叫んだときだった。

八田の肩越しに、赤い光がゆらりと立ちのぼるのが見えた。

等身大の火柱のように見えた、それは——昏《くら》い赤色のオーラを全身に纏って輝く、一人の男だった。ジーンズのポケットに無雑作に両手を入れ、この狂った騒動が見えていないはずがないのに、ただ散歩してるだけみたいな足取りで道の向こうから歩いてくる。ゆったりした大股の歩調にあわせて身に纏ったオーラがゆるゆると揺らめく様は、まさに炎そのものだった。

八田も自分の背後の人影に遅れて気づき、「〝赤い怪物〟……！」と声をあげた。

「美咲、あっちに走れ！」

前を指さして伏見は叫んだ。あそこにたどり着けば安全だと、理屈ではなくて、そのときただ直感的に信じた。

こっちを気にしながらも八田が走りだす。ひりつく顔を片手で押さえながら伏見も走りだそうとしたが、頭のすぐ脇を立て続けにロケット花火が掠め、行く手に突き刺さった。

オレンジ色の尾を夜空に幾本も引いて、火の矢が左半分しかきかない視界一面を染めあげるほどの群れとなり追いかけてくる。

「〝赤い怪物〟!!」

悲鳴に近い八田の声が聞こえた。

「助けてくれ！　ください！　猿比古を、助けてっ――」

立ち竦む伏見の背後で熱風が膨れあがった。

熱風をともなった炎が文字どおりの大波となって夜空を呑み込みながら、襲い来る火の雨に真っ向から向かっていく。飛来するロケット花火の大群をひと呑みにし、残骸《ざんがい》も残さず焼き尽くすと、波打ちながらそのまま伏見の頭上に迫ってくる。巨大な炎の壁が空から落下してくるような光景に、伏見は逃げ場もなく立ち尽くすことしかできなかった。

ふわり、と視界の端から白い手が現れて、伏見の頭を抱いた。顔面を炙る熱風が冬の陽だまりのような柔らかな熱に変わった。炎の大波が地面を叩き、跳ね返り、もがき苦しむように地表をうねる。アスファルトが赤く焼け、ぐつぐつと泡立つ。しかしそのぽかぽかした陽だまりがシェルターになり、炎が伏見の身を焼くことはなかった。

炎の波が引くと、沸騰したアスファルトが急速に冷え、でこぼこに泡立った形で黒く固まっていく。平坦《へいたん》なアスファルトが無事に残っているのは自分を中心とした直径一メートルほどの円だけだった。

……助かっ……た……？

と、思った途端、へなっとへたり込んでしまった。

手に手にクラッカーやロケット花火を持ち、憑《つ》かれたように追ってきていた群衆はこちらを遠巻きにして足をとめていた。闇の中にたくさんの白い仮面が浮かんでいる。かすかなざわめきが聞こえてくるだけで、それ以上近づいてくる者はない。

「いやー、なかなかの危機一髪っぷりだったねえ」

頭の上で声がした。陽だまりシェルターを作った人物の声だと自然と納得できる、のほほんとした明朗な声だ。放心状態のまま首を巡らせると、若い男がにこにこして立っていた。

「大丈夫？　顔？　火傷《やけど》した？　あー、まつげもちょっと焼けちゃってるねえ」

伏見の顔を覗き込んで心配するようなことを言うものの、切迫して心配している感じはぜんぜん伝わってこない。男が〝赤い怪物〟のほうを振り返り、

「キングー。派手にやりすぎだよ。堅気《かたぎ》の子たちを極力怪我させないようにって草薙《くさなぎ》さんに言われてたのに」

「させてねえだろ。手加減したぜ」

〝赤い怪物〟が獣《けもの》が唸《うな》るような声で言い返し、足もとでへたり込んでいる八田を面倒くさそうに見おろした。

「で、このガキはなんだ」

「さあ？　キングも知らないの？　じゃあなんで助けたの？」

一ヶ月ばかり前に町内で行きあった中学生のことなどまったく印象にないようだ。

キング……〝赤の王〟……。

「さっ……さるひこっ……」

よろけながら八田が立ちあがり、〝赤い怪物〟から離れて駆け寄ってきた。ちょっと手前で思いっきりすっころんででんぐり返し一回してその勢いのまま頭から突進してきて「うぐっ、うええっ、さるひこおっ……よ、よかっ……まじオレ今度はやべーって思って、し、し、死んだかとっ……よ、よかったああああさるひこおおおおお……」と、ぐしゃぐしゃの泣き顔で抱きついてきた。

†

〝赤の王〟と、十束《とつか》というその部下の男に保護されて伏見と八田がバーHOMRAに着いたときには、バーの前に群がっていた暴徒——もう暴徒と言い切っていいだろう、それらは蜘蛛《くも》の子を散らすように逃げていた。

バーが暴徒に囲まれはじめたとき〝赤の王〟と十束はちょうど外出中で、連絡を受けて戻ってくるのに少々時間がかかったらしい。〝赤の王〟の不在を《ｊｕｎｇｌｅ》があえて狙ったのかどうかはわからない。とにかく〝赤の王〟陣営を煽って〝赤の王〟本人に腰をあげさせるという、一定の勝利条件は満たしたといったところなのだろう。

草薙という、関西弁ののっぽの男だけが伏見と八田の顔を覚えており、

「なんや、尊も十束も知らんで拾ってきたんか」

とあきれていた。

以前ネットにアップされた隠し撮り写真にしても、今回の襲撃にしても《ｊｕｎｇｌｅ》のちょっかいであることは〝赤の王〟陣営も把握していたが、反撃しようにも直接的な相手が一般人であるため手をだしあぐねていたようだ。このあたりは伏見が読んだとおりだった。

結局未だになにがなんだかわからないのは――。

ようするに《ｊｕｎｇｌｅ》とはなんなのか？

そしてこのバーＨＯＭＲＡを根城としている、この一味はなんなのか――？

「うちも《ｊｕｎｇｌｅ》の実態はよう摑んどらんねん。はっきり教えられることは、うちも向こうさんも、〝王〟を戴く集団――クランや」

草薙がそう言って、店の真ん中のソファでふんぞり返って煙草《たばこ》を吸っている男に目をやった。

王が座る玉座《ぎょくざ》にしては、それはただのソファだ。しかし騒動のことなどすでに関心がないような顔で泰然と煙草をふかしている男には、〝王〟と言われて納得できる、なにか強烈な存在感があった。

〝赤の王〟――周防尊、というらしい。

本物の、特別な力を持つ男。

鎮目町中に溢れていた群衆が完全に引きあげるまで、それからまだ数時間を要した。そのあいだに顔に負った火傷の手当てをしてもらい、外の安全が確認されてから、バーを辞して自分たちの部屋へ帰った。

空が白んでくる時間だった。すっかり人気《ひとけ》が引いた町内は閑散《かんさん》としていたが、濃い火薬の臭いが空気中に残っていた。大量のクラッカーやロケット花火の残骸、捨てられた仮面が道を埋め尽くし、踏み潰されていた。

「すげーよな、〝赤の王〟周防尊！　オレ、近くでばっちり見たぜ。猿比古は見えてなかったか？　こう、拳を軽ぅく握ったら、火がぶわーってなって、それをちょいっと振るっただけで、でっかい炎がどーんと！」

八田はもう元気を取り戻し、テンション高く語りながら拳をぶんぶん振りまわしてその真似をしてみせる。その隣で伏見は足もとに視線を落として無言で歩いていた。割れたプラスチックの仮面を、ぱき、ぱき……と踏みつける。

「……猿比古？　痛むのか？　帰ってひと眠りしたら昼にでも医者行こうぜ。行っとけって草薙さんも言ってたし」あっという間に近所の頼りになる兄ちゃんを呼ぶみたいな親しさだ。

伏見は俯いたまま首を振った。こめかみに貼られたガーゼの上から眼鏡をかけているので少々窮屈で鬱陶しい。

「猿比古」

八田がはしゃいでいた声のトーンを落とした。伏見になにか真面目に言い聞かせるときの声色だ。

「負けたのはオレたちだ。そうだろ？」

「考えたのはおれだ。だから、負けたのはおれだ」

「ちげーだろっ。二人でやろうって言って、二人で計画したんじゃねえかっ」

「……」どっちだっていい。どっちにしたってなんの慰《なぐさ》めにもならない。

伏見が黙っていると八田もむすっとして視線を前に戻した。

世界のすげえ奴の勢力図が変わるなんて豪語していた、一週間前の自分たちのバカ丸出しっぷりといったらどうだ。ひっくり返すどころか掠り傷すらつけられず、手の上で遊ばれて、脅《おど》かされただけで。

負ける気はしないって本気で思ってた。あの自信はどこから来てたんだろう。

ほんとに、バカみたいだ。

「力が欲しいな……猿比古」

隣で八田がぽつりと呟いた。

「今のオレたちは結局ただの、ふつーの中坊だ。あのときオレは、〝赤の王〟におまえを助けてくれって頼むしかなかった。……力が、欲しいよな。特別な力が」

身体の横につけた拳を八田がぎゅっと握る。ちらりとそれに横目をやってから、伏見は足もとに落としていた視線をあげ、睨むように前方に据えた。

「……うん」

と頷き、唇をきつく引き結んだ。

Mission 4

伏見仁希が入院中の病院で息を引き取ったと聞いたのは、〝サプライズ・パーティー〟のすぐあとだった。年を越すのは難しいかもしれないと十一月に医師からの電話で聞いたとおり、年の瀬も押し迫りまくった十二月二十九日が命日だった。

宣告されたとおりの余命を受け入れて素直に死ぬなんて、あいつが生涯でしたたった一つの常識的なことだったんじゃないか、というのが、伏見の頭に最初に浮かんだ感想だった。薄情だとか親不孝だとか、なにも知らない他人に非難されたところで痛痒《つうよう》は感じない。

葬式は親族のみで行われた。仕事をしていない男だったから仕事上のつきあいというのはない。私的な交友関係というのがあったのかどうか、親族の誰一人知らなかった。

八田の親に弔問《ちょうもん》なんかに来て欲しくなかったから、内輪のみの葬式になったことにはほっとした。あの普通に平和で、普通に口うるさくて、普通に面倒くさい家族に自分の親族なんか見せたくなかった。八田ともなるべくこの話はしたくなかった。見舞いに行かなくていいのかと、あいつが入院していた頃にいかにも善良な顔で言ってきたのはやっぱり今でも気に入らない。あいつが死んだからって気遣いなんていっさいされたくないし、もし「元気だせよ」なんてとんちんかんなこと言いやがったらたぶん、絶対殴る。

ある程度は伏見が置かれている状況を知っていても、それでも八田には、あいつがようやく死んでくれて伏見が本気で安堵《あんど》したってことは一生理解できないんだろう。

親族間でもあの男は異端者で際《きわ》だった変人だったから、参列者の目に涙はなかった。精進落《しょうじんお》としの宴席においても故人を偲《しの》ぶ雰囲気は皆無だった。交わされる会話は故人とは関係ない愚痴とか自慢話とか、唯一関係あることといえば相続絡みの駆け引きだけだ。

宴席の端っこで膝を抱えて伏見は飽き飽きしていた。寿司とビールしか用意されていないので口にできるものもなにもない。煙草とアルコールと海産物の臭いと、会場のやけに高い暖房の設定温度のせいで気分が悪くなっていた。

伏見木佐が年寄りたちに捕まって、下世話な相続話の真ん中に据えられていた。伏見木佐はこではいわゆる「嫁」の立場だ。しかしプライドが高い女だから、旦那の親族の前だろうが無闇にぺこぺこするようなことはない。自力で築いた財産があったから、伏見家の財産に躍起になってしがみつく必要もないんだろう。堂々とした態度で次々に注がれる酌《しゃく》につきあっていた。そういうところに関してのみ伏見はあの女をすこしだけ見直した。

親族の関心は、故人が持っていた相続権の代襲者となる伏見にも向けられることになる。

「猿比古くん、もうすぐ高校受験だってね。どこを受けるの？　やっぱり椿ヶ原かな、あそこは関東で一番いいからね。下宿が必要だったらうちの部屋が余ってるから……」

媚《こ》びた笑いを貼りつけてにじり寄ってくる年寄りがいた。猿比古くんね……あいつがその名を面白半分につけたときには「おかしな名前をつけたものだ」と親戚の誰もが笑ったって聞いている。伏見は名前をつけた張本人を世界で一番憎んでいたが、他の人間にしたところで似たり寄ったりだった。死ねよ全員、と思いつつ、

「どこも受けません」

あっち行けという空気をあからさまに発して答えたが、年寄りはたいがい鈍感なので中学生なら普通に察して然《しか》るべきそういう空気に気づきもしない。

「どこもっていうのは？　ああ、秋まで待って留学するのかな。きみはとても優秀だって聞いているし。おじさんも留学経験はあるから、不安なことがあったらなんでも相談に……」

虫の集まりかと吐き気がしてくる黒い喪服《もふく》ばかりの中、自分の他にもう一人、日向中の臙脂色のブレザー姿がいた。対角線上の端っこで同じように飽き飽きした顔で膝を抱えている、大貝阿耶だ。黒縁の眼鏡は今日もかけていて、言われてみるとお揃い感があってどうなんだと思う。

阿耶が近くにいた母親にひと言言って立ちあがるのを見て、伏見もいい加減酸欠になっていたので腰をあげた。隣でまだ喋っている年寄りにはもう返事もしなかった。

和室の入り口に乱雑に放置されている黒い靴を踏みつけて自分のローファーにつま先を突っ込み、廊下にでた。

「おい」

廊下の先に向かって呼ぶと、臙脂のブレザーに包まれた小柄な背中がびくりとした。

「ピンポイントでここ狙えっていう指示だったのかよ。それともおまえの個人的な恨みか？」

眼鏡の右のテンプルを指でつつく。大げさなガーゼは取れたがテンプルの下にはまだ絆創膏《ばんそうこう》が

貼られている。クラッカー攻撃で目に傷がついたようで、検査結果では右だけちょっと視力が落ちていた。まあもともと悪いから不便さはなにも変わらないが。

「もし阿耶の個人的な恨みだったらどうだっていうんです。阿耶に仕返しするんです？」

つんとして阿耶は横を向いたが、横顔がびくびくと引きつっている。問答無用でなんかすると思われてんのか。

「別に。これであいこだからおれも謝らねえけどな」

なあもういいだろ、美咲……と心の中で呟いた。むしろおれが受けた被害のほうがでかいんだから。不足をやり返さないだけ優しい対応してんだろ、おれ。

自分たちを襲ってきた暴徒の中に阿耶がいたことを八田には言っていない。たぶん八田は阿耶は参加していなかったものと思っているだろう。

「一応忠告しといてやる。これ以上《ｊｕｎｇｌｅ》にハマるのはよせ。あれは単なるＳＮＳでも、ゲームでもない。あの中心にいるのは……」

「〝王様〟でしょう？」

先に言われたのでさすがに驚き、二の句を失った。

「ポイントランキングの上位ランカーのあいだでは知られてますよ。王様に気に入られたら〝力〟をもらえるんです。阿耶はもっともっとポイントを溜めて、王様に〝力〟をもらって、おまえをぎゃふんと言わせてやるんです」

「《ｊｕｎｇｌｅ》の王がおまえの味方とは限らない。おれを負かすためなんていう理由だけで崇拝《すうはい》するって、おまえの頭はどれだけおめでたいんだよ」

「おまえが言うなッ!!」

阿耶が突然目を剝いて怒鳴った。激昂したかと思ったら、目の表情はそのままに口の両端をつりあげた。両生類のなにかを思わせるような、奇妙な笑い顔が現れた。

「両方ですよ。阿耶の恨みでもあったし、おまえの顔を狙えっていう指示があったんです。王様に楯突いて負かされて痛い目見て、ざまあみろです。おまえ超かっこ悪いです。あははっ、あははははひゃっ」

笑い声が突き抜けておかしなふうに裏返った。

なあもういいだろ、美咲……。自分に言い聞かせるためのおまじないみたいに心の中で繰り返し、拳を身体の横につけてどうにか押しとどめる。おれはそろそろこいつの首を絞めるかもしれない。

「怒ったんです? 痛いところ突かれて腹が立ったんです? よっぽど負けたのが悔しいんです? 負けたことないおまえがその高い鼻《はな》っ柱《ぱしら》折られて、阿耶はすごーくいい気味です」

「……もういい。おまえもう、喋るな」

宴会場の酒気《しゅき》にあてられて酔っ払いでもしたのか、のぼせたように歪んだ阿耶の顔が、人の感情を揺れさせて愉悦に浸《ひた》る、仁希の笑い顔と重なった。そのとき、今まで別に個人的に好きでも嫌いでもなくて、どうでもいいだけだった女に、はっきりと憎しみを感じた。

「おまえたちは〝赤い怪物〟のところへ行くんでしょう? だったら阿耶は、おまえの敵になる。

おまえが……」ぎょろりと見開かれた瞳の表面が、一瞬だけ波打ったように揺れた。「……阿耶を見ないからだ」

Mission 5

「手を取れるか？」

そう言って〝赤の王〟は二人に向かって無雑作に左右の手を差しだした。太い血管が浮いた、痣《あざ》の多いごつごつした拳はさながらボクサーのようで、それだけ多くの者を、あるいは物を、その拳で殴りつけて生き延びてきたことが窺える、そういう男の手だった。

「は、はいっ」

緊張しつつも意気込んで八田が握手に応じようとした、瞬間。

ボォッ、とその拳が炎を纏った。拳自体がマッチの芯かなにかであるかのように、中心が青白い強烈な光を放ち、周辺が鮮やかな赤を帯びた、本物の炎だ。

だしかけた手を思わずといったようにびくっととめて、八田が怯んだ顔でこっちを見た。二人で目線を交わし、ごくりと唾を飲む。しかし意を決して頷きあい、伏見は周防の左手を、八田は周防の右手を、同時に握った。

周防の手から炎が燃え移り、瞬く間に全身を包んだ。

自分自身が焼かれていく光景が猛スピードで脳裏を流れた。全身の血液が蒸発し、皮膚が溶け、毛髪が焼け、内臓が沸騰する——さすがに死んだと思った。これでショック死する者だって普通にいるだろう。あとほんのわずかでも長くこの感覚に襲われていたら自分もたぶん気を失っていた。

一瞬にしてくまなく全身を駆け巡ると、炎は嘘のようにどこかへ消え去った。

いや……一点に凝縮されて身体の中に残っていた。ずきん、ずきんと熱をともなって疼《うず》いている場所がある。

「ふん……」

息を漏らすついでのように周防が短く笑い、二人の手を放した。

まわりで若干心配そうに見守っていた男たちがほっとしたように息を抜いた。まばらな拍手が起こった。

「いやぁ、よかったよかった。中坊の志願者焼き殺してしもうたらちょーっと洒落にならんとこやったわ」

「おれはなんとかなると思ってたけどねー。おめでとう、二人とも」

全身を焼かれる錯覚がまだ脳裏にこびりつき、身体に細かな震えを感じながら、疼いている場所におそるおそる目を落とす。服の襟を引くと、左側の鎖骨の下に炎を象《かたど》ったような赤い印が顕《あらわ》れていた。外から貼りつけたというよりは、身体の奥に根づいたものが皮膚の下から自然と浸みだしてきたかのように、未だ消えない疼痛《とうつう》に呼応して赤い光がじわり、じわりと明滅している。

疼痛が治まるにつれ光も弱くなり、おとなしく身体の中に収まった。

隣の八田を見る。八田も同じタイミングでこっちを見た。やっぱり同じように一度死んだと思ったみたいな、魂がすっぽ抜けたような顔をしている八田と顔を見合わせてから、二人一緒に視線を下げ、左の鎖骨、互いのまったく同じ場所に顕れた印を確認した。

「……おんなじだ！」

「ほんとだ……」

目を丸くしてあらためて二人で顔を見合わせる。

「ほお？　まったく同じ場所に〝徴《しるし》〟がでるっちゅうんは初めてやないか？　尊、わざとやったんか？」

「そいつがどこに顕れるかなんておれにもどうにもできねえよ」

周防や草薙、他の連中も少々驚いていた。

よろこびを身体いっぱいで噛みしめるように八田が拳を握って身体を縮め、だんっとジャンプして床を鳴らした。

「っしゃ！　これで正真正銘《しょうしんしょうめい》の相棒だ！」

「え、今まで相棒だと思ってなかったのかよ」

「ええっ!?　お、思ってたって！　ったりめーだろ！　けどほら、なんか証明するアイテムって欲しいじゃねーか！」

半眼で突っ込む伏見に八田が焦って言い繕う。「仲いいなあ二人」と周囲からなごやかな笑いが起こる。笑われたことが不本意で二人して仏頂面をしたが、にやりと笑いあった。

「猿比古」

「……ああ」

腕を伸ばして、互いに相手の印に自分の拳をあてた。

手に入れたこの力を、同じ思いで、同じ目的でそれぞれの中に受け入れたんだと、このときはまだなにも疑っていなかった。

Period 2（another side）

三月、日向《ひむか》中学の卒業式は冷たい雨の日になった。

ホームルームが終わったらママの車で帰ることになっていた。買ったばかりの傘を差して昇降口からでると、校門前の道には保護者の車が長い列をなして停まっていて、ママの車を探して歩かなきゃいけなかった。

「大貝」

車の隙間からふいに呼びとめられた。

傘をちょっとあげて見ると、雨ガッパのフードを目深《まぶか》にかぶった一人の少年が塀の前に立っていた。片足でスケートボードを踏んでいる。

フードを指ではじいて少年が顔を見せ、

「よっ。なんかひさしぶり」

とはにかみつつ明るく言った。

「ドロップアウト組がなんの用ですか」

蔑みの目を向けて阿耶は言い放った。

「あ、えっと心配しなくてもオレも猿比古も卒業はさせてもらえるって。春休みにテスト受ければ」

「誰が心配してるんです。どっちにしても中卒なんてドロップアウトじゃないですか。阿耶は椿《つばきが》ヶ原《はら》学園高等部合格したです。関東で女の子が行ける一番いい学校です。ママはとーっても満足してます。ま、阿耶はちっとも満足してないですけど。男子校だったらもっと偏差値《へんさち》高いところあるのに、阿耶は行けないですから。なんで勉強って男の子ばっかり優遇されてるんですかね」

「おっおぅ、いきなり長台詞だな。オレに向かってそんな並べ立てなくてもいいって。オレに認めさせたいわけじゃないんだろ」

美咲くんが鼻白んだ顔で首を竦めた。

美咲くんは、普通だ、と阿耶は思う。親が再婚しているらしいけど特別珍しいことじゃないし、普通の家で生まれて普通に育って、オツムは普通以下。得意科目は体育実技だけで、受験科目どころか音楽や美術もさっぱり。特別尖った思考だって持ってない。悪ぶってはいるけど、猿比古がいなかったら中途半端な反発しかできないプチ不良だ。クラスの女子とはろくに喋れないくらいシャイなくせに阿耶とはそこそこ喋れるのは、自分が阿耶に相手にされてないってわかった時点から緊張しなくなっただけだと阿耶にはわかっている。裏を返せば自分が女の子に意識されてると思うから喋れないわけで、ごくごく普通に自意識過剰な中学生の男の子だ。

こんな普通の人間が、なんで小さい頃からまともに友だちがいたことがなかった猿比古の唯一の友だちなんだって、阿耶には不思議でしょうがないし、納得できない。

「雨ん中引きとめて悪い、すぐ済む用だから。お節介だとは思うけど、言っとかないともう会うこともないだろうと思って、さ……」

そこまで言って美咲くんは一度口ごもり、ごまかすように足の下のスケボーを前後に転がす。

「あいつの、さ、ほら、親父が影響してるんだろうけど、まあおまえのほうがよく知ってるはずだし、なんでわかんねえのかな……おまえの言動って、気ぃ引くどころか猿比古はチョクに悪意としてしか受け取れねえぞ。あいつはなんか、悪いほうの感情だけ自分ん中で膨《ふく》らませるとこあるし……」

「なんの話ですか。気を引くってなんのことです？　バカみたい。そうですよ、悪意の他になにがあるんです？　阿耶は猿比古が嫌いです。生まれたときから目の上のたんこぶです」

「いやえーとうん、オレの勘違いだったらスルーしてくれりゃいいよ。オレもオンナゴコロがわかるわけじゃねえしさ。でもなんかさ……あっ血筋を持ちだすのは猿比古が機嫌悪くなるからあいつの前では言わねえんだけどさ、おまえらって頭よすぎるせいなのかな、なんでそうなっちまうのかオレにはわっかんねえんだけど……。素直に、普通に言えばいいだけ、じゃねえの？　あいつそういうののほうが弱いぞきっと」

だんだん顔が赤くなってきて、言《い》い訳《わけ》がましく余計な言葉が多くなってくる。フードをぐいと引っ張りおろして赤面を隠し、

「じゃ、用ってそんだけ。高校頑張れよ。元気でな」

と、地面についているほうの足を強く蹴った。二、三回の蹴りでスピードをあげ、両足でスケ

ボーに乗る。細かな雨粒を雨ガッパの表面で撥ねながら、縦列駐車で狭くなった路上に溢れる卒業生や保護者のあいだを器用にスケボーで縫《ぬ》っていく。

茶色い雨傘を差した女とすれ違い際、スケボーで水溜まりを撥ねてしまい、女が悲鳴をあげた。

「あ、すいませんーっ」

振り返って謝ったものの停まりはせず、灰色の雨景色の向こうへとその姿は見る間に滲んでいった。

「なんなのあの子、危ないわねえこんなところで……ああ阿耶、いたいた。探したじゃないの。車あっちよ」

ぶつぶつ言いながら近づいてきた茶色い傘の持ち主がママだった。

「八田美咲ちゃんだよ。ママが一度電話で話したことある。ママその傘地味。パパのじゃん。阿耶が恥ずかしいよ」

「年末に仁希くんが亡くなったでしょ。それであの家の権利っておじいちゃんにあったらしくて、どうしましょうかっていう話になってるのよ。木佐さんはあの家手放してもいいらしいのよね。猿比古くんをどうするのか知らないけど……」

ママは自分の耳に入れたいことだけ聞いて、自分の喋りたいことだけ喋る。だから阿耶も自分が言いたいことだけ言って相手はしない。

猿比古とは又従兄弟だから、曾《ひい》おじいちゃんが同じってことになる。前にママとなにかの用事で曾おじいちゃんの家に行ったとき、なんで来てたのか知らないけど、うっかりあいつと遭遇したことがあった。姿を見るなり阿耶は警戒して身を硬くしたが、あいつは馴《な》れ馴《な》れしく声をかけてきた。小学校の中学年のときだから、あいつはまだ二十代だったはずだ。若くてハンサムで芸能人みたいにキラキラしていて、なにかのリミッターが壊れてるんじゃないかってくらい行き過ぎて陽気な男だった。

〝ん？　そこのちんちくりんはうちのおサルと同い年の、クッソ生意気なちんちくりんじゃねえか。なんだよ、なぁにビビッてんだよ？　おれなんかしたか？〟

〝だ、だっておまえは猿比古が大事にしてるものを壊すもん〟

　一年生の夏休みに猿比古が夢中になっていた自由研究をめちゃくちゃにされた話を阿耶は知っていた。怯えられる理由が本当にわからないというようにあいつはきょとんとしてから、げらげら笑いだした。

〝なんでそんでおまえがビビんだよ？　おまえが猿比古の眼中にない以上、おれがおまえをかまうわけねえだろが？　キョーミねえよおまえになんか、ちんちくりん〟

　屈辱的な言葉に阿耶は愕然とし、顔を赤くしただけでなにも言えなかった。

　親族の中で唯一の同い年の子どもだった阿耶と猿比古は、生まれたときからなにかにつけて比べられた。阿耶自身それを鼻にかけていた。阿耶は猿比古の後ろをついてまわる妹的ななにかじゃあなくて、対等に並び立つものだと思っていた。

　それをあいつは、たいして話したこともなかったのに、見抜いてたのだ——他のおとなにどう見られていようが、猿比古本人は阿耶を対等だなんていっさい思ってなかったって。本当は一度だって、相手にされたことなんかないって。

猿比古だけじゃなくその父親まで、阿耶をバカにして！　むかつく！　むかつく！　むかつく！

肩が打ち震える。傘がかたかたと鳴った。

「阿耶？　どしたの、早く乗ってよ」

もう車の前だった。傘を閉じて運転席に乗り込んだママが焦れた声をよこした。助手席のサイドガラスにお気に入りの新しい雨傘と、柄を握りしめた自分の手が映り込んでいる。車の中から不思議そうに傘の下を覗き込んできたママが「あらあら」と、いかにも包容力のある母親みたいな笑顔を作った。

「椿ヶ原に行くの、同じ中学からは阿耶一人だもんね。友だちと離れ離れになるのは寂しいよね」

低く差した傘が小刻みに震えている。傘の下で歯を食いしばってすすり泣いている自分の顔がガラスに映った。眼鏡を取って、もう二度と着ない制服の袖で涙を拭った。


〝おまえが一度でもおれの話を、すげーって目ぇ輝かして聞いたことがあんのかよ？〟

〝素直に、普通に言えばいいだけ、じゃねえの？〟

……どこかでなにかを間違えたの？　最初から美咲くんみたいにしてればよかったの？　そしたら美咲くんに取られなかったの？　阿耶のほうがずうっとずうっとたくさん時間はあったのに

……。

「アーヤ。すぐに新しい友だちできるわよ。それに椿ヶ原ならかっこいい男の子もいっぱいいるわよ。あそこは運動部だって強いでしょう。ね？」

ママが助手席側に身を乗りだしてドアをあけ、阿耶の腕を優しく叩いて引き寄せた。

バカじゃないの、ママなんかなんにもわかってないくせに……バカじゃないのって思いながら、阿耶は傘と眼鏡を放り捨ててママの首にしがみつき、わあわあと声をあげて泣いた。

Intermission ____ Fire pride

「突っ込んできやがった！　またあのガキ二人だ！」

「足止めしろ！」

「む、無理だ！　速いっ……！」

《吹舞羅《ほむら》》最速にして最強の二人組——八田と伏見が《吹舞羅》に入ってそれほどしないうちに、鎮目《しずめ》町やその近隣のゴロツキどもからそんな評判を立てられるようになった。

「誰がガキだあああああっ！」

「そのガキ二人に歯が立たねえおまえらはなんだよ。無駄に年食って腹と脳に贅肉《ぜいにく》つけただけか」

浮き足立つゴロツキどもを薙《な》ぎ倒して二人は一陣の風のように突き進む。周防のための道を切り開き、敵のボスが引っ込んでいる場所へ一番乗りするのが二人の役目だ。周防の手を煩《わずら》わせるまでもないと思ったら二人で全部ぶっ潰してしまうこともあった。痣だらけ火傷だらけで悶絶《もんぜつ》しているボスの背中の上であぐらをかいて悠々と待っていると、遅れて到着した仲間たちに唖然《あぜん》とされ、草薙には肩を竦められ、十束には苦笑される。そして最後に現れた周防は場の状況を目にするなり、もしかしたら噴きだしたのかもしれない、目を伏せて「ふ」と息を漏らし、「引きあげるぞ」と背を向ける。

伏見と二人で組めば、二倍どころか何倍もの力を発揮した。周防を除けば《吠舞羅》の中で抜きんでた実力者である草薙にすら並び立つ力があった。ジッポーライターを武器に強力な火炎を操る草薙はいわば火力型だが、自分たち二人の特性はなによりまずスピードだ。追い風に煽られた炎のごとく、気がついたときには背後に迫り、炎になぶられ、切り裂かれる——このコンビに標的にされたが最後逃げられないと恐れられた。

この秋、八田美咲、十七歳と約三ヶ月。

相棒の伏見猿比古は十六歳と約十一ヶ月。

一昨年の冬、弱冠十五歳で二人が《吠舞羅》に入ったときにはメンバーの中で最年少だった。だが周防から授かった炎の力の優劣に年齢は関係なかった。力を操るにあたって経験はある程度関係があるのかもしれないが、そんなことをものともせず二人ともすぐに頭角を現した。以来周防のために常に先陣を切って駆けまわってきた。

《吠舞羅》の切り込み隊長という、伏見とともに背負っているこのポジションを、八田は誇りに思っている。

「待て！」

青を基調とした制服に身を包んだ七、八人の男たちが追ってくる。

「こちら第三小隊第三班。逃走者を追跡中、赤のクラン《吠舞羅》の一味の妨害を受けています。

やむを得ず交戦に入ります。抜刀《ばっとう》許可を」

インカムに向かって律儀《りちぎ》に報告をしてから腰のサーベルを引き抜く。はん、青服ってのは許可をもらわないと喧嘩もできねえのかと、スケボーを蹴りながら後方を振り返って八田は鼻で笑った。お上品な室内犬に喧嘩で負けるわけがない。

青服がサーベルを振るうと、近接武器にもかかわらず虚空を切り裂いて幾筋かの攻撃が飛んでくる。八田は膝を沈めて体重を移動させスケボーの軌道《きどう》を変える。ウィールが火を噴き、壁を駆けのぼって後方から迫り来る攻撃を躱《かわ》す。そのままスケボーで壁を走って一八〇度反転、肩に担いだ金属バットを振りかぶり、

「うらあああああっ」

スピードに乗ったスケボーから跳ねあげられるように跳躍する。バットが炎を纏う。青服の一人が頭上に構えたサーベルめがけてバットを叩きつけ、両者のあいだで鈍い音がはじける。鍔迫《つばぜ》りあい（っていってもバットに鍔はねえんだけどな！）になったところに横から別の青服が斬りかかってきたが、八田はそっちにはかまわず、正面の相手にのみ集中して「っりゃあ！」と力で押し切った。

青服の手からサーベルがはじけ飛ぶのとほぼ同時に、がぎんっと鋭い音が片耳に聞こえた。滑り込むように割って入った伏見が両手のナイフを交差させて、斬りかかってきた次の青服のサーベルを受けとめていた。

「猿比古！」

八田は笑顔を見せた。

今度は伏見とその青服の鍔迫りあいになりかけるが、そのとき遅れて宙を突進してきたスケボーが青服の後頭部に突き刺さった。「ぐふぅ」とかいうちょっと間抜けな呻き声とともに青服が地に沈んだ。

残りの青服が気色ばんで二人を取り囲む。八田はスケボーを回収してバットを構えなおし、伏見は右手に接近戦用のナイフ、左手にスローイングナイフを数本構え、二人で背中をあわせて数で勝る敵と対峙する。

「赤のクランの先鋒《せんぽう》、伏見猿比古と八田美咲です」

この場のリーダー格と思われる青服に部下の青服が耳打ちをした。リーダー格が咳払いをし、二人に向かって格式張った声を張りあげた。

「前青の王・羽張《はばり》迅《じん》のクランズマン、湊速人・湊秋人の両名は特異現象管理法に基づく異能の制限義務に従わず、《セプター4》庁舎にて職員に対し傷害を起こした。我々は両名を危険な能力者とみなして速やかに取り押さえる任務を帯びている。赤のクランズマンの二人、貴様たちのこの妨害《ぼうがい》行為は本法、および貴様たちの王も同意している一二〇《ヒトフタマル》協定の重大な違約にあたる」

「前置きがなげーんだよ。そんな小難しい話されてもわっかんねえなあ」

「赤の王は条文も読めん低学歴ということか」

「あん⁉　尊さんバカにしやがったか今てめえ⁉　あと草薙さんは大学でてっかんな⁉」

いきり立つ八田を「おまえはちょっと黙ってろ」と伏見が若干煩わしそうに制し、かわって冷静な声でリーダー格に答えた。

「おれたちは知人を迎えに行くよう指示されただけだ。そっちがおれたちの邪魔をしてんだろ。その知人が危険な能力者だなんていう情報をこっちは確認してないから知ったことじゃない。そっちが情報独占して流さないからな」

「ガ、ガキのクランズマンが屁理屈《へりくつ》を……」

「ガキに屁理屈で言い負かされてんじゃねーよ」

伏見の冷笑に、威厳もどこへやらリーダー格が青筋を立てる。見ていて八田は痛快な気分になる。おとなを小バカにすることにかけて伏見ほど口が達者な奴を八田は知らない。

手首の腕時計型タンマツが通信の着信を知らせた。八田がタンマツを口もとに寄せた隙に距離を詰めようとする青服がいたが、伏見が見もしないで放《ほう》ったナイフがそのつま先に突き立った。

『八田さん！』

ノイズが入った野太《のぶと》い声がタンマツから聞こえた。

「鎌本《かまもと》か。首尾《しゅび》はどーだ？」

『双子を保護しました。八田さんと伏見も帰還してオッケーっすって、草薙さんから伝言です』

タンマツの声は青服たちにも聞こえており、リーダー格が顔色を変えた。

「くそ、囮《おとり》か……！　本命はバーＨＯＭＲＡだ！　急げ！」

八田は伏見と肩越しに視線を交わして頷きあった。

「帰ってこいってさ、猿比古。おい青服、聞いてのとおり、おめえらが追ってる双子は赤の王のアジトに保護した」「王権者属領《おうけんしゃぞくりょう》、だ」伏見が訂正して台詞を引き継ぐ。「他王《たおう》の属領に押し入ることは、それこそ一二〇協定の重大な違約じゃねえのか？」

リーダー格の指示で身をひるがえしかけた青服の一隊が、その声に戸惑って動きをとめた。リーダー格が歯軋りをしてサーベルの柄《つか》を握りしめる。八田も不敵にバットを構えた。

「青のクランズマンが腰抜けじゃなけりゃ、一戦やってもいいんだぜ？」

八田の気迫に呼応してバットに炎が纏いつく。「猿比古、いいだろ？」普段であれば八田の暴走をとめることが多い伏見も、不貞不貞しい目つきで青服たちを睨み据え、構えたナイフに炎の力を宿らせた。

「いいぜ。今回の任務、おれは納得してないからな。苛ついてんだよ」

鍛錬《たんれん》を積んだ屈強な男たちに取り囲まれても二人に緊張はまったくない。他王の一般兵クラスのクランズマンなど二人の敵ではない。

たった三人の上級生にボコられた中一のときとは違う。今は特別な力がある。しかも同じ王から力を与えられた者の中でも、二人のそれは強力に発現《はつげん》した。

他の組織との抗争も絶えずあり、幾度となく死線を越えてきた、この一年半——だが伏見が背中にいる限り、八田が恐怖を感じたことはなかった。この世界に身を投じたことを一度たりとも後悔したことはない。この満たされた日々からなにかが欠けることなんて考えられなかった。

左の鎖骨の下に熱を感じる。そこに第二の心臓があるかのように、どくん、と一つ大きく脈打ち、全身に力が押し流される。伏見が近くにいれば、伏見が同じ場所に持つ徴《しるし》の力まで感じることができた。

服の上からその部分を一度ぎゅっと握り、八田は強気の笑みを浮かべた。

「行くぜ、猿比古。青服の犬どもに尊さんバカにされてこのまま済ませられっか」

スケボーに片足を乗せて威勢よく呼びかける。伏見が肩越しに細い目をよこした。

「犬ね……。それ、おまえじゃね？」

ぼそっとした声で言い、笑顔のままきょとんとする八田を尻目に地を蹴って飛びだした。まさしく自らが細身で鋭いナイフの化身のようになり、屈強な青服の中へと切り込んでいった。

Period 3 ____ 16-17 years old

〝犬ね……。それ、おまえじゃね？〟

口にしてしまった自分自身が不愉快だった。言ったところで八田には自覚がないんだから意味がない。伏見が抱いている違和感のようなものが、八田の中にはかけらも存在していないことはもうずっと前からわかっている。

数時間前、外にでて誰かと電話をしていた草薙が戻ってきて、そのとき店にたむろしていたメンバーに急ぎの指示をだした。曰く――《セプター4》に追われている能力者二人の逃走を援護して、店に連れてきて欲しい。

伏見はちょうど店に遅めの昼飯を食いに来たところで、草薙がいなかったので勝手にカウンターに入って店の軽食メニューであるカレーを（ニンジン抜き、ルー多めで）よそっていた。

「追われてる能力者……っすか？」

ポータブルゲームの対戦で盛りあがっていた八田と鎌本がきょとんとした顔をあげた。

伏見、八田、鎌本、他数人のメンバーの顔を見まわしてから、草薙は拝むように顔の前で片手を立てた。

「急を要すんや。説明はあとでする。とにかく今はなにも訊かんとすぐ動いてくれ。尊の了解はもらっとる。迎えに行って欲しいんは、元《セプター4》、湊速人と秋人や。覚えとる奴は覚えとるやろ」

湊速人と湊秋人。アンナが《吠舞羅《ほむら》》の仲間になるきっかけになった事件で関わった双子の兄弟で、当時の《セプター4》の手練《てだ》れの戦闘員だ。あれは伏見が八田とともに《吠舞羅》に入ってすぐの春だったから、ちょうど一年半前になる。歳はたしか当時で二十歳をちょっと超えたくらいだったはずだ。

《セプター4》の戦闘員——とはいえ双子が力を授かったのは〝現〟青の王ではない。双子が王と仰いでいた〝先代〟青の王・羽張迅は、十年以上前の大災害の際に命を落とした。以来《セプター4》は王のいないクランとして存続していたが、件《くだん》のアンナの事件を機に活動を休止し、黄《おう》金《ごん》のクランに一時的にその職務を委譲《いじょう》した。非能力者、あるいは戦闘力に満たないわずかな異能しか持たない者で構成される後方支援の部隊の一部だけは残存し、黄金のクランの指揮下に入ったが、実戦部隊のクランズマンたちはすべて解散するに至った。職を退いて一市民になった者もいるが、多くのクランズマンは異能を生かし、機動隊をはじめとする各方面で活動しているという話だった。

そんな状況が続いていたが、今年に入ってからのこと——長らく空席だった青の玉座に、ひさしぶりに座る男が現れた。宗像礼司、という男である。

新王の下で《セプター4》は活動を再開し、後方支援部隊の指揮権も黄金のクランから返還された。四散していた羽張時代のクランズマンの中にも再仕官を希望して戻ってきた者たちがいると聞く。

ところが新王は自らが新たに選抜したクランズマンのみで前線部隊を編制し、古参のクランズマンに関しては新人の教官職のような任にとどまらせているらしい。そんなやり方をしては古参の者が不満を募らせるのではないかと思うが。

「青いほうの新しい王様ってなにを考えてるんだろうねえ、キング？」

と、十束が周防に話を振った。カウンターチェアに腰かけて一人我関せずといった感で煙草をふかしていた周防が、「おれにあいつの話を振るんじゃねえ」としかめ面を十束に返した。十束は気にしたふうもないが、下っ端連中のほうがそのやりとりにはらはらする。

赤の王が率いるクラン《吠舞羅》がごく私的な集団に過ぎないのに対し、青の王が率いるクラン《セプター4》は、極めて公的な性格を持つ組織だ。表立っては「東京法務局戸籍課第四分室」と称し、日本国内に住む「特殊な外国人」の戸籍の管理を職務としている。「特殊な外国人」とはよく言ったもので、具体的にはその対象は「異能を持つ者」を指す。ストレインと呼ばれるはぐれ能力者の所在、つまり戸籍を把握する他、クランに属さず、しかしクランズマンとしての異能を有している者の管理もその管轄《かんかつ》に含まれる。異能者が無闇に力を振るって事件を起こさぬよう取り締まり、実際に事件が起こった際には強権を与えられてこれを鎮圧、犯人を捕縛《ほばく》する。

「青のクラン自体の人間も例外やなくて、クランを離れても異能を有しとる限りはGPSの携帯を義務づけられて、行動を監視される。これは以前から行われとったことやけど、新しい王のことがいけ好かんっちゅう連中がどうやらこれに不服を唱《とな》えとるらしい。それでこの子ぉらも……」

説明をしながら草薙がホール中央のソファに目を向けた。

「監視を拒否した上、《セプター4》の非戦闘員を負傷させてしもたっちゅうんで、捕まって投獄されるところを逃げてきた、っちゅうことやそうや。それであってるか？」

「ぼくたちは宗像礼司を《セプター4》の統率者とは認めない。羽張迅の死後、王がいなくとも《セプター4》は十分に機能していた。それを今さら現れた王が、かつて《セプター4》を支えた人間を閑職《かんしょく》に追いやったあげく、勇退した者たちをはぐれ能力者と同等に扱うなんて、羽張迅と《セプター4》に対する冒瀆《ぼうとく》に他ならない」

怒りを含んだ声で答えたのは、双子の片割れ——顔の区別は正直つかないが、髪の色が黒いほうが速人、明るいほうが秋人と覚えたので、秋人のほうだった。

双子のもう一人、速人がソファに横になっており、十束が怪我の手当てをしている。秋人は下手な真似はさせないというように速人の傍《かたわ》らを離れず、ソファを囲んでいる《吠舞羅》の連中にぴりぴりした警戒心を発し続けていた。〝青服〟の通称の由来であるあの青い制服姿しか見たことがなかったが、今は二人とも私服だ。

秋人も負傷していたが、速人のほうが深刻な状態だった。裂傷によるおびただしい出血から、青の能力者同士の激しい戦闘によるものであることが見て取れる。

異なる色に属するクランズマンの力は互いに打ち消し、跳ね返す性質を持つが、同じ色に属する力は防御しにくいと聞いたことがある。つまりクラン内での同士討ちのほうが死傷者がでやすいのだ。仲間割れは泥沼にしかならない、っていうことだ。もちろん歴然とした力量差があれば色のうんぬんなどどのみち突き抜けるが。

「まあ落ち着き。ここにおるあいだは《セプター4》は手出しができん。おまえらが今《セプター4》の人間やないっちゅうんやったら、うちがおまえらと対立する理由もないわけやし。安心しろっちゅうても無理かもしれんけど」

「事情はだいたいわかったけど、なんで草薙さんがそこまで肩入れするの？　誰かに頼まれたんだよね？　急いでこの子たちを助けてやってくれって。キングの了解もらってるなんて言ってたけど、嘘でしょ？」

一人ゆるい空気を発している十束が放り込んだ質問に、「うっ」と草薙の顔が引きつった。

カウンターの周防の背に草薙がぎこちなく横目をやってから、

「すまんっ」

と、ぱんっと音を立ててみんなに向かって両手をあわせた。

「えっ、どーゆうことっすか草薙さん？」

八田が声をひっくり返らせた。

「おれの独断や。この件はおれの責任で片付けるし、尊の手は煩わせせん。そやからこの双子、ちょっとのあいだ店に置かせてくれへんか。ちょおっと断りにくいスジから頼まれてしもてなあ……白状すると、塩津《しおつ》のおっさんや」

「塩津、ってたしか青服の司令代行じゃないっすか。草薙さん、なんでそんな奴とっ」

「アンナの件のあと引退しはったから、今は一般人や。言い訳にならんのはわかっとるけど」

「当たり前じゃないすか、青服には違い――」

「草薙」

ふいに発せられた周防の声に、八田が即座に萎縮して口を閉じた。

周防は先ほどから変わらずカウンターに頬杖をついて明後日のほうを向いている。ふー、と気ままに煙を吐き、気怠《けだる》い声で言った。

「ここはおまえの店だ。おれに断りを入れる必要はねえだろ。好きにしろ。まあ、訊くならこっちに訊くんだな」

周防の向こう隣のチェアに腰かけていた少女が、赤い靴を履いた足をぶらぶらさせて周防の陰から顔をだした。「アンナ、おったんか」草薙が目尻を下げて柔らかい笑みを作った。助けられておいて尊大な態度を崩さない湊秋人も、アンナを見るとどことなく気まずそうな顔になった。

周防の横顔を一度振り仰いでから、アンナはチェアから飛びおり、とことことソファのほうに歩いてきた。秋人の前に臆《おく》さずに立つと、秋人のほうが訝しげに肩を強張らせた。「お、おいアンナ……」なにかあればすぐに割って入らんと八田と鎌本が身構える。

アンナがポケットから赤いビー玉をだした。秋人の顔を透かし見るようにそれを片目の前に掲げ、大きな瞳をぱちぱちとまたたかせた。

「……置いてあげて大丈夫、だと思う。行くところがないのは本当」

見守る草薙たちを振り返って言ってから、秋人に向きなおり、

「あなたも、安心していいよ。あなたの半分に危害を加える人は、ここにはいない。だからすこし休んで……ね？」

「……」

ずっと緊張していた秋人の肩から、わずかだがそれで力が抜けた。

「……速人が回復するまで、いさせて欲しい」

表情はやわらげまいとしつつ、疲労が色濃い掠れた声でそう言って頭を下げた。

元来単純な八田が真っ先に態度を氷解《ひょうかい》させ、仲間を見まわして威勢のいい声をあげた。

「ま、話聞いてみたらこいつらもたいへんだったみたいだし、アンナがいいって言うなら前のことは水に流してやろうぜ。オレは気に入った。王が代がわりしたからって簡単に次の王に乗り換えるような奴のほうが信用できねえしな。こいつらの王は生涯その先代の青の王一人、そんでオレたち《吠舞羅》の王は尊さん一人！　そういう意味じゃ同志じゃねえか！」

パキッ
どこかで小さな音がした。

「けど《セプター4》の逃亡犯を匿《かくま》うってのは明確な敵対行為っすよねえ。わざわざコトを構えてメリットあるんすかね？」

鎌本がごく常識的な意見を口にし、秋人がまた一瞬肩を強張らせる。「メリットもキューティクルもねえ！　デブならデブらしくもっとゴーカイに構えてろ！」八田が怒って鎌本に拳固《げんこ》をか

ます。「痛《い》てっ。繊細なデブだっていていいじゃないすかあ。だいたい八田さんがざっくりすぎ……」

「新しい青の王ってのはあのいかにも性格悪そうな眼鏡だろ？　尊さんとだって仲悪ぃしよ。いいじゃねえか、喧嘩売ってやろーぜ！」

パキ……

「まーまー八田ちゃん、喧嘩売る気で保護したわけやない。今からおれが向こうさんに出向いて話つけてくるつもりや。おれの責任で片付ける言うたばっかりやしな。とにかくこの子らの処遇をなるべく穏便にしてくれるよう頼んでくるわ」

「まじっすか!?　敵のアジトに一人で乗り込むなんて危ないっすよ。オレも一緒に行きます！」

「あー、せやな。そしたら……」

意気込む八田をやんわりと押しとどめて草薙がホールにぐるりと視線を巡らせる。アンナの無《む》垢《く》な瞳がそれをなぞる。周防はもうすっかりどうでもよさそうな顔になっており、十束はただ微笑んで仲間たちの動向を眺めている。

草薙の視線がこっちを向いてとまった。

「伏見。同行してくれるか？」

店の隅のテーブル席で傍観《ぼうかん》を決め込んでいた伏見は驚いて顔をあげた。

パキン、と音がした。

「……？　なんでおれなんすか」

「いろいろ言いたいことがありそうやな？」

「なにも言ってないじゃないですか」

「手が物語っとるで」

ひょいと目配せされて、自分の手もとに目を落とすと、細かく砕かれたマッチ棒が灰皿の上に山になっていた。バーHOMRAのロゴがあしらわれた空のマッチ箱がテーブルの上に積み重なっている。マッチ箱が揃えて入れられていた陶器の小皿のほうは空っぽだ。

「お客用のマッチ、無駄遣いせんといてな？　発注しとかなあかんわ」

草薙が苦笑してウインクした。

伏見は舌打ちして席を立ちざま、手の中にあった最後の一本を親指ではじいて灰皿に突っ込んだ。

ぼっ、とマッチの山が灰皿の中で激しく燃えあがった。

†

「あの司令代行とまだ繋がってたんすか」

「〝元〟司令代行な。おまえらおらんときにふらっと店に飲みに来はってな。それからまあ、たまーに来はるようになったんや。青服の屯所《とんしょ》で問題起こした双子が塩津のおっさんに連絡したみたいでな、おっさんがおれに保護を頼んできはったちゅう経緯や。自分とこに駆け込んだところ

ですぐ包囲されるんは目に見えとるし、もう一般人として暮らしてはる人や、自分にはもうなんもできひんって思わはったんやろ」

車中でもうすこし詳しい説明を聞かされた。先代の青の王にして《セプター4》司令・羽張迅が世を去ってからの十年間、王のいないクランでその司令代行を務めていたのが、塩津元《げん》という壮年の男だ。つまり湊兄弟の元上官ということになる。

草薙がワゴンのハンドルを握り、助手席の伏見は不満顔でサイドガラスに寄りかかって目を逸らしていた。ここにはマッチがないからなんとなく所在がない。袖の中に仕込んだナイフを手《て》慰《なぐさ》みに抜き差ししている。ぱちん、ぱちん、と袖口で金属がかちあう。走行音に紛れてかすかに車内に響く物騒な物音に草薙が眉をひそめたが、伏見は気づかないふりをした。

夕方、普通に働いている市民の帰宅ラッシュを迎える時分で、前方に視線を流すとテールランプが長々と連なっている。対向車線をすれ違う車がぽつぽつとヘッドライトを灯しはじめる。草薙の運転は停まるのも発進するのも滑《なめ》らかなので渋滞でも酔わずに済むのは助かる。

「あのおっさんもああ見えて苦労してはる人やしなあ。ま、恩を売っといて損はないやろし、こはそれで納得してくれんか」

「なんでおれの同意がいるんです？　あんたはうちのナンバー2なんだし、下っ端に気を遣う必要なんかないじゃないですか」

「そう言わんと、伏見、おれはおまえにちゃんと納得して動いて欲しいんや。そやからこうやって事情を話しとる」

「納得してなくてもやることとやってればいいでしょ」

「伏見ー……。あのな、」

溜め息をついてなにか言いかけた草薙の声を遮って、

「そこ」

と伏見はシートに身を沈めたまま前方を指さした。

「左、入れば渋滞迂回《うかい》できます」

「え？　お、おう」

草薙がウインカーをだして左にハンドルを切る。すこし先に見える信号の手前で渋滞していたが、そのしんがりに鼻先を突っ込む前にワゴンは左折して細い道に入った。「突きあたりまで行っちゃうと左折しかできないんで、次ですぐ右折してください。その次すぐまた右折です」

「頼もしいナビおって助かるわ。ん、そやけどおまえ運転できひんやろ？　やけに道明るいな？」

「……前住んでたんです。このへん」

「へえ。椿門《つばきもん》の近くに住んどったんか。妙な縁やなあ」

伏見のナビで路地を無駄なく数回折れると、ワゴンは先ほど渋滞していた交差点を過ぎたところにでた。渋滞を尻目にするりと車の流れに合流して走りだす。今にも車の屋根に倒れかからんばかりに車道に接して建っている赤煉瓦の洋館が右手に見え、通り過ぎた。

ちらりと振り返ることも伏見はしなかった。すでに売り払われて他人の所有物になっているらしいし、そうじゃなくても別に感慨なんかもなかったし、思いだしたくもなかったから。

〝椿門〟とはこの先の地名だが、その場所に庁舎を構える《セプター4》の別称でもある。とはいえ近隣のほとんどの住人には機動隊だか国防軍だかのでかい詰め所があるという程度の認識しかない。消防署だと思っている住人もいると思う。有事の際はここの車輛《しゃりょう》の通行が最優先されるため、渋滞が助長されて基本的に住人には迷惑がられている。

そびえ立つ門の向こうに、装甲車が隊列をなして出動するのに十分な広さの前庭があり、そしてその先に、戸籍課の一分室の職場にしては破格に立派な建物が佇んでいた。

草薙が門の前でワゴンを停めると、守衛《しゅえい》の隊員がすぐに駆け寄ってきた。あまりに普通に乗りつけるので伏見は「ちょっと、いいんですか」とシートにもたれていた背を浮かせて身構えた。

「えーからえーから。目的は平和的な交渉や。向こうさんも問答無用で引《ひ》っ捕《と》らえるようなことはせぇへんやろ」

草薙が窓をあけ、ピザの出前かっていうくらいの気軽さで守衛に名乗った。

「ちわ。《吠舞羅》のモンですけど、室長さんいはります？」

室長、ってなんです？　と訊いたら、

「今の青の王はそう呼ばせとるみたいやで。第四分室の室長っちゅうことやろ」

とのことだった。司令のほうが偉そうなのになと伏見は思った。室長、はデスクワークの中間管理職みたいで恰好がつかなくないか。

ワゴンを降りるよう命じられ、四人ばかりの青服に取り囲まれた。草薙からキーを預かった青服の一人がワゴンに乗り込んでどこかに停めに行き、さらに武器を預けるよう求められた。いわば手足を回収されることになり、もし話がこじれて穏便に帰らせてもらえない事態になった際、力業で脱出するのは難しくなる。

「煙草吸いたなったら室長さんが火ぃ貸してくれはるん？」

とぼやきつつ草薙がジッポーライターを、伏見がナイフを一本提出した。草薙が物言いたげにこっちを見たが、伏見は平然とした顔で通ろうとする。

「待ちなさい」

という声が門の奥から聞こえた。

青服たちが表情を引き締めて敬礼し、

「宗像室長っ」

と声を揃えた。

姿勢のいい長身の男が立っていた。夕暮れどきの大気が風景全体に赤みがかったフィルターをかけていたが、その男の周囲だけ赤が寄りつかず、逆に青みがかって見えるのは錯覚だろうか。はおった外套《がいとう》の青が、青という色はこの男のために定義されたのではないかと思うほど映《は》えている。

青の王、宗像礼司——。

はっとして伏見は警戒心を強くした。

「これはこれは、青の王御自《おんみずか》ら出迎えにきはるとは思いませんでしたわ」

軽妙な調子で言いつつ草薙の表情にも油断がない。

「ご無沙汰《ぶさた》しています、周防の片腕殿」

一人だけ余裕をたたえた笑顔で宗像が草薙に会釈《えしゃく》し、伏見に目を向けた。

「そちらの彼はたしか暗器を使うのではなかったですか。ナイフ一本しか所持していないということはあり得ないでしょう」

怒鳴りつけられたわけではなかったが青服の隊員が雷に打たれたように「も、申し訳ありませんっ」と恐縮し、「持ってるものを全部だせっ」と気色ばんで伏見の肩に手を伸ばしてきた。

「チッ……下がっとれ、伏見」

草薙が舌打ちをして前にでようとしたが、

「いいですよ。だします」

と伏見は自ら一歩前にでて、突っかかってこようとした隊員の鼻先に拳を突きだした。寸止めのような恰好になり「うおっ？」と隊員が寄り目になって硬直した。

「自分でやるからさわるな」

隊員の目の前で袖の中の金具を外す。ベルトで腕に留めていたナイフホルダーが、がちゃんと音を立てて地面に落ちた。反対側の袖に仕込んでいたホルダーも同じようにベルトごと地面に落とした。胴に巻いていたハーネス型のホルダーも外し、あえて一度掲げてみせてから手を放したときには「まだあるのか」と隊員がこめかみを引きつらせて呟いた。

左右の袖に三本ずつと、胴に三本一組のが四セット。都合十八本のスローイングナイフがどちゃどちゃと地面に積まれた。「そんなに持ってたんかい……」冷や汗を浮かべつつ草薙まであきれていた。

「おやおや、悪い意味で感心しますね。これで全部ですか？」

「全部です」

しれっと答えると、宗像は伏見の足にちらと視線を落とし、八田曰く〝いかにも性格悪そうな〟銀縁の眼鏡の奥で目を細めたが、

「そうですか。まあよろしい。では、こちらへ。私が案内しましょう」

草薙に目配せをして外套をひるがえし、庭の先に佇む本棟へと自ら先導して歩きだした。

「あとで返してもらうから丁重に保管しといてや。ほな行こか、伏見」

武器を回収している隊員に草薙が言い置いてあとに続く。伏見の肩を軽く叩いて「おっまえ、怖《こわ》ないんかい。よその王やぞ？　こっちが変な汗掻いたわ」と、愚痴っぽく囁いていった。

背の高い二人の背中を見ながら伏見も歩きだした。

たぶん宗像は靴の仕込みナイフに気づいたはずだ。なんで見逃したのかわからないけど。

……怖くないですよ、別に。

心の中で、口にできなかった答えを呟いた。

おれが怖いのは、よその王じゃなくて。

尊さんです。

「湊速人・秋人の身柄を引き渡していただきたい」

折衝《せっしょう》の場で宗像は当然の要求をしてきた。

「もちろん無条件で。塩津元氏の手引きなのでしょうが、あの兄弟を匿ったところであなたがたに益はないでしょう」

「はて、なんのことですやろ。塩津さんは関係ありまへんで。湊の双子とは縁がありますから、うちのお客として歓迎しただけですわ」

「そうですか。塩津氏は関与を認めましたが？」

「……塩津さんになんや手出ししはったんですか」

軽妙に喋っていた草薙の声にドスがこもる。宗像は悠然とした態度を崩さない。

応接室のソファの一角に宗像が、その向かいに草薙が座っていた。宗像は組んだ足の上に軽く手を置いてリラックスしているが、背筋は相変わらずぴしりと伸びている。草薙はあえてふんぞり返って背もたれの縁に肘を乗せていた。伏見は草薙の後ろに立ち、進展する気配のない駆け引きを飽き飽きして聞いていた。

「召喚《しょうかん》して事情を聴取しました。塩津氏もひさしぶりに古巣《ふるす》の敷居《しきい》をまたげて懐かしかったのではないですか。すでに自宅に帰っていただきましたが、表には私の部下を立たせています」

「自宅軟禁《なんきん》、か。交換条件っちゅうことかいな」

「なにか誤解されているようですね。私は無条件で湊兄弟を引き渡していただきたいと言いました。そうしていただければ今回の《吠舞羅》の介入には目をつぶります」

「そういうわけにもいきまへんなあ。一度迎え入れた客人を売るようなことは、うちのメンツに関わりますよって」

「ご理解いただきたいが、私はすでに譲歩しているのですよ。綱渡りをしているのはあくまでそちらです」

口調は丁寧で表情も穏やかなのに、空気に不思議な圧がかかる。歳は草薙が上のはずだが宗像のほうが貫禄《かんろく》勝ちしているように見えた。弁舌巧みな草薙がその弁で圧《お》されているところなどそうそう見るものではない。

「宗像はんの下で働くよう、うちが双子を説得するっちゅうんはどうですか？　腕が立つ二人なんは折り紙つきやし、おたくが掲げる信条自体には共感しとるはずですけど」

はははは、と宗像が初めて声を立てて笑った。

「私の《セプター4》に彼らは不用です。交換条件にもなにもなりませんね」

非情な言いようが草薙を絶句させた。

「羽張迅が残したクランズマンに、私にとって必要な人間は数えるほどしかいませんでした。私も失望しているところなんですよ。正直人手不足でして、真に有用な人材がいれば欲しくて仕方がないのですがね……」

意味ありげに細めた瞳が、ふと草薙越しにこっちに向けられた。

「暗器使い……手駒にあってもいいですね」

にこりと笑いかけられて、気配を消して聞いているだけだった伏見は「は？」と眉をひそめた。草薙が「へっ？」と素《す》っ頓狂《とんきょう》な声をあげてはじかれたように振り返ってから、目を剝いて宗像に向きなおった。

「ちょっ、冗談きついですわ宗像はん」

「冗談、ですか？　私は生まれてこのかた冗談を言ったことはありません」

「うちの子は優秀ですけど、躾《しつけ》してへんからおたくみたいなお行儀のええとこで使《つこ》うてもろてもご迷惑おかけするだけですわ。今日のところは互いの立場の確認っちゅうことで、これで失礼させてもらいます。とにかく湊の子らがうちにおるあいだはおたくも手出しできまへんやろ、っちゅうことは言うときます」

急に慌ただしく立ちあがった草薙の長身で宗像の視線が遮られた。

「帰るで」

草薙に促されるまま戸口に向かいながら伏見は何気なく振り返った。草薙の肩越しに宗像の姿が半分だけ見えた。宗像は特に引きとめる声をかけることもなく、足を組んで背筋を伸ばした姿勢を変えずに見送っていた。

「本気にしなや？　あんなんおれらを追い返すための方便や。向こうさんから歩み寄るつもりはないっちゅう意思表示に使われただけやからな」

「それくらいわかってますけど。別に慌てて帰ることなかったじゃないですか」

ワゴンに乗り込んでからも草薙がまだその話を引っ張っているのが伏見からしたら訝しかった。

屋内には三十分もいなかったが、入るときには空を占めていた赤がでてきたときにはすっかり駆逐《くちく》され、戸外は青い夜に呑まれていた。青服の守衛が厳《いか》めしい顔で立っている門を抜けて《セプター4》のテリトリーを脱すると、我慢の限界というように草薙は煙草をくわえて返却されたジッポーで火をつけた。車内にも青が侵蝕《しんしょく》していたが、赤い火で押しのけられた。

「おれが青の王にほだされそうにでも見えたんですか？」

袖をまくって暗器を装着しなおしながら、自分に向けられた宗像の含みのある微笑みを思いだす。湊兄弟をあっさり不用と断じたことといい、クランズマンを手駒呼ばわりすることといい、宗像礼司という王に惹かれるところは別になかった。

「堪忍《かんにん》堪忍、そういうんやのうて……伏見、おれはなあ、おまえさんを買っとるんや。もちろん八田もやけど、あいつはほっといても《吠舞羅》の中心になってってくれるやろしな。おまえのほうには、おれの仕事をいくつか引き継いでもらいたいと思っとる。そやから今日も同行してもろたんや。こんなとこで言うんも照れくさいけど、まあこの際や、はっきり言うとくわ。尊はなんも言わんやろし、十束も引きとめん気ぃするけど……おれは、おまえに《吠舞羅》にずっといて欲しい」

いるもいないも、そもそもいなくなるなんていう話がでたこともないのになにを心配してるんだろうこの人は。そんな釘《くぎ》を刺しておかなきゃ心配になるほど自分は草薙から見て《吠舞羅》から浮いてるのか？

浮いてるんだろうな、という自覚はある。

仮に八田が宗像に同じことを言われたとして、草薙は同じように「本気にするな」なんてわざわざフォローしただろうか？　しないだろう。そうするまでもなく八田のほうから怒り狂いそうだ。はあ？　寝ぼけたこと言ってんじゃねえ、オレの王は尊さんだけだ！——あいつが言うだろうことを一字一句予想できる。予想できすぎて食傷するくらいに。

ぱちん、とまた無意識に袖口でナイフを出し入れしている。行きは対向車線側に見えた洋館が、今度はすぐ左手に見えてくる。住んでいる人間はいないのだろうか、どの窓も廃墟《はいきょ》のように闇に沈んでいる。のしかからんばかりに車道に接して建つ建物が間近を過ぎていく。

「——？」

行きは一瞥もしなかった建物を思わず振り返っていた。

二階の部屋の窓に小さな灯りが見えたのだ——もとの自分の部屋の窓だ。灯りの中に細い人影が見えた。

「ん？　どうかしたか？……って伏見ぃ!?」

草薙が裏返った声をあげてブレーキを踏んだそのときには、伏見はロックピンを跳ねあげてドアを叩きあけ、走行中のワゴンから飛びおりた。

来た方向へ走りだそうとしたが慣性で身体を後ろに持っていかれた。受け身を取ったがごろんごろんと三回ばかり後転する。足を踏ん張ってとっさに能力で靴底に逆噴射を発生させ、どうにかスピードを殺す。じゅっ、と靴底がアスファルトと摩擦を起こして焦げ臭さが漂った。

しゃがんだ体勢でさっきの窓を見あげたが、灯りはもう消えていた。漆黒《しっこく》に沈んだ窓の中には人影も見えなかった。

軽く息をはずませながら、一時その窓から視線を外すことができなかった。

あいつと目があった気がしたのだ。窓からこちらを見おろして、目を剝いていやらしく笑ったのが。

「伏見！　走ってる車から飛びおりる奴がおるか阿呆《あほう》！」

ワゴンを路肩に停めた草薙が駆け戻ってきた。

「大丈夫か？　ほれ、摑まれ」

「……いいです」

草薙に差しだされた手は借りず、呼吸を整えて自力で立ちあがった。アスファルトで擦り剝いたようで、手のひらに細かな石が食い込んでいた。表情を消して手を握りしめた。

「ったく、どしたんやおまえ。そういや前このへん住んどったって」

「なんでもないです。すいません……。帰りましょう」

ワゴンのほうへ戻りはじめたものの、最後にもう一度、どこかおそるおそる建物の二階を振り仰いだ。間断なく車道を行き交う車のライトが赤煉瓦の外壁を白く照らしては過ぎていくが、窓灯りは間違いなくすべて消えていた。

……いるわけがない。二年前の冬に死んだ男が。いたとしたら幽霊じゃないか。地縛霊《じばくれい》？　気が向いたときにふらっと帰ってくるだけだった男があの家に地縛なんかされるもんか。バカらしい……。

人手に渡ったというところまでは聞いたが、すぐまた売りにだされて今も買い手がついていないといったところだろう。このへんは地価も高いはずだから、資産として持っているだけで金がかかる。

「いいです。なんでもないです。……か」

溜め息まじりに草薙が呟くのが聞こえた。

首をかしげて伏見は草薙を振り返った。草薙はなにか諦めたような、あまり見たことがない弱々しい微笑を見せただけで、「怪我しとるやろおまえ。帰って手当てしたる」と、先行してワゴンに戻っていった。

なんとなく気まずくなり、無言で伏見は助手席に乗り込んだ。

身を乗りだして全開にしっぱなしだったドアを閉めようとしたとき、ふともう一度建物に目を引かれた。

誰も住んでいないと思った屋敷の玄関があいたのだ。小さな白い灯りがドアの隙間からするりと抜けでてきた。それは闇の中を泳ぐようにふわふわと上下しながら、ワゴンから離れる方向へと消えていった。

バーに戻ると残っていたのは周防、十束、アンナという幹部級メンバーだけで、他の連中は帰らされていた。傷の深い速人は店の二階にある部屋に移されていた。秋人は速人のそばを離れないそうだ。二階には周防とアンナが住んでいるが、アンナについては双子がいるあいだは草薙が自分のマンションに連れて帰ると言っていた。

簡単に消毒してもらった手をポケットに突っ込み、いろいろなんとなく面白くない気分をぶら下げつつ歩いて部屋に帰った。

†

二年前の冬、八田とアジトを作ったあの雑居ビルの一階の物件に、引っ越そうという話も別にでなかったから今も住んでいる。ただし最初に設置したパソコンもネット回線もあれきり繋いでいない。ロフトの隅で埃《ほこり》をかぶっている。

今日見たものの話を八田にしようか、どうしようか……ドアの前に立つまで決めきれないまま、中から漂ってきた食べ物のにおいで思考は押し流された。そういえば昼飯を食おうとしたところで双子のために出動させられたので今日は結局丸一日なにも胃に入れていない。

「おっ、猿比古、どーだった?」

万年ごたつでカレーを食っていた八田が顔をあげた。季節を問わず部屋の真ん中を陣取っているこいつは住みはじめて一年目の冬も終わろうって頃に二人で拾ってきたものだ。打ちっ放しのコンクリートの床には畳が敷き詰められている。最初のなにもなかった頃と比べたらちょっとカオスなくらい生活臭が増している。

後ろに蹴りだすように靴を脱いで伏見は畳にあがった。後ろ手で閉めたドアに靴がぶつかった。

「どうもなにも、なにも進展はないよ。しばらくあの双子を抱え込むことになるだろうな」

「飯食ってきたか？　食ってねえだろどうせ。おまえと草薙さんがいないあいだに十束さんが秋人に飯作ってやろうって言いだしてさ、お客用だからって十束さん調子乗って、草薙さんがしまってたフカヒレとか、すっげ高ぇワインとか投入しはじめてさ、そんで酒入れすぎたから水で薄めてその分またルーぶっ込んだらすげー量になって、食材勝手に使って草薙さんに見つかったら雷落ちるからってコレ証拠隠滅のためにオレとか鎌本とか手分けして持って帰らされたんだけどどうせ明日にはバレてるよな絶対」

手にしたスプーンをぶんまわし飯粒を飛ばしてマシンガンみたいに喋りはじめたので帰ってくるなり十倍疲れた気がした。店のメニューにカレーあんのになんでおまえらさらにカレー作ったわけ？　バカなのか？　バカなんだな。

「いらない」

突っ込むのも面倒くさい。目もあわせずに自分のテリトリーであるロフトに向かおうとしたのだが、

「でもおめーフカヒレとか高級なもん好きじゃねえだろ？　だから肉しか入ってねえとこよけといてやったから食えよ」

かまったふうもなく八田は続け、スプーンを口に突っ込んで立ちあがるとばたばたと台所に駆けていって、小鍋を持って戻ってきた。

「座れよ」

「……」

無言で突っ立っていたが、八田の向かいにどかっと腰をおろした。こたつの上には電気炊飯器もだしてきてある。「おっ、まだあったけえな。おまえ猫舌だしこれでちょーどいいだろ」八田が炊飯器からよそった飯にルーを多すぎるくらいかけて目の前に置いた。伏見はしばらくこたつの下に手を引っ込めて皿を睨んでいたが、片手だけだしてスプーンでカレーとライスを突き刺すようにかき混ぜはじめた。

……飯の心配だけでいろいろチャラになると思うなよ。

「ぐちゃぐちゃにしねえで食えねえのか相変わらずよー」

小言を言いつつ八田も向かいで再びカレーを口に運びはじめた。

「青服の王に会ったのか？　なんか話したか？　やっぱ性格悪かったろ。だいたい眼鏡ってのがまず陰険そうだもんな」

「眼鏡でひとくくりにすんな。おれもじゃねえか。別に青服は悪役ってわけじゃねえだろ。尊さんと同じ七王《しちおう》の一人なんだし」

「バッカ、尊さんとはぜんぜんちげーじゃん」

「どこが？」

即座に否定されたのが本気で疑問で、伏見は皿から目をあげて訊いた。訊き返されるとは思わなかったっていう顔で八田がきょとんとしてから、勢いよく喋りだす。

「どこがって、オレたちは尊さんのこう、男の生き様？　そういうかっこよさにシビれて集まったクランズマンだぜ。でもあっちはあれだろ、就職なんだろ？　ぜんっぜん違うじゃねえか」

「おれたちって尊さんに憧れて入ったんだっけ」

「え？　当たり前だろ、忘れたのかよおまえ」

朴訥《ぼくとつ》な顔で言う八田に、心底腹が立った。

忘れてんのはおまえだ。バーカ。鳥頭。

〝力が欲しいな……猿比古〟

《吠舞羅》に助けられたとはいえ、力をもらえるんだったらあのときは誰でもよかったはずだ。尊さんじゃなくても──それこそもし仮にあのとき出会ったのが青の王だったとしたら、青の王でも。

「……暗器使いがクランズマンに欲しいってさ、青の王が、今日」

かき混ぜたカレーを口に突っ込み、頬を膨らませたままもそもそと言った（変なふうに酸《す》っぱ！　なんだこれなに入れたおまえらほんとバカか）。宗像は「いてもいい」と言ったのであり「欲しい」とは言っていないのだが、八田に危機感覚えさせてやろうっていうのがたぶんあって誇張してやった。

「まじかよ!?」

と八田がすぐさま怒りを露わにした。

「暗器使いっていやあ、おまえのことだろ⁉」

「そーだな」なるべく素っ気なく答える。

「けっ、青の王、人のモン羨《うらや》ましがるなんて思った以上に小者だなっ。ま、真似してどっかから探してきたところでたいしたことねぇ奴に決まってるぜ。《吠舞羅》のメンツにかけて、猿比古、そんな奴に負けんじゃねーぞっ」

「……は？」

どういう流れで話がそっちに行ったのか、意味がわからず素でぽかんとしてしまった。

なんだろう……違和感。なにかがひどくズレてる。カレーをぱくぱく口に運びながら八田はまだなにかわけのわからない檄《げき》を飛ばしていて、笑ったりもしているがなにが笑えるのかこれっぽっちも理解できなかった。

つまんねえ。

と思った。なんか最近こいつと面白い話した記憶がないな。昔はどんなこと話してたんだっけ……。世界をあっと言わせてやろうとか、そんなことばっかり飽きずに延々と喋ってた。「世界のすげぇ奴らに挑戦する」なんて、〝王〟がいる世界を身をもって知ってる今思えばできるわけがないのに、あの万能感はどこから来てたのかと不思議でしょうがないけど……でも、気に入らなかったらぶっ壊してやる力があるんだ、っていうのがあったから、それでまあ、明日ももうちょっと生きてやってもいいかっていう気になったんじゃないかと思う。

八田が話す声がきゃんきゃんした犬の鳴き声に聞こえて耳に障った。尊さんに尻尾振って、芸を見せて撫でてもらって鼻を高くする犬。そんなもんになり下がって、すっかり満足しやがって。

今のおまえにはもう、ぶっ壊したいものなんかねえんだな。

つまんねえの……。

「寝る」

ひとすくい口に入れただけのスプーンを皿に突っ込んで立ちあがった。

「へ？　ぜんぜん食ってねえだろ」

「いらねえ。激まずい」

「コラ猿比古、みんなで作ったもんをまずいとか言うな」

「まずいもんまずいって言ってなにが悪いんだよ。誰が作ったとか関係ねえだろ」

「おっまえ、お子様かっ」

「っせーなっ、誰がっ――」

誰が、おとなになりたいって言ったよ？

怒鳴りかけて、反論するのすら嫌になった。不思議そうな顔になって見あげてくる八田に舌打ちしただけで背を向けた。

ロフトの梯子に足をかけたとき、「あっ猿比古、タンマッ。メールじゃねえか」と、脱力させられるくらいとぼけた八田の声が背中にかけられた。こたつの天板をかたかたとバイブが叩いている。一度梯子から飛びおり、八田をのけぞらせる勢いでタンマツを引ったくってからロフトによじ登った。

ベッドを置くにはロフトの天井は低いので、マットだけを床に直に置いて寝床にしている。着替えもせずに壁のほうを向いて布団に潜り込んだ。

布団の中でタンマツをちらりと確認した。暗闇の中で目に突き刺さる白い光を放っている待ち受け画面に、メールの着信通知がでていた。登録していない相手からのようで剝きだしのアドレスが表示されているだけだが、心当たりがあるアドレスだった。

たぶん今日のことが頭に引っかかっていたからだろう、なんとなく気が向いてメールの中身を開いた。

指にぴりっと静電気が走り、一瞬タンマツを滑り落としそうになった。

「……？」

本文は空白だった。添付ファイルがあった形跡もない。

「……んだよ」

と毒づいて削除した。

「おい、猿比古」

背後で梯子が軋み、床と同じ高さのところから八田の声がした。

壁を向いたまま伏見は無視を決め込んだ。……早ぇんだよ、来るのが。昔からそうだ。放っておいて欲しいときにも空気を読まずに話しかけてくる。何回突き放しても引き下がらないから……いつの間にか、一緒にいることを許すようになっていた。

「おいってばー。こっち向けって、サルー」

肩をつついて揺さぶってくる。怒り続けるのも面倒くさくなっていたので、布団の中からくぐもった声で言った。

「……美咲、今日さ」

「ん？　うんうん、なんだよ？」八田が床に肘をついて身を乗りだしてくる気配とともに声が近くなる。

「あの家の前、通って」

「あの家？」

なにから……なにを話そう。逡巡《しゅんじゅん》してから、

「……ユーレイを、見た」

あのときの寒気を身体の芯にかすかに持ち帰ってきていて、布団の中で身を硬くする。

八田がごくんと音を立てて唾を飲んだ。張り詰めた沈黙のあと、うわずった早口で八田がなにを喋りたてはじめたかといったら「あっ……あの家って、ああああの家か⁉　前十束さんにキノコ狩りにつきあわされて山行ったときに、ほら、通った山小屋で鎌本がなんか見たって騒ぎだして」

力いっぱい舌打ちがでた。なにも嚙みあってなかった。「え？　悪い、違う話か？」と八田が言ってきたが話を続ける気は失《う》せていた。

Mission 2

電話の呼びだし音が鳴り続いているのが外まで漏れていた。なんだよ、誰もいねえのかなと思いつつ店のドアに手をかけたところで、伏見はふと背後を振り返った。

視線を感じたのだが、誰もいなかった。二年前、《.jungle》のミッションで一般人の暴徒がクラッカーを打ち鳴らしロケット花火を飛ばした三叉路が、今日はただ静かに昼下がりの鎮《しず》目町《めちょう》の気怠い空気の底に横たわっている。

首を巡らせて店の二階を仰ぎみたが、カーテンが閉まっており、こっちを見ている者の姿なんかはもちろんなかった。なんで誰かに見られてるような気がしたんだろう……。

気を取りなおしてドアをあけると、くぐもって聞こえていた電話の音がけたたましく耳に響いてきた。この店は陽が高い時間帯でもたいてい夕暮れどきのような薄明るさに保たれている。鳴っているのは誰かのタンマツではなく、店に備わっている固定電話のほうだ。カウンターに草薙の姿はなかった。

「っせーな、誰か……」

ぼやきつつホールを見渡して、露骨にぎょっとしてしまった。

ソファで周防一人が煙草をふかしていた。足を前に投げだして大きく開き、背もたれに腕を乗せてふんぞり返っているという実に暴慢《ぼうまん》な王様っぷりを発揮して、じろりと伏見に目をよこすな

り、

「うるせえんだよ、さっきから。切れ」

とカウンターのほうに顎をしゃくった。

あんた自分ででればいいじゃん……王様かよ。ああ王様か。「はあ」不満を返事に表しつつ伏見はホールの奥に入った。カウンターチェアに膝を乗せ、カウンターの中でランプを点滅させている電話の子機に手を伸ばす。無言で切るだけにしてやろうかと思ったが、切ったら周防と二人で会話しなきゃいけなくなるのが考えただけでいたたまれなかったのででた。

「はいＨＯＭＲＡ。マスターは今いないんで用事だったらタンマツに……」

周防に比べたら自分のほうが百倍まともに電話の応対ができると思う。仕入れ先からの電話に応対する周防なんて想像しただけでシュールな光景にしか
『おや、その声は暗器使いくんですか』

子機から聞こえた涼しい声に完全に不意打ちを食らった。

「むなっ」

裏返った声が口から飛びだしかけた。一瞬ソファのほうにうろたえた目をやってから、背中を丸めて子機の送話部を手で覆い「なんであんた普通に電話してきてんです、どこだと思ってんですか」

『バーＨＯＭＲＡにかけたつもりでしたが、違いましたか？　まあ草薙氏個人のタンマツを調べようと思えば調べられるのですが、手っ取り早く電話帳に掲載されている店の番号にかけました。

一般に公開されているのですからなにも問題はないと思いますが』

問題ないのか？　いやあるだろ？　こっちの王様もなに考えてんだよほんと。草薙と弁舌でやりあったかと思ったら案外すっとぼけてんのか？

「誰だ」

周防の声に背中が強張った。ぎこちなく振り返り「い、いえ」と顔を引きつらせると、『なるほど、周防がそこにいますか』と、電話口で宗像が平然とした口調を変えずに言う。

『先日の件ですが』

草薙とともに椿門の《セプター4》の庁舎に赴いたのは一昨日だ。二日たって速人の容態は落ち着いたが、双子は未だ店の二階に滞在している。

『草薙氏は不在ですか。では暗器使いくんに言づけましょう』

「おれに言われても知りませ……」

ぬ、とそのとき頭の上に影がかぶさった。たてがみをなびかせたひときわ大型の雄《おす》ライオンの輪郭がカウンターに落ち、食われる――！と総毛立った。もちろん錯覚だ。理性ではわかっている。だが逃げ切れないと観念した草食動物みたいに身体が竦んで動かなかった。

握りしめていた子機を周防が背後から抜き取り、通話を切ってぽいと放りだした。

「ちょっ……」

啞然とする伏見に「切れって言ったんだよ」と横暴でしかないことを言い放って周防は大股でソファに戻っていき、ソファを軋ませて再びふんぞり返った。

「嫌な予感がしたんだ。呼びだし音からして陰険だったからな」

「……わかってたんですか、青の王からだって」

「さあな」

……どっちだよ？　確信はなかったって意味ならなんで切った……。

「双子の件だったみたいですけど。いつまでも二階に置いとくわけにもいかないんじゃないですか。あんたのクランズマンにする気なら別ですけど」

「焼け死ぬのがオチだろ」

「……でしょうね」

《吠舞羅》では〝テスト〟と呼ばれている、周防の手を握り、受け入れられた者だけが力を得られる儀式——クランによってそれぞれやり方は違い、格式張った言葉だと〝インスタレーション〟というらしい。先代の青の王のインスタレーションを受け、今も先代のみを自らの王としている双子が周防のテストを通過できるとは思えなかった。周防の燃える手は、テストを通過できない者にとってはただの凶暴な炎となり身に襲いかかる。

合格の基準がなんなのか伏見は知らないし、実際もっと上のほうでもその謎は未だ解明されていない、らしい（情報を秘匿《ひとく》している可能性だってあるので伏見は単純には信じていないが）。異能を使いこなす能力的な適性と、当該《とうがい》の王の忠実なクランズマンたり得るかどうかの精神性——その二つが大きな要素ではないかというくらいは誰でも考えるだろう。

王の忠実なクランズマンたり得ることが、合格の条件の一つだっていうなら。

おれは……。

「あれー？　伏見来てたの。電話取ったのキングじゃなかったんだ」

と、のほほんとした声が上から降ってきた。

「いたんですか、十束さん」

二階に通じる階段から十束が姿を見せた。しかめ面をしつつも周防とのツーショットを免れたことに伏見は内心ほっとして階段を見あげた。

「電話聞こえてたんじゃないですか」

「そーそー。たまにはキングが腰あげてくれればいいと思ってほっといたのに、伏見が取っちゃったか」

「おれも腰あげたぜ」

と周防が遺憾そうに主張する。

「ちーっす」

十束の登場がまるで店を覆って人を遠ざけていたバリアを溶かしたかのように、外からもどやどやとメンバーが入ってきて騒がしくなった。「おっ猿比古、起きたか」八田も一緒だった。昼に起きたら「鎌本たちとラーメン食ってくる」ってメールが残っていたんだった。

「今日人少ないっすね……あっ、尊さん、ちーっす！」

周防がいることに気づくとたちまちそれを囲んで輪ができる。それぞれに緊張や畏怖《いふ》は感じていても、やはり周防のまわりには人が集まる。

「尊さん聞いてくださいよ、最近オープンしたラーメン屋で超ウルトラデカ盛り激辛キムチラーメン二十分で完食できたら表彰されるってのやってて、鎌本が挑戦したんすけどこいつ惨敗《ざんぱい》しやがって」

「惜敗《せきはい》って言ってくださいよ八田さーん。あと一分あれば食えましたって。げっぷ」

「うるせー、《吠舞羅》のメンツを汚しやがって！」

「ラーメンの大食いに《吠舞羅》のメンツ懸けることないでしょ……」

伏見は冷めた気分で目を背け、膝を乗せていたカウンターチェアをまわして腰かけた。勝手知ったる人の家とばかりカウンターに入って「なんか作ろっかなー」と冷蔵庫をあけている十束に「水もらえますか」と頼んだ。気づいたら喉がからからになっている。

おれは……。

なにかの間違いでテストに通ったんじゃないかって、よく考える。

そんなことを疑っているクランズマンは、ここには自分の他にいないだろう。

〝怖ないんかい。よその王やぞ？〟

おれが怖いのは……自分の王だ。

いや、自分の王っていう感覚がそもそもよくわかってない。オレの王は尊さんだ！――と、なんの疑問もなく息巻く八田の感覚が正直さっぱり理解できない。

周防は気づいているような気がする。自分のミスに。自分のカリスマに酔っていないクランズマンが一匹、仲間面してまじっていることに。だから周防の視界に入っていると息が詰まる。他の王なんて、それに比べたらぜんぜん気が楽だ。

「伏見？」

ことんと目の前にグラスが置かれた。「顔色悪いよ？　飯ちゃんと食ってる？」なんでここの連中は第一に飯の心配するんだろう。そういうわりに人間の食いもんじゃないようなブツを調子乗って作るし。

「いやー、楽しそうだねえいつも」

ホールの賑《にぎ》わいに微笑ましげな目をやって十束が言った。

「あんただってそうでしょ」

と伏見はつい棘のある声でこぼした。

「ところで伏見。甘い物ばっかり食べてると、しょっぱい物もあったほうがいいって思わない？　おれは思うほうなんだよね」

「はい？」

いきなりなんの話だ？

「あと、しっかり煮込んだカレーにはやっぱり福神漬けを添えたい派なんだよね」

「……はい？」

「柿の種にピーナッツをまぜた人って天才だよねえ」

「……」

すっとぼけた話を続ける十束を伏見は半眼で睨んでいたが、小さく舌打ちをし、「……どうも」

と、なにともつかない礼を一応言って水を飲み干した。

草薙と同じように、十束の目にも伏見がここで浮いているように見えているのは間違いない。

他のメンバーも薄々そう思っているだろう。

なのにあいつ一人がつゆほどもそれを察してないのがほんとに、ほとほと疑問だ。

†

湊兄弟をバーに滞在させて五日目。塩津は未だ自宅軟禁状態にあると聞いている。

塩津の元部下で、今は北関東で農業をしている男がいるらしいのだが、その男が地元の警察となにやらトラブルになったという話が入ってきた。現在は職を離れている羽張の元クランズマンたちが、双子に触発されて問題行動を起こしはじめているのではないか——塩津や双子の処遇がさらに悪くなることを懸念した草薙の指示で、北関東まで事態の確認に行かされた。

指名されたのは運転ができるメンバーから千歳《ちとせ》と、この件でいつの間にか完全に草薙の補佐と目されている伏見である。「なんでおれが」と一応は食い下がったものの、「血の気が多いモンだけで行かして、万一青服と衝突にでもなったら余計にコトが拗《こじ》れるやろ」と草薙に説得された。

厄介事は重なるもので、折しも《吠舞羅》のシマでストレインが含まれる組織と揉《も》め事《ごと》が発生し、《吠舞羅》において大多数を占める〝血の気の多いモン〟はそっちの解決、というかただの喧嘩に駆りだされていた。草薙自身が北関東に出向けなかったのもこっちの問題があったせいだ。

〝血の気の多いモン〟たちは組織相手にひと暴れした旨、道中《どうちゅう》連絡が入った。

結果だけ言うと草薙の杞憂《きゆう》で、双子の件とはまったく関係なかった。農道でエンコしたトラクターを移動させるのに能力を使ってしまい、それで一応調書を取られたということらしい。目撃者から話を聞いて、伏見も千歳も拍子抜けした気分になりつつ、それでも念のため青服が出張ってきていないことも確認してから帰還した。

血の気が多いか少ないかで言ったら物理的にここんところ血がうっすい気がするな……。なんかふらふらする。車酔いしたし。あんな山道通るなんて聞いてねー。北関東っても田舎すぎんだろ。だいたい千歳の運転が荒いんだよ。話すことねーし。

頭の中でつらつらと愚痴を並べつつ、雑居ビルの前まで帰ってきたときである。

また……？

伏見は足をとめて振り返った。また見られている気がしたのだ。しかし周囲に特に人目はないいもしない人間の視線を感じるなんて、自意識過剰か……溜め息をついて頭を振った。

ポケットに手を突っ込み、タンマツの下に入り込んだ鍵を探しつつ、ふと上を見た。

自分たちが住んでいる階のすぐ上、雑居ビルの二階は以前入っていたテナントが引きあげて以来空室になっている。荷物もすべて撤去され、窓ガラスの中はいつ見てもがらんどうだ。

ざわっ、と悪寒《おかん》が全身を駆け巡った。

いる——。

空っぽのガラスの向こうで、こっちを見おろしている人影があった。

口の端が裂けるような笑い方をして、なにか喋った。

サ　ル　ヒ　コォ〜

声がでていたらきっと悲鳴をあげていた。しかし空気が喉に張りついただけだった。ドアに向かって走り、鍵を突っ込んでもどかしげにまわして中に転がり込み、ドアを閉めるなり施錠《せじょう》してチェーンもかけた。

「美っ……」

部屋を振り返って呼ぼうとしたとき、

「わはははっ。それウケるじゃねーか！」

やけに楽しげな声が中から聞こえた。

ドアに背中を張りつけて肩で息をしながら、伏見は啞然として立ち尽くした。

八田と、そして双子の一人、湊秋人がこたつを挟んでスナック菓子なんかつまんでいた。荒々しい物音に秋人が一瞬身構えたが、伏見を見ると「ああ」という顔になって警戒をゆるめた。八田はもともと警戒心のかけらもない顔で、ポテトチップスを片手にごっそり摑んで「おー猿比古、ご苦労さん」

キレてくれと言ってるとしか思えない。ので、キレた。

「おっ……まえ、なに考えてんだよ。こいつは青服のお尋ね者だぞ。王権者属領の中にいるから青服は手出しできないんだ。バーから一歩でもでたら意味ねえだろ」

「頭ごなしになんだよ。おまえは今日いなかったから知らねえだろ。今日の喧嘩にさ、秋人も参戦したんだよ。世話になってるせめてもの礼に手を貸したいって、男前なこと言うから手伝ってもらったんだ。そんで獅子奮迅《ししふんじん》の働き！　ま、青服にいた頃から実力は認めてやってたしな。もちろんオレも遅れは取れねーって、見せ場は作ったわけだけどなっ」

「世話になってる礼？　単にストレイン相手に暴れたかっただけだろ。そいつらは能力制限されるのを拒否して《セプター4》に楯ついたんだぞ」

秋人の顔を指さして指摘すると、秋人も気分を害して反論してきた。

「速人を介抱してもらったことには本当に感謝している。それに、司令代行にも迷惑をかけていることはわかってる……」

「いつまで司令代行なんて呼んでんだよ。もう塩津は司令代行じゃないし、そんなポストはこの世にない。今の《セプター4》のトップは室長、宗像礼司だ。おまえらは《セプター4》の反逆者で、赤の王の情けで保護されてるだけだ。捕まりたくなかったら属領の中で縮《ちぢ》こまってろ」

「猿比古？　なにピリピリしてんだよ。心配すんなって、速人のほうは店にいるんだし、青服は二人ともあっちに引きこもってると思って店のほうを張ってるさ。バレなきゃ大丈夫なんとかなるーって十束さんが言ったんだぜ。なんかあったら店に駆け込みゃいいんだし、尊さんだってすぐ近くにいるんだし、誰かチクる奴がいるわけでもねえだろ」

「へえ。誰もチクらないって……」

これ以上ないほど冷たい目を伏見は八田に向けた。まったくおまえの頭にはおめでたい花が咲いてんな。そのなまぬるい平和ボケにつきあわされるのは、いい加減うんざりだ。

本当にもう、おれはおまえにがっかりしてる。

「……好きにすりゃいい。おれのテリトリーには入んな」

なにを言っても無駄だと思った。困った奴だなあという目をむしろ八田のほうから向けられつつロフトに這いあがった。

「八田、ぼくはバーに戻る。伏見の言うことも一理ある」

「いーっていーって。泊まってけよ、他の奴らも呼ぶから。みんな集まってりゃもっと安全だし、カムフラージュになるだろ。あいつはさ、頭いいからリクツで考えすぎるとこあるんだよな。喋り方もああだから誤解されやすいんだけど、悪い奴じゃねえんだ。気ぃ悪くすんなよ」

見当違いのフォローしてんじゃねえぞ。ロフトの天井を肘で殴って布団に潜り込んだ。くっそ……布団の中でじんじんする肘を抱えた。

電話で呼んだら十分もしないうちに鎌本をはじめ四、五人がそれぞれ飲み物やらつまみやらの袋をがさがささせて訪ねてきた。一人来るたびにいちいち「伏見は?」「上ー。もう寝てる」というやりとりが繰り返された。

「車酔いっしょ。帰り、顔色悪かったから大丈夫かねーって思ってたんだわ。寝かしとけ寝かしとけ」

「おまえの運転のせいじゃねーの。酔うって有名だぞ」

「心外だな。まあ女子を酔わせるテクにかけては」「黙れ」

「あ、今日千歳と猿比古が一緒だったのか。どーだった？」

「どーってほどのことも起きなかったけど、あいつつえーからボディガードとしては安心感ばりばりっしたよ？」

……息苦しい。

本当に誰も疑いもしてないのか？　もしかしたらおれは今タンマツを操作して青服を呼んでるかもしれないんだぞ。

だいたいおれはなにがそんなに息苦しいんだ。一枚岩の仲間だと思い込まれてることが……だ。つまり背信者が紛れ込んでるっていつかバレて袋叩きにされることが？　そんなことを怖がるもんか。返り討ちにしてやるだけだ。そうじゃなければ……この気がよくて脳天気な連中を、失望させるのが、嫌だから……？

「あーあー。いつからそんなぬるい頭になっちまったんだよ、おれのかわいいおサルがよお」

――――!?

布団を跳ね飛ばして飛び起きた拍子に今度は天井に思い切り脳天をぶつけた。

がんっとでかい音が響き、こたつを囲んでぎゅうぎゅう詰めになっていた連中が驚いた顔でロフトを振り仰いだ。

鎌本、千歳、出羽《でわ》、坂東《ばんどう》、藤島《ふじしま》、それに秋人と、八田。これで全員だ。頭を抱えつつロフトの上から全員の顔を見て名前を挙げた。

誰だ……今の、声。

「だせー。伏見だっせー。なんだよ急に、便所か？」

坂東が笑いだし、一時固まっていた空気がほどけて周囲からも笑いがわいた。

八田も一緒に笑っていたが、目があうとすこし笑いをゆるめて、どうした？　というふうに首をかしげてみせた。

「八田、今……」

聞こえたか？　訊こうとしたとき、「あっ伏見待て、おれが先に行かせてもらおう。飲みすぎて小便が近い」と坂東がばたばたと前を横切った。

「うちの便所だぞ！　飛び散らかすんじゃねーぞ！」

便所に駆け込んでいった坂東に八田が怒鳴ってから、あらためてこっちに目を戻したが、そのときには、伏見の中でなにかがすっかり台無しになっていた。

もういいや……。ずっとこうだ。

ふとロフトから見おろすと、秋人がこたつの輪から離れてタンマツを耳にあてているのが見えた。

秋人が「速人からだ」と、ちょっと待っててくれというようにこたつの連中に向かって手をあげ、背を向けて再びタンマツを耳にあてた。短いやりとりのあと、なにかすっきりしない顔でちらりと振り返った。それからまたタンマツに向かってひと言ふた言話し、通話を切った。

「八田。速人が戻ってこいと言うから、やっぱりバーに戻る」

「ん？　そうか？」

なにか伏見は引っかかりを覚えた。ロフトの上から「八田。全員で送らせろ」と声をかけた。「そいつが取っ捕まったら草薙さんの交渉の意味がなくなる。一人で戻らせるのは許可できない。もっと言えば深夜までは動かないほうがいい」

どうする、と他の連中が顔を見合わせる。なんでおまえが上から仕切ってるのかという空気がないこともなかったが、異を唱える者はなく「ごもっとも」「車酔いっ子のくせに冷静ですなあ」と腰をあげはじめた。ほどよく酔っ払っていた連中も一度切り替えると引き締まった顔になっている。

伏見はロフトの上から秋人の様子を注意深く見つめていた。秋人も細い目をさらに細めて物言いたげにこっちを見あげてきた。

ざわつく部屋の中で二人の視線が一時冷たく交わったが、秋人のほうから目を背けた。

「わかった。伏見が言うこともごもっともだ。もっと遅くなってから送ってもらうことにする。飲みなおそう」

†

窓を開け放つと、うねる風が吹き込んできて身体を持っていかれそうになる。地面までが遠く、ぐらりと目眩を覚える。二階？　なんで、ここは雑居ビルの一階のはずなのに？

「猿比古ぉ～。トモダチ来てんだろお？　なぁにコソコソしてんだよお？」

あいつが階段を上ってくる。つま先がとんがった革靴をかつん、かつん、と響かせて、獲物をじわじわと追い詰めるように近づいてくる。

「美咲、急げ」

「おう。じゃーな、明日またガッコでな」

伏見が窓の前を譲ると、スクールバッグの持ち手をリュックのように背負った八田が窓枠をまたいで乗り越える。学校っていう単語に不思議な懐かしさがあった。高校行かなかったのに、変だなという違和感と、自然に「うん。明日」と頷く自分が同時に存在している。

窓のすぐ下の壁を通っている雨樋《あまどい》に八田が足をかけ、「っしょ」と、体重を乗せて外に身を晒した瞬間、
ぎぃーーーぃーーー、と激しい軋みが耳をこすった。

「美咲！」

「うわっ」

八田の顔が縦にぶれて視界から消える。間一髪で伏見は八田の手首を掴まえた。腕一本に強烈な重みが加わって窓から引きずりだされ、窓枠に腹を強く打ちつけた。身体が二つ折りになったところで踏みとどまったが、一瞬呼吸がとまり、目がちかちかした。

前にも使った脱出路だ。しかし今日は雨樋を壁に固定しているビスがゆるんでいたようだった。壁から剝がれかけて宙ぶらりんになった雨樋が、ぎし、ぎし、と軋んでいる。八田が宙で揺れる

自分の足を見おろしてから、泣きだしそうな顔で見あげてきた。

「さるっ……」

今にも雨樋がぽっきり折れて下の車道に落下しようとしている。しかし車道にはまだ頭上の異変が伝わっていない。ちょっと車高のある車であれば屋根を掠めんほどのところを雨樋がぶらぶらしているというのに、その真下を車がスピードをだして次々に通過していく。

「くっ……」

歯を食いしばって耐えるが、八田を引きあげるだけの力はない。逆にすこしずつ手が滑りはじめる。

「美咲っ……そっちの手で摑めっ……」

「むっ無理っ、無理っ」

なんでおれたちはこんなに非力なんだ？　これくらい簡単に引きあげる力はあるはずだ。八田だって二階程度から落ちたところで曲芸みたいに着地できるはずなのに、今は絶望的な顔で泣き言を言うだけだ。

「ぎゃはははははっ！」

と、けたたましい笑いが背中に浴びせられた。歯噛みをしつつ伏見はぎりりと首をまわして部屋を振り返った。

二年前と変わらない姿のあいつが——伏見仁希が、戸口でこっちを指さして爆笑している。

「なになに？　トモダチ落ちそうになってんじゃん！　窓から逃がすとか後ろめたいことでもし

てたのかよ。決死の覚悟で女連れ込んでやらしーことしようとしてたドーテーかよ。ぎゃははははウケさせんなよマジ腹いてーわ！　なんだっけそいつ、女みてーな名前のトモダチじゃん、おサルとまだ遊んでくれてんのかね。ありがたいねえ」

「くっちゃべってねーで手ぇ貸せよっ!!」

「手ぇ貸せ？　まさかおれに命令してんのおまえ？」

ぴゅんっとなにか細いものが飛んできて、肩口に小さな痛みが走った。

さすがに信じられない思いで伏見は仁希の手もとを見た。仁希が手にしているのは輪ゴムを装着して飛ばす、プラスチック製の拳銃だった。

「これ今日の土産に買ってきたんだけどよ。おサルと警察ごっこやろうと思ってさ。でも二丁しかねえからトモダチには持たしてやれねえなあ。ってことで先にトモダチ狩ったほうが勝ちってゲームどうよ？」

仁希が輪ゴム銃の銃口をこっちに向け、なんの躊躇《ちゅうちょ》もなく撃つ。愕然として声もない伏見の耳に輪ゴムがあたる。ぴゅん、とまた飛んできて、次は頬骨にあたる。伏見は決して目をつぶらなかった。首をねじり、口中に血の味が滲むほどに強く歯噛みをして仁希を睨《ね》めつけた。

「おや、よけねえの？　手ぇ放してよければ？　トモダチ落っことしちまったらさあ、トモダチおまえのことどう思うかね？　なあ、どう思うかね？」

ぱちんっ

輪ゴムが額の真ん中にあたったとき、頭の中でなにかがはじけ飛んだ。

「さ、猿比古っ……」

涙目で助けを請うてくる八田に横目をやり、そして——。

手から力を抜いた。八田の手首が手の中から抜け、重さから解放された。すでに下には見向きもしない。考えてみれば今の八田がこれくらいの高さから落ちて怪我するわけがないんだ。

そして今のおれは、こいつを脅威に感じる必要なんかない。背丈だってもうたいして違わないじゃないか。なにより、今の自分には〝力〟がある。

窓の前でゆらりと身体を起こし、にやにやして輪ゴム銃を撃ってくる男と対峙する。飛んできた輪ゴムを手で軽く払うと、瞬時に燃えあがって異臭が立ちのぼる。返す手で袖に仕込んだナイフを投じた。

ナイフは部屋のドアに突き刺さっただけだった。仁希の姿は消えていた。

窓の下で甲高い急ブレーキの音と、どんっという激突音がした。

はっとして視線を向けると、下の道で乗用車が外灯に激突して煙をあげていた。クラクションが飛び交い車道がたちまち騒然となる。蜘蛛の巣状のひびが走ったフロントガラスの上に仰向けでひっくり返っているのは八田ではなく、白い病衣を着た仁希だった。

チューブで身体と繋がっている点滴台を片手で振りあげて、仁希が怒鳴った。

「なぁんで一度も見舞いに来なかったんだよぉ、猿比古ぉ？　はっきり言って退屈死にだぜおれ絶対。やっぱ月に一度はおサル怒らせとかねえとなあ」

「死んでまでべらべら喋んじゃっ——」

激昂とともに二本のナイフを投じたが、仁希が点滴台の柱で難なく二本ともはじいた。ナイフが二条の白光を反射して撥ねあがった。伏見は舌打ちして今度は腰のナイフを抜き放ち、窓枠を蹴って宙に身を躍らせた。

振るったナイフを仁希が点滴台で受ける。スチール棒とナイフの刃がぶつかって硬い音を立てる。嚙みつかんばかりに鼻先をつきあわせて鍔迫《つばぜ》りあいになった相手は、

――仁希じゃ、ない。

湊……秋人だ。鞘から抜いていないサーベルの鍔の部分で秋人がナイフを受けていた。

その瞬間、クラクションが飛び交う車道も、フロントガラスが砕けた事故車も周囲から消え去った。そこは住み慣れた雑居ビルの一室だった――漠然とした物の配置からそうとわかるだけで、雨で滲んだガラスを隔てたように視界はぼやけている。眼鏡をかけてないからだとすぐにわかった。

沸騰した頭が急速に冷えてくる。自分はロフトで寝てただけで――そりゃあそうだ、夢か幻でもなければ裸眼であいつの顔や、あの部屋からの景色がはっきり見えるわけがない。

――夢か、幻、でもなければ。

つけっぱなしの電気の下で雑魚寝《ざこね》していた連中が「んー？　なんだー？」ともぞもぞと身を起こす気配がした。まだ寝ぼけてむにゃむにゃ言っている者もいたが、伏見が秋人に馬乗りになってナイフを突きつけているという状況にすぐにどよめきが起こった。

「なっ、なにしてる!?　伏見!?」

慌てて数人がかりで飛びついてきて両者を引き離しにかかった。「放せっ」反射的に伏見は抵抗したが、羽交い締めにされてナイフをもぎ取られた。

†

「なにがあったの、伏見。まさか寝ぼけてナイフ抜いて飛びかかったなんて言わないでしょ？」

深夜ではあったが周防と草薙にすぐに報告が行き、十束が派遣されてきた。下っ端たちの兄貴分としてこういうときはたいてい十束が話を聞く役になる。

伏見は八田の寝床であるロフト下のベッドの上でふんぞり返るようにあぐらをかいていた。隣に腰をおろしている十束に表情を観察されているのが嫌で、表情筋を動かすまいとした。

目撃者——八田を含めた他のメンバーはこたつを囲んで座し、十束のやんわりした事情聴取を見守っている。秋人も一応サーベルを取りあげられ、千歳と出羽のあいだに座らされていた。

「湊秋人は他の連中が酔って寝入るのを見計らって抜けだそうとしてました。時間はちゃんと見てなかったけど、三時頃じゃないですか。一人で行動しないように言ってあるにもかかわらず、そんな真夜中にこっそり抜けだす理由は自《おの》ずとわかるでしょ」

あのとき、こたつの周囲で寝ていた連中から一人離れて秋人は部屋をでようとしていた。伏見が秋人に斬りかかったのがまさにドアの前だったことは止めた連中が証言できるはずだ。

「なるほど？　その理由って？」

物柔らかく十束が問うてくる。伏見は秋人の反応をちらと窺った。眼鏡は今はかけているからこの距離でも表情が見える。秋人の顔に読み取れるほどの表情の変化は表れない——表情を読まれないようにしてるってことは、なにかあるからだろう。そうだよ、おれと同じでな。

「十二時半くらいに湊速人から秋人に連絡が入っています。たぶん草薙さんがアンナを連れて帰ったくらいの時間でしょう。今、店には周防尊しかいない。寝込みを襲うなら今だ、とでも言ったんじゃないですか」

秋人の眉がほんのわずかに動いた。

「宗像礼司が双子の処遇に手心《てごころ》を加える余地は今のところどこにもない。自分たちの立場を有利にするためには、交渉材料として赤の王・周防尊の首を手土産に提げていくくらいしかない、って双子が考えたとしてもおかしくないですよ」

話を聞いていた他の連中のあいだにどよめきが広がり、秋人に不信と戸惑いの目が向けられた。

バカどもが、今さらかよと伏見は冷め切った目を投げた。

「よそ者を内部に入れるんだったらそれくらいは予想しとけよ。それでよく赤の王のクランズマンだなんて名乗れるもんだな。尊さんが双子にやられるわけないって？　そりゃそうだな。けど尊さんの力を信じてるってのとは別問題だぜ、これは。おまえらのはただの怠慢、思考停止、緊張感の欠如だ。尊さんを笠《かさ》に着て隣近所のチンピラ相手にでかい面するだけで満足してんじゃねえぞ」

「なっ……んだと⁉　言わせておけばっ」

伏見に向かって仲間たちが色めき立ち、「まーまーまー」と十束がなだめに入る。「今はそういう話をしてるんじゃないよ。伏見も、言いたいことはわからなくもないけど言葉がきついよ」

そんな中、八田だけがこたつの前で膝を抱えて妙におとなしくしていた。仲間が色めき立つ事態になると普段は先頭に立って声を張りあげる役のくせに。

「八田？　なにか意見がある？」

十束が話を振ると、八田は俯き加減で秋人に目をやり、ちょっと尖らせた口を開いた。

「秋人、本当なのか？　猿比古の話。だって今日、背中預けて一緒に戦ったじゃねえかよ。なのに……」

「世話になっている恩を返したかったのは本当だ。ぼくはきみが嫌いじゃあない。他のみんなも、面白い奴らだなとは、思った。本当に……。でも速人はそうは思っていない。ぼくと速人は二人で一つだ。生まれてからずっとそうだったし、これからもそうだ。意見が違《たが》うことがあってはならない」

「よくわかんねえよ。つまりどっちなんだよ？」

焦れったそうに八田が声を荒らげた、そのときだった。

ウォンウォンウォンウォ――

居丈高《いたけだか》なサイレンの音が一瞬だけ高く響き、すぐに消えた。続いて前の道に車輛が何台も停まる音。中にいる全員が身構えて外に注意を向けた。

まばゆい白光が窓越しに部屋の中に突き刺さった。

『――湊秋人！』

拡声器を介した割れた声が窓ガラスを震わせた。

『中にいることはわかっている！　この建物は《セプター4》が包囲した！　無駄な抵抗はやめ、直ちに出頭せよ！』

「青服……!?　なんで知られたんだ!?」

「おれがチクったんだよ」

秋人がサーベルを、他の連中もそれぞれの武器を取り殺気を膨らませる中、冷然と伏見は言い放った。

「十束さん来る前に。ただぼさっと待ってるわけないだろ？　バカじゃねえの？」

タンマツを手の上で軽く投げあげる。八田に対して軟化させた態度を秋人が一変させてサーベルを握る手に力をこめた。強張った肩から青いオーラが立ちのぼった。

「青服に突きだすとは言ってない。うちが厄介事を抱え込む義理はないって、おれは今も思ってるっていうだけだ。止めはしないからどこへなり逃げればいい。……なんだよその顔、八田」視線を向けると八田がびくりとし、戸惑ったように瞳を揺らした。あり得ないことしたって顔だな。おれは匂わせたはずだぞ。おまえが真面目に受け取らなかっただけだ。「おれはおまえの大事な《吠舞羅》と尊さんのためにやったんだぜ。なにが悪いんだよ？」

「伏見、もういい」

見かねたように十束が割って入った。いつも柔和でゆっくりした物言いが心なしか鋭くなっている。

「今回はちょっと独走が過ぎたよ。この件は草薙さん預かりだったはずだ。八田、秋人を逃がせる？」

「あっ、はいっ、天井裏から上の空き部屋に入り込めるんすけど、そこからダクト通って隣のビルに抜けられます。いざってときのために抜け道作っとこうって、オレと猿比古で……」勇んで言いかけてから八田は言葉を切り、腹痛を起こしたみたいな苦しそうな顔をした。

「わかった。案内してやって。秋人、八田についていって」

「もうぼくたちにはきみたちを信じる理由がない」

「それはこっちの台詞だよ、秋人。今の段階でおれたちもきみを信用することができないんだ。これは今おれの独断でできるせめてもの協力だよ。呑めないんなら、おれがここできみにしてやれることはない」

「十束さん、八田さん、時間がないっす！　あっちは遠慮なく突入してくるつもりです！」

窓辺に張りついて外を窺っていた鎌本が言った。十束が八田に目配せし、八田が「いいから早くしろっ。信じてくれっ」と秋人を急《せ》きたててロフトに押しあげる。秋人に先行させておいてから、腰をかがめてロフトの下をもう一度覗き込み、

「猿比古……おまえ、すげーよ。ここまでできるなんて」

そう言い残して、目を背けてロフトに上っていった。

頭の上でがたがたと天井をずらす音がしはじめた。青服が突入してきても迎え撃たないよう十

束が仲間に指示をだす。その声も物音も、外を取り囲む殺伐《さつばつ》とした気配も、全部が急に遠く感じられるようになって、あとはもう伏見は他人事のような気分で、ぼんやりと十束と他のメンバーの慌ただしい動きを眺めていた。

なにかしらの達成感も、昂揚感も、なんの感情もわいてこない。

すげーよ、か……。

昔もよく言ってたよな、おまえ。

〝猿比古、おまえスゲーな!!〟

あの頃の〝スゲー〟と、なにが違うんだろう……よくわからない。でも、その〝すげー〟はもう、昔みたいに伏見をわくわくさせる〝スゲー〟ではなかった。

†

八田が秋人を天井裏に逃がして戻ってきた直後に青服が突入してきた。《吠舞羅》側は抵抗せず、青服による家宅捜索におとなしく協力した。青服の追及にのらりくらりと対応する十束はこういうときは妙に生き生きとして見えた。

「ごめんなさい、捕まえようとしたんだけど逃げちゃったんだよねー。おれたちも裏切られたクチだからね？　ヘッドの首狙われたからおたくに通報したんだよ」

アンナとともに自宅マンションへ帰っていた草薙、およびバーに寝泊まりしている周防と連絡がついたときには、速人もバーから姿を消していたとのことだった。秋人からの連絡ですぐさま逃げたのだろう。

翌日の昼前には、現場にいなかった者も含めてバーに全員が顔を揃えた。

「速人も逃げちゃったかあ。残念だけど、伏見の推測があたってたことがこれで裏づけられちゃったね」

裏づけも取らずにその推測を利用して青服をごまかした十束が、肩を竦めてしれっと言ったものである。

「……すまん。申し訳ない。おれが持ち込んだことや」

草薙はうなだれたまましばらく顔をあげなかった。

「まあ仮に双子がキングの寝込みを襲ってたところで、キング、どうにかなってた？」

「はん……どうにかなってたと思うのか？」

「だよねー。というわけだから草薙さんが落ち込むことじゃないよ」

軽薄に聞こえるくらいあっけらかんと草薙をフォローしてから、十束の声に凄《すご》みが加わる。

「彼らはうちに泥を塗る形で逃走したばかりか、なんとか二人を助けたいと思ってうちに協力を仰いだ塩津さんの願いも踏みにじった。この件で近隣の組織に舐められるのも得策じゃあない。おれたちで落とし前をつけなきゃならない、よね。草薙さん、それでオーケイ？」

「せやな……うち自身が双子と落とし前つけることで、せめて塩津のおっさんの処遇だけでも悪《わる》ならんよう交渉を持ってくしか、うちにできることはもうないやろな」

周防、草薙、十束の三人の話しあいを他のメンバーが見守っている。大半の者は双子に対する憤《いきどお》りを露《あら》わにし、出動命令が下されるのを待っている。

トップ三人がついているのと同じテーブル、草薙と十束のあいだに仁希がしれっとまじって冷笑を浮かべていた。

「すかさずうまいことこじつけたなあ。さすがおれのおサルだぜ。おまえが本当はなにを見て攻撃したか、誰一人疑ってねえんだもんなあ？」

消えろ。

仁希を睨み据えて伏見は念じる。

消えろ。消えろ。消えろ。昼間っから人の視界に映り込みやがって。幽霊だったらそれなりの節操《せっそう》もって現れろ。

「伏見……伏見？」

呼ばれていることに気づき、ぴくりと反応して視線を移すと、十束が不思議そうにこっちを見ていた。

「一つ訊くけど、本当に理由はそれだけだったのかな。秋人に向かってナイフを抜いた理由」

「……なにがですか」

低い声で答えただけでまた仁希に視線を戻す。「それを訊いてるんだけど……ねえ、さっきからどこ見てるのかな」十束が首を傾けて視界に入ってきた。草薙も「ん？」と、伏見の視線を追って自分の隣に目を移した。ほぼ黙って聞いているだけの周防も煙草に火をつけながらわずかに視線をずらした。

だがそこにもう仁希はいない。

かわりに頭上からぬうっと逆さまの顔が突きだしてきた。

「どこ見てるのかだってよ？　心配してもらえてるぜ？　みんなに打ちあけちまおうか、オバケを見てますって。馴れあい大好きな無神経連中に根掘り葉掘り訊かれるだろうな？　おまえにとっちゃあ口にしたくもねえおれの話をよ。頭の悪ぃ奴らがガン首揃えて猿比古くんかわいそうになあって同情して、仲間意識ってやつでなんとか協力してやろうって勝手に盛りあがるんだろうぜ、おまえのプライドなんかおかまいなしでよ。いやぁ考えただけで……」

躁病《そうびょう》かというような嘲笑を収めて声を低くし、

「……死ぬほど鬱陶しいよなあ？」

そう言ったときの顔が、そっくりだった。自分と。

違う……自分がそっくりなんだ。いつからこんなに似てきたんだろう。あいつの時間は二年前にとまって、自分は一年ずつ確実にあいつに追いついていきてる。

ろくでもない未来しかないな、まったく。

周防、草薙、十束、そして気炎《きえん》をあげている他のメンバーの顔に冷めた視線を順に走らせ、

「……なにも。なんでもないですけど、なにか？」

なにも感情を乗せずに答えた。

「そう？　なら、いいけど」

十束が目尻を下げて寂しげに微笑んだ。

周防一人が何気ない感じでまだ仁希が消えた場所に目を向けていた。内心ぎくりとしたが、ふう、と周防は長い煙をそっちに向かって吐きだしただけで、特になにかに不審を抱いたふうではなかった。虚空をひと筋の紫煙《しえん》が吹き抜けた。

Mission 3

青服の隊員に案内されたのは、海の色を思わせる深いブルーの塗装を施されたバンだった。青服がスライドドアをあけ、「乗れ」と手荒く伏見を車内に押し込んだ。

「私からお呼び立てしたんですよ。礼をもってお通ししてください」

車内から玲瓏《れいろう》たる男の声がした。

「は、はい。室長」

「下がってよろしい」

牽制するような目を伏見によこして青服が外からドアを閉めた。そっちを睨み返してから伏見はあらためて車内に目を戻し、
なんだこりゃ……。

と、つい顔を引きつらせて胸中でツッコミを入れた。

内部は後部シートが三列設置できる広さがあったが、そのシートが全部取っ払われて畳が敷か

れていた。奥にはささやかながら床の間まであり、墨字で和歌が書かれた掛《か》け軸《じく》が飾られている。床の間の前に設置された茶釜《ちゃがま》が蒸気を噴いているが、空調が効いた車内は涼しいくらいの温度に保たれている。なんだか古風な和の香りがして鼻をひくつかせると、

「香木《こうぼく》です。嫌いな香りですか？」

端然《たんぜん》とした佇まいで畳に座した青の王・宗像礼司が言った。

「別に、好きでも嫌いでもないです」

「つまり関心がないということですね。残念です。どうぞ、靴を脱いでおあがりなさい」

「今日は武器預けなくていいんですか。今日もおれは暗器を仕込んでますよ」

「形式ですからね、あれは。一人で私に奇襲をかけるほどきみは無謀ではないでしょうし、その理由もないでしょう」

一介のクランズマンが王たる者を暗殺できるわけがないという余裕を宗像は隠しもしない。伏見はぞんざいに靴紐をほどいてバンのステップに靴を叩きつけた。宗像の長靴《ちょうか》がきちんと揃えて置かれていた。

「……なんすか、これ」

「ジグソーパズルを知りませんか？」

「知ってますよ」

宗像の膝の前になにかの山ができていると思ったら、ジグソーパズルのピースなのだ。しかも相当に細かい。何ピースあるんだ。

「そうじゃなくて、公用車ですよね。仕事と関係あるんですかこれ」

「いいえ。趣味です」

「……暇なんですか」

「暇がないので職場でやっています」

わざと突っ込ませようとしてるんじゃないかという気がしてきた。

「ちょうどよかった。きみに半分預けましょう。できそうなところから組んでください。足は楽にしてかまいませんよ」

宗像がピースの山を半ばから崩してこっちに押しやった。

「は？　なんでおれが」

「おや、不得手《ふえて》でしたか？　それは失礼」

からかうように言ってくるのでむっとして「どっちかっていうと得意です」と答えると、宗像は満足そうに笑った。抉《えぐ》り取られた砂場の山みたいになった自分の側のピースを一つ取り、上下の端を指に挟んで一度掲げてから、ぱち、と畳の一ヶ所に置く。

仏頂面をしつつ伏見は膝をついてにじり寄った。

「まさかパズルを手伝わせるために呼んだんじゃないでしょう。《吠舞羅》の人間が青の王に個人的に呼びだされたなんて知られたら問題なんですけど」

「そういうわりにはのこのこやってきましたね」

パズルから目をあげずに宗像が言う。伏見は口を尖らせて黙る。ぱち、ぱち……と宗像がピースを取っては畳に置く小さな音と、茶釜の蓋がかたかたと押しあげられる典雅《てんが》な音が、なんだかすっとぼけたような甚《はなは》だしい違和感を醸している。青服の公用車の中だよな、ここ？

「湊秋人が周防の属領を離れていることを、きみがリークしたと聞きました」

「《吠舞羅》の厄介払いをしただけで、あんたたちのためにやったんじゃないです。変な勘ぐりしないでください。それを手土産に寝返るつもりとかじゃないですから」

「はは、考えてもいませんよ。手土産としては軽すぎる。それに裏切り者はいつでもまた裏切る可能性を持っています。そんな人間を手もとに置くつもりは私にもありません。私は臆病者なのでね」

暗器使いが手駒にいてもいいいって言ったじゃねえかよと伏見は若干の不満を抱いた。もちろんスカウトを期待してるわけじゃないが、いらないと言われるのもいい気分ではない。

「それに我々としてはきみのせいでかえって面倒なことになったとも言えます。バーHOMRAに滞在しているあいだは少なくとも所在は押さえられていたものが、逃走した湊兄弟は行方《ゆくえ》をくらまし、未だ捕捉《ほそく》できません。あなたがたは湊速人が回復するまでの時間稼ぎをしてくれただけ、ということになりました。さらには湊兄弟が姿を消してからこの一週間、市井《しせい》のストレインが何者かに襲撃される事件が発生しています。被害ストレインはすべて〝リスク3〟、現時点で拘束《こうそく》対象にはないが社会的問題を起こす可能性が高く、我々がマークしている者です。《セプター4》を名乗る二人組に突然襲われた、と被害者は共通して供述しています。標章をはっきり記憶していた者に描かせた絵があります」

宗像がパズルを組む手をとめ、懐《ふところ》からタンマツをだしてこちらに滑らせてきた。紙に描かれたものを写真に撮ったらしい画像が表示されている。この車の側面にも描かれている《セプター4》のマークのようだが、どこか違っていた。

「羽張迅の時代の標章です」

という説明に、伏見はタンマツから目をあげた。

「羽張迅の《セプター4》こそがストレインを管理監督する職務を担う正式な《セプター4》であるという意思表示、といったところですかね。私も嫌われたものです。周防は私と違ってクランズマンから慕われているのでしょうね」

「猿山の猿がボスザルのまわりに集まるのと変わりませんよ」

ぼそっと言ってから、我ながらつまらない毒を吐いたと思った。

「なるほど。きみに言わせれば極めて動物的な行動というわけですか」

「……」

他の王の前で自分の王とクランの陰口を言うなんてひどく恰好が悪い。胸に芽生《めば》えたばつの悪さをごまかしがてら、自分の前のピースに手を伸ばした。

なんだこりゃ、とまた思った。ほとんどのピースが絵柄の違いのわからない灰色で占められている。

「完成図ないんですかこれ」

「完成図はうっかり処分してしまいましてね。まあ世界遺産に登録されるほどの建造物ですから、記憶でなんとかなるでしょう。サグラダ・ファミリアです」

「ああ。バルセロナでしたっけ」

「現在進行形で建造中ですが、たしか二〇〇一年時点の写真でしたね。一万二百九十二ピース、完成すると畳二畳ほどになりますか」

「……いちまん」

想像しただけで気が遠くなる難易度に想像しただけで気が遠くなるモチーフ貼りつけやがって。なんで完成図捨てた……。

ジグソーパズルの定石《じょうせき》に従い、まずは辺にあたるピースとそれ以外のピースを選《よ》り分けて膝の前にいくつかの山を作る。宗像が満足そうに見ているのが気に入らないが、繋がりそうなところからぱちん、ぱちんと組んでいく。

「手際がいいですね。実物を見たことがありますか」

「ネットで写真見たことはあります。二〇〇一年より前のやつかあとのやつかなんて知らないですが」

中学のとき、これやろーぜ、と八田が持ち込んできたジグソーパズルを二人で組みはじめたことがある。千ピースとかだったと思うので目の前の一万ピースとは比較にならない簡単なものだったが（とはいえ千ピースだって一般的には十分な難易度だ）。つい没頭してろくに休憩も取らずに明け方までかかって完成させて、ふと気づいたら、八田は帰っていた。「すげー夢中になってっから帰るな」とタンマツにメールが残っていた。おまえが好きなスポーツカーの絵柄だとかって持ってきたんじゃねーかよ、と面白くない気分になったのを憶えている。

「きみは幼い頃から要領のいい子だったのでしょうね」

宗像の声に、ぴくりと一度手がとまった。しかし黙ってまたピースを嵌める。ぱち、という小さな音が、茶釜の蓋を湯気が噴きあげる音に溶けて消える。返事をしなくても宗像は気にしたふうもなく続ける。

「学校の勉強もよくできたのでしょう。教師に教わることなどほとんどなかった。自分よりも劣る人間が、ただ年長者というだけで自分の上に立つことに日々快々《おうおう》たる心地だったのではないですか。逆に言えば、上に立つ者には自分より圧倒的に優れていて欲しいという願望があったと」

「……よく喋りますね」

無視していたが耐えがたくなり、ピースを畳に投げつけた。畳の上でピースが軽い音を立てて跳ねた。

「おれは訳知り顔でべらべら喋るおとなってやつが一番ムカ——」

顔をあげて言い立てようとして、つい言葉を失った。

宗像の膝の前にはピースがばらばらに置かれていた。繋がりそうなピースでかたまりを作るところからはじめた伏見と違って、まるで下絵がそこに見えていて、ピースの凹凸《おうとつ》に関係なく下絵の上にただ重ねているかのように、適当な間隔をあけて一ピースずつ置かれているのだ。

また一つピースをつまみ、ごく簡単に四辺を確認してから一ヶ所に据える。自分のあるべき場所がわかっているかのように、ピースはぴたりとそこに吸いつく。いささかの迷いもない手つきは囲碁を打つプロ棋士を連想させた。終局の状態を頭の中で完全に思い描き、確信をもってこの一手を打つ名人のような。

「なに……やってんですか？」

ぽかんとして訊いてしまった。

「完成図を処分したというのは実は嘘です。畳に完成図が写してあるのですが、見えませんか？」

えっ、と手をついて畳に顔を近づける。眼鏡を支えて目を凝らすと、頭の上で軽やかな笑い声がした。

「すみません。本気にするとは思いませんでした」

「……!?」かあっと顔が熱を帯びた。「……殺しますよ」上目遣いに睨みあげると、もちろんただのクランズマンに簡単に殺されると思っているわけもなく宗像は余裕たっぷりに微笑んでいる。

「同じ抜き型でカットされたものを以前完成させたことがあります。組みはじめてからすぐに気づいて私もがっかりしたのですが、返品するのもおとなげないかと思いまして。市販品で楽しむのはもう諦めるべきなのでしょうか。次はオーダーメイドで二万ピースほどのホワイトパズルでも作ってみますか……。さて、そういうわけで種明かしをすると」

また一つピースを手にし、どこか茶目《ちゃめ》っ気《け》のある顔をして、

「ピースの形を憶えているので、それを見て置いていただけです」

そうしてまた四辺の凹凸を一瞬見ただけで、傍目《はため》にはなんの手がかりもない場所に迷わず置いた。

「本気で言ってんですか……？」

まだからかわれてるんじゃないかと伏見は疑いを拭えなかった。憶えてるって……形の違いなんてほとんどあるわけがない。しかも一万ピースだぞ？　魔法の種明かしが魔法でしたと言われたようなものだ。この説明で納得できる人間なんかいるのか。

それからしばらく宗像は伏見がいることを忘れたように、というか忘れてなくても気にもしていないのか、ピースを一つ取っては一瞬だけ確認して畳に置くという動作を繰り返し、伏見は所在ない気分を味わった。八田もこんな感じでひと晩放置されたら退屈もするだろうなとちょっとわかったような気がした。

しかしいつしか飽いた気分は遠ざかり、眼前で行われていることに目を奪われていた。

一万ピースのうちの未だせいぜい数百個がばらばらに置かれているだけなのだが、次第に完成図が伏見の目にも見えてくる。個々の小さなかけらに描かれた絵柄の違いはさっぱりわからないのに、あるべき場所にそれが配置されると、不思議とその周辺まで補完されて全体像が浮かびあがってくる。西ヨーロッパの薄曇りの空を貫くようにそびえる多数の尖塔《せんとう》。聖書のストーリーを綴《つづ》る石像の数々——天才建築家と言われた今は亡き男の情念すら感じられる、サグラダ・ファミリアの緻密な建築が宗像の前に姿を現す。一つ一つ積みあげるように完成させていくというよりは、何百人もの職人が各所に散らばって槌《つち》を振るっているみたいに、同時に、平均的に広がっていく。

どこに嵌められるかを考えて置いているのではなく、どこに置かれるのかを、宗像はあらかじめ知っているのだ。

すげぇ……。

口の中で呟きかけた言葉をはっとして喉に押し戻し、しかめ面で唇を結んだ。

「否定するだけなら誰でもできるとは思いませんか。つまらないと思うのなら自分で構築すればいい。自らの手で、世界の秩序を。法則を。枠組みを——」

宗像の手が伸びてきて、伏見が途中まで組んだピースを引き寄せた。辺のピースがある程度の長さまで繋がったものが二本できている。

宗像がその二本を自分が作っていたものの上辺と底辺にぴたりとあわせた。途端、畳の縁《へり》から溢れだしそうに見えていたバルセロナの街が、おとなしく枠の中に収まったような気がした。切り取られた写真に過ぎないことをそれで思いださせられた。

「ですから私は赤のクランの性質が嫌いなんです。壊すだけ壊して、作りなおす手段を考えようともしない。頭の悪い連中だ」

宗像が創りだす世界にいつしか胸を高鳴らせすらしていたが、その言い方で熱が引いた。

「……その赤のクランの人間の前ですけど」

「そうでしたね。うっかり忘れていました」

にっこりして宗像はそらっとぼけた。

自分の中にまだ若干でもあそこへの帰属意識があったことにすこし驚き、すこしバカバカしく、すこし安堵もあった。

「帰ります」

手をついて腰をあげる。宗像がこちらを見あげた。

「暗器使いくん」

「伏見です。うちのクランに持ち返ったら連中は怒り狂うだろうけど、ここだけの話にし、……っと？」

足が崩れて、目の前のピースの山に顔から突っ込んだ。

「〜〜〜っ」

……痺《しび》れた。足。

「おやおや、痺れましたか？　だから足は楽にと言ったのに」

「……痺れてません」

「そうですか。立ちあがれないようですが」

くっそ……頭の上に注《そそ》がれる宗像の面白がるような視線を心底憎たらしく感じながら、息をとめて痺れをやり過ごす。仮にも決して友好的な関係ではない陣営の内部に一人で踏み込んでおいて、こんなくだらないことで身動き取れなくなってる自分が不覚すぎる。悔しさと足の痺れの両方で歯軋りした。

「まあ痺れが引くまでゆっくりしていきなさい。ちょうどいい、一服点《いっぷくた》てましょう。甘い物は大丈夫ですか？」

畳に這いつくばって脂汗を流している目の前に、す、と懐紙《かいし》に載った干菓子《ひがし》がだされた。それどころじゃない状況をわかってないのか。足にほんのわずかの異常を来《きた》した様子もなく宗像は膝を立てて流麗な所作《しょさ》で立ちあがり、茶釜の前に座りなおした。

苦悶《くもん》しながらも伏見は宗像の背を睨んで目を鋭くし、ナイフを一本、そっと手の中に仕込んだ。袖口でごく小さな金属音がした。

宗像は……気づいたはずだ。しかししゃんと伸びた長い背中を無防備に晒している。気づいていて、気にもされていないのが忌々しい。

「……暗器使いが、欲しいんですよね……」

畳に吸われるくらいの小さな声で、呟いた。

「……もしも、の話、だけど……クランを変わることって、できるんですか……」

一度も揺らがなかった背中が、気のせいかもしれないが初めてわずかに揺らいだ。衣擦《きぬず》れの音がして宗像の膝がこちらを向いた。

「きみから言いだすとは正直思っていませんでした。なにかありましたか？」

「……なにかって、いうか」

唇を噛む。畳で額がこすれた。

車の外に慌ただしい足音が駆け寄ってくるのが聞こえた。体裁《ていさい》を繕って身体を起こそうとしたが、足の痺れに頭のてっぺんまで貫かれてまたばたっと突っ伏すはめになった。

「室長！」

ドアをあけて現れた青服の男が、いきなり、

「ぎゃはははははっ‼」

爆笑した。

畳に頬をつけたまま伏見はぎょっとして視線を巡らせた。

青服を着たあいつが、目玉をひん剝いてこっちを指さし、のけぞりすぎてひっくり返らんばかりに笑い転げていた。

「だっせーおサル、足痺れてやんの！　超だっせぇ！　かっこわる！　つついてやろうか？　なあつついてやろうか？　ぎゃはははははっ」

一気に胸に憎悪が燃えあがり、手に仕込んでいたナイフを閃かせた。

「性懲りもなくっ――」

「伏見くん！」

鋭い声とともにばんっと畳が鳴り、ジグソーパズルが目の前に舞った。

天井まで跳ねあげられたピースがばらばらと畳を叩く中、一歩踏み込んだ宗像が中腰で伏見の手首を摑んでいた。ナイフが手からこぼれ落ち、畳に垂直に突き刺さった。なにか別種の音がどこかでしたと思ったら、ポケットからタンマツが滑り落ちていた。

ドアの前ではさっき伏見を案内してきた青服の隊員が目を丸くしていた。

「……あっ。きっ……緊急事態！　赤のクランズマンの刺――」

今さらのように青服がサーベルに手をかけつつ襟もとのインカムに口を寄せたが、

「待ちなさい」

と宗像がそれを制した。

「し、しかし室長っ？」

「伏見くん、なにか説明がありますか。あれば今言いなさい。でなければ赤のクランが我が陣営に刺客を送り込み、私のクランズマンを殺害しようとした、としか解釈できない状況ですが」

尻もちをついたまま、伏見は青服の隊員の顔を凝視した。たいして特徴のない男の顔だ。嘲笑なんかはしていない。かわりにありふれた怒気を露わにしている。

硬直した首をぎこちなくまわして、宗像の顔に視線を移す。摑まれている手はびくともしない。銀縁の眼鏡の奥から怜悧《れいり》な瞳が見つめてくる。秋人のときのようなこじつけが通用する相手ではないことを悟った。どっちにしてもなにも思いつかなかった。

「……人違い、しました……。《吠舞羅》の差し金とかじゃあ、ないです……。いっさい関係ないです……」なんだよ、人違いって。言い訳にしか聞こえない。本当のことなのに我ながらなんの信憑性《しんぴょうせい》もない。

「人違い、ですか」

思案するように宗像が呟き、視線を下に落とした。畳の上に落ちていたタンマツを拾いあげ、

「人違いなら仕方がないですね。不問にしましょう」

と、伏見の手首を解放した。

「室長!?」

「不問にすると言ったんです。他言しないように」

「しかしっ」

「今、彼がもしナイフを投じていたら、きみの心臓に確実に突き刺さっていましたね。きみはその制服を着ている間、常に任務上にあります。しかし奇襲になんの構えもしていなかったことになりますが……きみのほうはなにか言い訳が？」

穏やかな物言いだが有無を言わせない凄みがある。隊員は動揺したように口ごもり、なにか言いたそうにしたが、打ち震えつつ頭を垂れた。

「……は、申し訳ありません……私の気の緩《ゆる》みと鍛錬不足です」

「よろしい。以後緊張感をもって任務にあたるように。それで？　なにか報告があったのでしょう」

「あっ、は、例の湊兄弟の仕業《しわざ》と考えられる事件がまた発生し――」

隊員が報告をはじめると伏見はもう聞き流し、ナイフを畳から引き抜いて袖の中に収めた。足の痺れはかろうじて引いていたが、まだふらついた。不服そうな隊員の視線を感じつつ、その目の前で自分の靴に足を突っ込む。視界に入る隊員の靴が戸惑ったように半歩退く。

「伏見くん。ちょっと待ちなさい」

靴紐を結ぶ指がぴくりととまった。

「忘れ物です」

とタンマツを差しだされた。

「例の話ですが……うちは困っている子どもの駆け込み寺ではないんですよ。自分の不調も自分で解決できないような人間は、きみのクランではどうだか知らないが、うちには不用です。……これだから私は子どもに好かれないのですかね」

最後におまけのように苦笑して言った宗像の手から伏見はタンマツを引ったくった。

自分でうちに欲しいようなことを匂わせたくせにと宗像にも腹が立ったが、なにが一番腹立たしいって、頭のどこかで引きとめられることを期待した自分だ。

クランを変わることができるのかって——なにを期待してなんであんなこと口にしたんだ、おれは。

タンマツをポケットに突っ込み、顔を伏せて走りだしたとき、宗像の声が聞こえた。

「一つヒントをあげましょう。きみは風邪をひいているかもしれません」

意味深《いみしん》な言葉に、一瞬足をとめて振り返らざるを得なかった。

「これでわからない程度の人間ではないと思っていますよ。草薙氏が自分の後継に見込むような少年ですから」

宗像はバンの戸口で悠然と微笑んでいた。

†

「猿比古！　梯子あげんなよ、なんなんだよおめーはよ！　おいサル！　聞こえてんだろーが！」

ロフトの隅で埃をかぶっていたパソコン一式を机の上に運びだした。二年前の構成なので今となっては性能は劣るが、あえて新調したのはグラフィックボードだけで、それからハードディスクとRAMは気持ち悪くて二年前に抜いて捨ててしまっていたので新しく買ってきた。

あぐらをかき背中を丸めて微小なネジをドライバーで留めていると、どんっとロフトが一度震動した。手もとを狂わされてじろっと横目をやると、八田がジャンプしてロフトの縁に上半身で取りついていた。

「何十通メールしても返事ねえから迎えに来たらなんだよ、無視してしこしこ工作かよ、メールくらい見ろよなっ」

「知らねーよ。届いてねーよ」

「なんで今頃パソコンなんか持ちだしてんだよ？　そんなことより今は秋人と速人だろっ。この一週間みんな外走りまわってんだ。肝心のおまえが引きこもっててどうするんだよ、おまえが自分で見つけて挽回《ばんかい》しねえと」

「挽回？」

聞き流して作業を再開していたが、その単語が耳に引っかかって手をとめた。目線は手もとに据えたまま声を低くする。

「おれがなにを挽回しなくちゃいけないんだよ。おれがなにかヘマでもしたか？　一回背中あわせて戦ったってだけで単純に気ぃ許したバカはおまえらのほうだ」

「そ、そうだけどさ……おまえが正しかったよ。けどほら、それだ、そういうところ。もうちょっと言い方ってあるじゃねえか。みんなおまえにやっぱりちょっとムカついてんだよ。あのさ、草薙さんが言ってたんだ、塩津のおっさんを青服に押さえられてんのに、双子が青服を逆撫《さかな》でするような真似繰り返してんのは、なんか思うところがあるからやないかーって。だからここはオレたちが双子と腹割って話してさ、オレたちで解決しよーぜ。そしたらみんなの誤解も解けるって。な、おまえだって誤解されたままじゃあさ」

みんなの誤解を解く……ね。八田の熱弁は伏見の心にはなにも響かない。

誰が他人に誤解されたくないなんて言ったよ。なんでおまえはみんなにわからせたいんだよ……おまえがわかってれば、おれにはなにも、不足はなかったんだ。

でももう、いいや。

おまえはもう、おれの世界にいらない。

「おい、猿比古！　返事くらいしろっての！　あーもう、オレがどんだけおまえのこと考えてっかわかってんのかよ！」

「はははは！　バッカじゃねーの⁉」

思わず顔をあげて高笑いした。ロフトからずり落ちそうになりつつ八田が目を丸くした。変なふうに陽気な、あいつそっくりの笑い方をしたことに自分でも驚いたが笑いは収まらない。

「猿比古……？」

八田は戸惑いがちに眉を寄せていたが、次第に頭に血が上ってきたようで、「このっ……バカザル！」と顔を赤くして捨て台詞を吐き、ドスンと下に飛びおりた。「もう勝手にしろ！　人の気も知らねえで！　せっかく迎えに来てやったのに！」スケボーを乱暴に床に転がしてドアに向かって蹴りだし、走ってドアの前で追いついて、飛び乗りざま外に飛びだしていった。

「……は、ん」

と、吐息まじりの嘲笑を最後に、伏見はなにごともなかったように真顔《まがお》に戻った。

手もとの作業に目を戻すとすぐに集中して、他のことはなにも気にならなくなった。

パーツを新しくし、空っぽになっていた環境を構築しなおし、ネットに繋いだ。パソコンと繋がった液晶ディスプレイ、そしてタンマツと連動するホログラフィーのディスプレイが目の前に並ぶ。一三五度の角度で並んだ二つのモニターで視界が囲われる。

二年前の冬と同じ環境。同じ部屋。低い天井に押し潰されるようなロフトの上。モニターの光のみが顔を照らしている。

ほとんどまばたきもせず、モニターの中を流れる文字だけを見つめてキーボードに両手の指を走らせる。

〝うちは困っている子どもの駆け込み寺ではないんですよ〟

宗像の声が頭に浮かんだとき、舌打ちとともに打鍵音が強くなった。

自力で、一人で解決すればいいんだろ。誰の助けもいらない。もともとそうだったんじゃないか。自分のまわりには、別に誰も必要なかったんだ。

ディスプレイに自然光があたって見づらくなっていることに気づいた。ロフトの壁にある嵌め殺しの窓を見あげると、ブラインドの隙間から射す薄明かりがディスプレイのバックライトと融けあっている。

ディスプレイに目を戻して時刻表示を見ると、早朝五時をまわっていた。

「目、痛《い》って……」

眼鏡をキーボードの上に放りだして目をこする。瞼《まぶた》と眼球の筋肉がすっかり強張っている。目を閉じたのが数時間ぶりくらいの気がした。

「……てかすっげー便所行きてー……」

八田を拒否するために上にあげていた梯子をがたがたと降ろし、とはいえ途中の一段を踏んだだけであまり梯子の意味はなく飛びおりた。眼鏡は置いてきたが、部屋の中限定ならなにがどこにあるかも、障害物から障害物までの距離感もわかっているから不自由はない。

ロフト下の八田の寝床はいつもどおりぐちゃぐちゃになったままで、夜中に寝に帰ってきた様子はなかった。八田が一度戻ってきてがみがみ言っていったのが昨日の昼過ぎだったから、あれから一日の四分の三くらい経過したことになる。ずっと外で双子を捜しまわってるか、バーに集まってるかのどっちかだろう。まあいいや、どうでも……。

空腹は感じていなかったが喉は渇いたので、便所を済ませてからキッチンで冷蔵庫をあけた。庫内のライトが疲労した目に突き刺さり、痛みに顔をしかめた。

手探りで適当なペットボトルを一本摑み、ロフトに戻ったとき、薄暗がりの中で白く輝くディスプレイになにか変化が起きていた。

すぐにキーボードに飛びつき、眼鏡をかけてちゃんと見ると、走らせていたプログラムが沈黙してエラーが表示されていた。パソコン側からタンマツの不正システムをサーチするプログラムだ。

「チッ……あっちで強制終了させたか」

舌打ちしつつも、予想どおりではあったので薄い笑いが浮かんだ。

タンマツを遠隔操作している者がいる——八田が何十通も送ったとかいうメールは本当に無視していたわけではなく、伏見は一通も見ていない。そいつに握り潰されていたのだろう。

相手に対する気味の悪さよりも自嘲が先立った。気が緩んでいたのは《吠舞羅》の連中だけじゃない、自分も同じだったようだ。いつの間にか出来あいのアプリをなんの疑いもなく使ったり、個人情報をタンマツに入れるようになっていた。そこを突いて容易に入り込んでくるクランがいることは知っていたはずだ。二年前の冬に痛い目に遭ったっていうのに。

そのとき、液晶ディスプレイではなく、隣のホログラフィーのほうで動きが起きた。タンマツと連動しているディスプレイだ。伏見はしばらくタンマツにさわってもいないのに、自動的にアプリが立ちあがった。

自分ではインストールした覚えがないアプリだ。それにここ、このユーザー登録は二年前に自分の手で消している。

《jungle／β2《ベータツー》》と、起動画面に表示された。

伏見たちが中学時代に参加していた《jungle／β》は、テスト運用の終了という告知をもってある日忽然《こつぜん》とサービスを停止した。二年前の〝サプライズ・パーティー〟事件後まもなくのことだ。β2がはじまっていたことは知らなかったが、ある程度目立ってきたらそうやってユーザーをリセットし、一から集めなおすことで実体を捕捉されにくくしているのだろう。深海に潜伏する巨大な生物が噴く泡のように、ネットの海に浮かんでは消える、不気味なクラン——。

伏見はしばらく手をださず、自分のタンマツが離れた場所にいる何者かの意思で操作されるに任せて様子を見守った。作った覚えもないアカウントでログインすると、自分の分身である三頭身のアバターが《ｊｕｎｇｌｅ》ワールドの中を歩きだす。伏見が自分でやっていた頃はアバターにあえて特徴を持たせていなかったが、現実の自分とよく似た黒縁の眼鏡をかけた、えらくかわいらしいやつが作られていた。

「有料アイテム買ってんだろこれ……おれのタンマツに請求来るってことじゃねえか？」

半ばあきれて半眼で毒づいた。

横からなにかの激突を受けたように画面がぶれ、メッセージが浮かびあがった。

【ＮＩＫＩさんからｊｃｕｂｅの対戦を申し込まれています。挑戦を受けますか？】

挑戦者のハンドルネームに目が吸い寄せられた。

画面の端から新たなアバターが現れてファイティングポーズを取った。眼鏡の有無と着ている服と、そして片側を掻きあげた髪型は違うが、目鼻のチョイスは自分のアバターと同じ。まるで双子のような——。

一時目をみはり、画面に並ぶ二体のアバターを凝視して、

「……はっ」

笑ってしまった。

「ははははっ……」

ケーブルを引き抜いたようにぶつっと哄笑《こうしょう》をやめた。

「いいぜ。ぶっ潰してやる──伏見仁希」

決まったジェスチャーでタンマツの画面に指を滑らせると、青みがかった半透明のキーボードが手もとに現れる。ここからは遠隔操作の主も妨害する気はないようだ。伏見が自ら操作して挑戦を受けた。

二体のアバターが画面の左右に分かれてファイティングポーズを取った。記憶にあるよりもバージョンアップしているが、なんだか懐かしいｊｃｕｂｅのゲーム画面がその真ん中に現れた。

五枚のカードが配されたデッキを各自持ち、カードにパラメータを付す五個のキューブがくるくるとまわっている。デッキを構成しているカードは初期に配られるレベルのものだけだ。まあい、いい、おまえ相手にこれくらいたいしたハンデにならねえよ。

ゲーム開始の合図と同時に、〝ＮＩＫＩ〟が高速にキューブを回転させ、あっという間に一面、二面、三面と揃えてコンボ攻撃を放ってくる。ネットの向こうにいる対戦相手も外付けのディスプレイとキーボードを使っていることは間違いなかった。タンマツの小さな画面では表示できる情報が限られるので、外部ディスプレイモードのほうが状況を広く把握しながらゲームを進めら

れる。

こちらのカードはレベルが低いため、五枚とも一気に残り半分までヒットポイントを削られた。しかし伏見はキーボードに両手の指を軽く置いただけで、まだなにもしないで待っていた。相手のほうはそのあいだに次々にキューブの面を揃え、強力なコンボ攻撃が炸裂する。

別に目論見《もくろみ》があって待っていたわけではなくて。

……ひさしぶりでいまいち操作忘れた。ｊｃｕｂｅで荒稼ぎしていたのは中一の最初の頃だから、三年以上前だ。タンマツの画面を指でなぞる一般的な操作方法なら直感で遊べるシステムだが、一度に一つのことしかできない。キーボード操作ではすべてのキューブのすべてのタイルをどう動かすかが事細かにキーに割り振られているから、圧倒的に速いが、圧倒的に複雑になる。

ＮＩＫＩのアバターは優勢側を示す笑顔を浮かべている。単純なパターンの表情しか作れない三頭身のアバターの顔に、あの男の歪んだ高笑いが浮かんで見えるようだった。

目を閉じて記憶を呼び起こす。両手の五指の動きと、五個のキューブの動きを脳裏で連動させる。キー操作をど忘れしただけで、六面体を揃えるための法則は頭の中にきっちり入っている。

〝つまらないと思うのなら自分で構築すればいい。

自らの手で、世界の秩序を。法則を。枠組みを——〟

自分が使いこなせるのは、あくまで先人によって積みあげられた法則だ。

それをあの青の王は、自ら構築すると豪語する。口幅《くちはば》ったいなんて本人は思ってもいないのだろう、できて当たり前っていう涼しい顔で。

すげぇ……と無心で魅入られたのは、実は記憶にある限り二度目だった。

小さい頃、実物のキューブを伏見の目の前でやってみせた男がいた。その頃の伏見にとっては大きく見える手の中でキューブをくるくるとまわして、魔法みたいにあっという間に六面を揃えてしまった。対抗心が芽生えて、法則を調べて練習して、同じくらいのことができるようになったときには、その男はもうそんな遊具に見向きもしなくなってたけど。

伏見仁希っていう男は、有《あ》り体《てい》に言って天才だった。

実業家として成功していた妻、木佐は努力の人だったが、仁希の才は天性のものだった。優秀と言われた伏見の血筋の中でもそれは突き抜けていて、だからこそなのかはわからないし知ったことじゃないが、社会的に有益なことをなに一つしようとしなかった。

唯一面白がって熱心にやったことが、自分の幼い分身にちょっかいをだして、本気で怒らせて笑い転げるっていう、異常を来したとしか思えない遊びだ。

すう、と息を吸って目をあけた。

対戦相手は複数のキューブの緑の面を揃えて〝雷〟属性のコンボ攻撃を繰りだしてくる。伏見の側のヒットポイントゲージが瀕死《ひんし》を示す赤に染まる。ＮＩＫＩのアバターはバンザイをして跳ねている。

何故だろう、気に障るのは。

あの気が触れた天才を真似るなんてこと、凡人ができるわけねえんだよ。幽霊だろうがなんだろうがもし本当にこれが本物のあいつだったら、こんな平凡な強さじゃねえよ。

舐めんなよ、伏見仁希って男を。

その瞬間、伏見は十本の指でキーを高速に叩きはじめた。五個のキューブを同時に回転させ、一秒足らずで全部のキューブの白を揃える。〝回復〟属性の5コンボで自陣のカードのヒットポイントが九割まで回復し、赤ステータスから通常ステータスになった。形勢が五分に戻り、よろこんでいたNIKIの表情もノーマルに戻った。

一度指を動かしはじめたら、頭で覚えていなくても指が操作を覚えていた。あとは頭の中で展開したとおりに五個のキューブをまわすだけだ。

一面ずつ揃えてちまちま攻撃することはない。狙うのは6×5コンボだけでいい。一度揃えた白の面には執着《しゅうちゃく》せず、全部崩して六面の完成だけを目指す。対戦相手もそれを察したようで同じ戦略に変えてきた。

両者ほぼ同時に、五個のキューブの六面を揃え終えた。六色の波が絡みあった派手なエフェクトの攻撃がぶつかり、打ち消しあう。

舌打ちしつつもすこし楽しくなっていて、笑いがこぼれた。

「へえ。おれ相手にここまで持ち込んだ奴はそういないぜ。ま、そいつを騙《かた》るんだったら最低でもこれくらいは競ってもらわないと」

三列×三列のタイルでできた六面体で勝負がつかない場合は上級ステージに突入する。ランキングトップクラスのユーザー以外はこんな画面は見たこともないだろう――四列×四列のキューブが画面の上から降ってきた。

三列×三列に比べて難易度は格段に跳ねあがる。しかし伏見はほとんど変わらない速度で面を揃える。手はじめに黄を五個すべて同時に揃え、〝地震〟属性のコンボ攻撃をお見舞いする。NIKIが困り顔になって汗を掻きはじめた。四列×四列を前にするとキューブの揃え方にもさっきまでのキレはなく、雑魚同然にもたもたするだけになった。次の伏見の攻撃でヒットポイントを赤ゲージまで削られると、困り顔から泣き顔になってばたばたと両手を振りまわしはじめた。

「んだよ、その顔は⁉　おれの前でそんな顔一度だってしたことねえだろ‼　今そんな顔見せるくらいならっ……死ぬ前に土下座しとけよっ‼」

自分でもなんだかわからない感情が身体の中で爆発し、目を剝いて怒鳴った。

四列×四列、六面、五つのキューブが、同時にかちりと揃った。

六色の攻撃エフェクトが画面の中を縦横無尽《じゅうおうむじん》に暴れまわる。画面が震撼《しんかん》し、ディスプレイから溢れた爆風が実際に顔面に叩きつけてくるように感じる。相手の残りヒットポイントを根こそぎ抉り取り、カードを粉砕した。

未だうねり続けるエフェクトを背景に、伏見側に「Winner」の文字が、相手側に「Loser」の文字が現れた。

ゲーム画面がフェードアウトすると、森の中の広場でアバターたちが安閑とうろうろしている画面に戻った。

伏見はすでに冷めた目で画面を見ていた。自分のアバターは跳びはねて勝利のよろこびを表現し、NIKIはがっくりと座り込んでいる。

なんだかもうどうでもいいような気もしていたが、あらためてキーボードに指を走らせた。自分のアバターの頭の上に漫画のそれみたいな吹きだしが浮かび、タイプした文章が一文字ずつ刻まれる。

【さて。説明してくれるんだろうな？　大貝阿耶】

泣き崩れていたＮＩＫＩがノーマルな表情に戻って立ちあがった。

【気づいてたんです？　相変わらずかわいげがないですね。あいつのユーレイにビビッてお布団かぶって震えてればいいのに】

ＮＩＫＩの頭の上の吹きだしに生意気な口ぶりの台詞がタイプされた。かわいげについておまえに言われる筋合いはいっさいねえと思いつつ伏見は次の台詞を打つ。

【あんなウイルスをおまえ一人で作れるはずがない。誰の差《さ》し金《がね》で、なにが目的だ】

自分の前に現れた伏見仁希は、タンマツに潜り込んだコンピューターウイルスだ。

きっかけは、悔しいが宗像に与えられたヒントだった。風邪をひいているかもしれない——風邪を引き起こすのは、ウイルス。思い返せばタンマツを身につけているときにしか仁希は現れていなかった。タンマツを手放している時間なんてほとんどないから気づくのが難しかった。

もちろんバカげた話だ。常識で考えたらコンピューターウイルスが人間に作用して悪夢や幻覚を発生させるわけがない。

だが、常識がなんだ？　自分がいるのは自身が業火《ごうか》のような男であったり、一万ピースのジグソーパズルを記憶している男であったりとかが暗に世界を牛耳《ぎゅうじ》る王として君臨する、常識なんて蹴っ飛ばされた世界だ。

そして、七人の王が束ねる七つのクランの中に、ネットを介して現実にまで触手を伸ばしてくる、そういう属性のクランがあることを伏見は知っている。

草薙と《セプター4》に赴《おもむ》いた帰り、最後にあの家の玄関からでてきた、小さな灯り——それを手にしていたのが阿耶だった。二階の窓灯りの中に見えた人影を伏見は仁希に見紛《みまが》って戦慄したが、あればっかりはウイルスうんぬんではなく正真正銘の目の錯覚で、家からでてきた時差から考えて阿耶だったと見て間違いない。

お嬢様っぽいワンピース型の制服が椿《つばき》ヶ原《がはら》学園の制服だとは、受験生時代に別に興味もなかったから認識していなかったし、正直すぐにはわからなかった。しかし背負ったリュックサックから生えたウサギ耳と、その耳を上下に跳ねさせてふわふわ歩く姿は、あの生意気な親戚の特徴を有していた。

昔の伏見家に侵入し、二階の伏見の部屋でなにをやっていたのか？　おそらく幻覚を映しだすための素材を撮っていたのだろう。窓に見えた灯りはタンマツのフラッシュだ。その晩うっかり受信してしまった阿耶からの空メールにウイルスが添付されており、開いた瞬間にタンマツに紛れ込んだ——。

これで全部、説明がつく。

【おまえはまだ《ｊｕｎｇｌｅ》と関わってたのかよ】

【悪いんですか！　おまえだって《吠舞羅》と関わってるじゃないですか！】

【その《吠舞羅》からおれを切り離そうとした目的はなんだ？】

それまでは即座に次の台詞が返ってきていたのに、今度は間があった。

【答えろ】

と伏見が迫ると、堰《せき》を切ったように長文で返答が来た。

【王様はおまえに興味を持って、ずっと見てたんですよ。勘違いするなです、おまえが特別なんじゃなくて、王様にはなんでも見えてるんです。アヤに下ったミッションは、おまえが《吠舞羅》にいられないようにすることです。美咲くんが諦め悪くて邪魔でしたけど、ようやく美咲くんもおまえを見放したようですね。いい気味です】

【おれを陥れるのがそんなに面白いかよ】

【アヤが面白いわけないでしょう!!!!!!】

台詞を強調するように吹きだしの輪郭がギザギザの太枠になって拡大された。伏見は思わずディスプレイから心持ち顔を離した。

アバターが怒りの表情で跳びはねて叫ぶ。

【なんでいつも!!　いつも!!　いつもいつもいつもおまえなんですか!!

王様はアヤを先に仲間にしてくれたのに!!

だからおまえなんか大っ嫌】

まだなにか言いかけていた台詞が唐突に途切れた。

【NIKIさんがログアウトしました】

というメッセージとともに、アバターも吹きだしも、目の前の仮想空間から消え去った。

「ログアウト……？　逃げたか……？」

眉をひそめて呟いた、そのとき——画面の端からまた新たなアバターが現れた。

初期状態の簡素な衣服に、特徴に乏しい髪型と目鼻のチョイス。強いスキルもアイテムも所持していなそうなアバターだが——。

静電気でびりびりと首筋が粟立った。

初めての感覚ではない。二年前の冬とまったく同じ感覚。

現れやがった——《ｊｕｎｇｌｅ》の王！

立て膝になってディスプレイの前で身構えた。パソコンのケーブルに手が伸びたが、

【逃げるんですか？　呼んだのはそっちですよ？】

アバターの頭の上に現れた吹きだしを見て思いとどまった。ネットをぶち切って逃げるだけなら二年前と同じだ。

カメラがついている機種でもないのにこっちの動きを見られている。こいつはネットの向こうから手をだしてくることができる。

【ｓｈｅｌｌはすこし見誤りました。おれが命じてないゲームを勝手に仕掛けたのはまあいいとして、自分が用意したフィールドでこてんぱんにやられましたか。反省です】

頭の上の吹きだしを引き連れてそのアバターはとことこと歩き、ホログラフィーのディスプレ

イから、隣りあった液晶ディスプレイへと、単にドアをあけて部屋から部屋へ移動するみたいに移ってきた。パソコンのディスプレイ上では当然《ｊｕｎｇｌｅ》アプリは起動していない。しかし《ｊｕｎｇｌｅ》の仮想空間から平易に外にでて、そいつは伏見のパソコンに侵入してきたのだ。

ディスプレイの中からアバターがこっちを見た。

【二年前の中学生が、なかなか使えるクランズマンに成長したようですね。天晴《あっぱれ》です】

指先に静電気が走り、ケーブルに触れていた手をとっさに引いた。小さな火花がケーブルの表面を舐めて這いあがり、パソコンの筐体《きょうたい》に吸い込まれた。

一拍だけ変に静かになってから、ばちばちっ、と筐体が激しい火花を放った。微細な電流が筐体から波状に膨れあがり、部屋全体に押し広げられる。全身の産毛《うぶげ》が爛《ただ》れるような悪寒が駆け抜けた。さらに電流は壁から天井へと駆けのぼる。

きん――、と耳鳴りがした。

電流の波紋が突如、冷却されて凍りついたように拡大をやめた。

【……ん？】

アバターが首をかしげた。ディスプレイの中で身体を横に向け、

【これはこれは】

とおどけて両手のひらを上に向ける仕草をした。

アバターの視線が向いている方向には、現実空間においては部屋の戸口がある。

青く揺らめく火柱のようなオーラを纏って、一人の男がそこに立っていた。

「ここは退《ひ》いてもらいましょうか。こそこそ隠れて陰からちょっかいをだすのが得意なあなたには、この状況は分が悪いのでは？」

宗像礼司の朗々とした声がロフトまで届き、色のある音が部屋の中に戻った。チャットで会話していただけで、実際にはずいぶん長くこの部屋には自分以外の誰の声も聞こえていなかったのだ。

かわいらしくデフォルメされた容姿のアバターが、生きているように生々しい仕草で顎を持ちあげ、口の両端をつりあげて不敵な笑みを作った。

【そうですか？　心外です】

ディスプレイがバチッと火花を発し、角から角へと雷が走った。

「おや、やる気ですか？　こんな場所で複数の王がやりあってダモクレスの剣《つるぎ》をだすのも恰好がつくものではありませんが、致し方ない」

宗像が目を細めて声を低くする。形をなしていなかった青いオーラが、宗像を包んで剣のような形に収斂《しゅうれん》しはじめる。

アバターがくりくりした目をまたたかせた。今にもその姿のまま実体化して這いだしてくるんじゃないかというほどディスプレイの中で膨らんでいた気配が、何故かふいにしぼんだ。

【ああ、なるほど？　たしかに分が悪いようです。残念です】

九十度身体の向きを変えてアバターがこっちに顔を戻した。かわいらしいだけで特徴のない笑顔に戻っていた。

【きみのアカウントは残しておきます。気が向いたらアクセスしてきてください。さようなら】

途端、ディスプレイがまばゆい火花を放出し、ばんっと爆発してブラックアウトした。パソコンの筐体から黒煙が噴きだし、強烈な焦げ臭さが漂った。

一瞬固まって伏見はディスプレイを凝視していたが、はっとして隣のホログラフィーに目を移した。タンマツは――？ ホログラフィーの中では《ｊｕｎｇｌｅ》アプリがまだ起動しており、取り残された自分のアバターが気ままに身体を揺らして立っている。

ほっぽってあったタンマツ本体をむしり取るように摑んだ。

消えろ、と念じながら力を入れて握りしめる。じわりと右手が赤く染まる。タンマツの中でじりじりと小さな音がして、細い煙があがりはじめた。タンマツがブラックアウトして沈黙すると、連動しているホログラフィーのディスプレイも消えた。

基板を溶かした。仁希の姿をしたウイルスも、一緒に。

力を抜き、タンマツを無雑作に床に落とした。

急にひどい疲労感が押し寄せてきて、身体全部を使って押しだすような溜め息がでた。かぶせるように「ふう」とロフトの下からも短い溜め息が聞こえた。

「……なんでいるんですか」

床に座り込みつつ伏見は宗像に半眼を向けた。モニターの向こうではない、実際にこの場にいる人間に向かってひさしぶりに発した声は思った以上に通りが悪く、自分の目の前で消え入った。

咳払いして声を張る。

「どこだと思ってんですか。目立ってしょうがないでしょ」

なんで人んちにいるんだというのもあるが、《吹舞羅》のシマであることが周知の鎮目町で大胆にも、しかも勤務時間内とは思えないこの朝っぱらに、すこしも着崩れたふうのない《セプター4》の制服姿である。

宗像のほうは対照的に通りのいい声で、自らの言動にいささかの疑いもなさそうに言った。

「実は湊兄弟が起こしている騒動、私は《jungle》が煽動《せんどう》、あるいはなんらかの協力をしているものと睨んでいました。《吹舞羅》の人間であるきみのタンマツに仕掛けをしたのもその一環かと。しかし穿ちすぎだったようですね。《jungle》はそもそもきみにツバをつけていたわけでしたか」

「それでおれを泳がせたんですか。よくやりますね、平気でそういうことを……」

「まあきみもきみですよ。ウイルスに気づいたのなら、タンマツを初期化するなり物理的に破壊するなりすれば済んだはずです。わざわざあれを引っ張りだすような真似をするとは……あれは王です。一介のクランズマンが手をだしてどうこうできる相手ではない。きみは王が怖くはないんですか」

「……おれは……」視線を逃がし、また通りの悪い声になって伏見は言った。「……怖くないですよ……」一人の王を除いては。

胸中で補足した言葉を宗像が察したのかどうか、ポーカーフェイスのこの王の真意は窺い知れない。微笑んだだけで宗像は話を変えた。

「荷物は……その上にあるもの程度ですか？　単身寮には基本的な家具類、電化製品、日用品は備わっていますから今日からでも不自由なく使ってもらえるでしょう。最低限の私物だけ荷造りしなさい。そうですね、二十分もあればいいですか？　私は外で待っています」

「ちょっ……は？　ちょっと！　待ってください！」

一方的なことを言ってきびすを返すので、一瞬ぽかんとしてから伏見は慌ててロフトの上から身を乗りだして呼びとめた。

「なんのつもりですか、今さら。子どもの駆け込み寺じゃないんでしょう。だいいちおれは青服に入るとは言ってませんよ。クランを変われるのかって訊いただけで……」

「ご託《たく》を並べている暇があったら早く準備をしてください。長くとどまりたくないんですよ、不愉快な男が来ているのでね」

肩越しに吐き捨てるように言い、宗像は表に姿を消した。

胡散臭いほどいつも余裕をたたえている宗像が、あからさまな苛立ちを覗かせたところを初めて見たかもしれない。

宗像を苛立たせるような、不愉快な男って。

——まさか!?

《ｊｕｎｇｌｅ》の王に向かって宗像は「複数の王」という言い方をした。宗像と《ｊｕｎｇｌｅ》の王のことであれば「二人」と言えばよかったはずだ。《ｊｕｎｇｌｅ》の王があっさり退いた理由も、そういうことだったんなら納得がいく。

ロフトから飛びおり、姿を消した宗像を追って裸足で外に飛びだした。

危うく転びそうになりつつ急ブレーキをかけて横を見ると、戸口のすぐ脇の壁に背を向ける形で宗像が立っていた。背筋を伸ばし、腰のサーベルに手を添え、そういう騎士の像が実際にどこかにありそうな佇まいで。視線はまっすぐ前の、どこということもなさそうな場所に据えられている。

宗像の端整な横顔を仰ぎみてから、伏見はそれとは逆サイドに首を巡らせた。

道のすこし先に人影があった。宗像の〝まっすぐ〟な佇まいとは対照的に、丸めた背中を電信柱に預け、ポケットに手を突っ込んで煙草をくわえている。まだ人通りのない時間帯だったが空はだいぶ白んできており、紫煙が空の色に吸い込まれていく。

「尊……さ……、なんで……」

宗像がいることよりも周防がいることのほうが、伏見にとっては百倍「なんでいるんですか」という心境だった。ここが周防のシマである鎮目町内で、そして自分が周防のクランズマンであっても。

「自分のクランズマンを心配して様子を見に来たわけですか。まさか早朝ジョギングのついでなどという悪い冗談は言わないでしょうね。怠惰《たいだ》なあなたがこのような早朝から腰をあげるとは、あなたにも一応はクランの責任者たる自覚があったことに驚きましたよ」

周防のほうには顔を向けず、相変わらずそっぽを向いて直立したまま宗像が嫌味を言った。

どうせ十束あたりが様子を見てこいと言ったのだろう。伏見はどうしたのと八田に訊く十束。あんな奴知らないっすよと憤る八田。キングが一番暇でしょとかいって八田のかわりに周防を差し向ける十束――バーでのやりとりがありありと目に浮かんだ。

周防本人はそんな説明や言い訳はなにもしなかった。周防のほうも宗像には一瞥もくれず、「ふん」と短く嘲笑した。

「せっかくなので話をつけてしまいましょう。湊速人・秋人の捕縛に私の部下は手間取っています。我々の情報網をかいくぐる潜伏ルートに通じる者が協力している可能性がある。裏情報に明るい者を一名、あなたのクランから融通していただきたい。今回のあなたがたの不始末の埋めあわせということで、それで水に流しましょう。最適な人材がいるかと思いますので彼を指名します。よその王を自宅に招き入れるようでは、身内意識が過剰《かじょう》なあなたのお仲間の彼への不信感は決定的でしょうしね。彼にとってもそれがいいと思いますが？」

「ちょっと、それはあんたが」

呼んでもいないのに来ておいて飄々《ひょうひょう》となに言ってんのかと伏見が口を挟もうとしたとき、

「理屈が多い男だな」

獣が唸るような息を漏らして、周防が宗像に鋭い視線をやった。それだけで伏見は条件反射で怯まされるが、宗像はまるで怯まずただ軽く片眉をあげた。二人の王の視線が初めて交わった。

「伏見」

と、周防が呼んだ。

「理屈はいい。おまえはどうしたいんだ」

怒鳴られたわけではない。いつもどおりの気怠い喋り方で、表情も変わらない。なのに怒っているように感じて伏見は顔を引きつらせた。クランをまとめることなんかに執着がなさそうなこの人が、よその王が自分のクランズマンに手をだしたからといって機嫌を損ねるとも思えないのに、怒るような理由がわからない。

「伏見猿比古くん」

と、今度は宗像に呼ばれた。

「あらためて、私から礼を尽くしてスカウトします。私の《セプター4》に来ませんか」

それはそれで違う意味で顔が引きつるような気障《きざ》な物言いで宗像がストレートに言った。言った当人はかけらも気恥ずかしさなどなさそうに、銀縁の眼鏡の向こうからまっすぐに見つめてくる。青みを帯びた瞳は清明《せいめい》に澄んではいるが、澄み切ったままどこまでも奥へと落ち込んでいきそうな、底の見えない瞳だった。

「……そうか」

いがらっぽい声で周防が言った。煙草を落として踏み消し、特に未練もなさそうに背を向けて去っていく。なにが？　と伏見は戸惑ってから、自分の足に視線を落として、その意味に気がついた。

周防に圧されたのか……？　宗像に引き寄せられたのか……？　どっちだったのか、説明できるような理屈は自分の中になかったし、理屈はいいと周防も言った。

見おろすと、足がほんのわずかに宗像の側にずれていた。

†

「中に入らないの？」

ひらひらした赤い服を着た少女が背後に立っていた。いきなりいたのでぎょっとさせられたが、彼女の能力を考えたら驚くことではない。

「……二度と入る気はないし、入る資格もないだろ」

伏見はアンナから視線を外した。路地の角に背をつけて半身を隠しつつ、一ブロック先の三叉路に佇むバーの外観に目を移す。アンナは黙ってまだそこに立っている。控えめなのにまっすぐに射ぬくような、居心地が悪くなる視線が横顔に注がれている。

「おまえ、知ってたのかよ……こうなるってこと」

目を背けたまま投げやりっぽく問うた。もともと子どもは嫌いだが、この少女と目をあわせるのが会った当初からずっと苦手だった。

「……なんとなく、だけど。いつか離れていく気は、してた」

ぽつりとした声でアンナは答えた。

「いつから？」

「最初から……。でも、そうならなければいいなって思ってた」

「おまえのそれって外れることあるのかよ」

すこしのためらいのあと、ぷるぷると首を振るのが気配でわかる。

「はっ。つまり最初からずっとおまえはおれを裏切り者だと思ってたってことか」

「……」

悲しそうな沈黙に、伏見もなにも面白くない気分ですぐ笑いを収めた。

からららん、と軽快な鐘の音が聞こえ、遠目に見える店の扉があいた。伏見は路地の陰に身を寄せた。

「アンナー？」

現れたのは草薙のひょろりとした長身だった。「アンナ？　どこにおるんや？」店の前で左右を見まわして呼ぶ。湊兄弟が起こしている事件は未だ解決しておらず《吠舞羅》もそれほど呑気《のんき》な状況ではない。口ぶりはゆったりしているが焦りが感じ取れた。

伏見は店に向かって顎をしゃくった。

「行けよ。呼んでるぜ」

「なにか伝えること、ある？」

「……。草薙さん、に」

双子が姿を消した晩、秋人は案外速人を説得しに行こうとしていたのかもしれない。実はそう考えていた。伏見が襲いかからなければ、今ほど事態はこじれていなかった可能性も、ある。推測でしかないが。

「……なにもねえよ。早く行け」

今さら謝罪なんか残していっても、そんなのはただの自己満足だ。

「タタラには？」

「ないって、なにも」

「ミサキには？」

「……自分で話すからいいんだよ。そろそろ蹴りだすぞ」

それでようやく小さな気配が顎の下をすり抜けて、店のほうへと駆けだしていく。しかしすぐに足をとめ、またこっちを振り返った。今度は前から見つめられる形になり、伏見は嫌な顔をする。

「なんだよ、まだなんかあるのか」

「サルヒコ、大丈夫？」

「……？　なにが」

「怖いものを見たの？」

鋭い言葉に、一瞬絶句させられた。

「……バッカバカしい。オバケでも憑いてるっていうのかよ」

わざと意地悪く嘖きだして言ったが、アンナは動じない。黙って待っている。心に刺さるような瞳で見つめてくる。

溜め息をついて伏見も真顔に戻り、真面目に答えた。

「オバケはやっつけたんだ。もういない」

「……ううん」

首を振ってアンナはなにか言いづらそうに俯いた。「まだ、いる。オバケ」「……？」伏見は眉をひそめた。

草薙が呼ぶ声が続いている。

「……行けよ」

ぶっきらぼうに促した。アンナは下を向いたままこくりと頷き、軽い足音を立てて駆けだしていった。アンナの姿に気づいた草薙がほっとしたように声をかけるのが見えた。

なごやかになにか話しながら店に入っていく二人を眺めていると、

「くおぉらあぁぁぁぁぁっ!!」

怒声にかぶさって、ゴウッと背後でアスファルトを削る音がした。振り返った瞬間、誇らしげにペイントされた《吠舞羅》のマークが空を遮って頭の上を飛び越えていった。

一歩退いた伏見を路地に押し込むようにして、八田が愛用のスケボーとともに身を沈めて着地した。

「こんのバカザル、捜したろーが！　どーゆうことだよっ、部屋帰ったら荷物すっからかんだしタンマツも音信不通だしっ、心配しただろっ！」

スケボーから飛びおりるなり烈火のごとく怒って詰め寄ってくる。伏見は対照的に冷め切った目で応じた。

「ああ、タンマツぶっ壊したから今ない。あとおれ引っ越すから。《セプター4》の寮に入るんだ。それだけ言いに来た」

「へ？　ひ、引っ越す……って、急になに言ってんだよ？　オ、オレが勝手にしろって言ったせいか？　あれはほら、つい、カッとしてさ、わ、悪かったって。けどおまえだって悪………って、はあぁ!?　今なんつった!?」

怒りから一変、うろたえてもごもご言いはじめたと思ったらまた一変、八田はオーバーリアクションでのけぞってひっくり返った声をだした。忙しい奴だなと伏見は溜め息をつき、嚙んで含めるような言い方で繰り返してやった。

「聞こえなかったのか？　《セプター4》の寮、って言ったんだよ。おれは、《セプター4》に入るんだ」

ぱかっと口をあけて八田は絶句した。息をするのも忘れたみたいな空白のあと、信じられないという表情がその顔に広がる。

「まっ……ちょっと待て、なんでせぷ……ちょ、え？　へ？　待て待て、意味がわかんねえ。《セプター4》って青服だぞ？　あのインケン眼鏡の王のクランだぞ？　尊さん以外の王の下につくってことだぞ？　わかってんのか？」

「当たり前だろ。わかってる」

「だ、だったらなんでっ」

「なんで？　くだらない質問すんなよ……そうだな、くだらないからだよ。特別な力があるくせに、やってることはただのチンピラごっこ。おれは《吠舞羅》が心底くだらなくなったんだ」

「てめえっ!!」

胸ぐらを摑まれ、首ががくんと振れた。

「《吠舞羅》をコケにすんのか⁉ 尊さんに拾ってもらった恩を忘れやがって！」

伏見の胸ぐらを引き寄せて八田が握り拳を振りあげる。しかしぐっと歯噛みをし、思いなおしたように一度手を放した。振りあげた拳を伏見の左の胸もとにあてがい、

「これはっ、尊さんにもらったこの徴は、オレたちの誇りだろっ？ これを胸に刻んでるくせに、なんでっ……」

声を詰まらせ、そこに刻まれているものの重みを確認させるように拳を押し込んでくる。八田が激怒しようが勝手にショックを受けようがなにも感じないと思っていた。こいつの勘違いにはもううんざりしすぎて諦めしかない。

けど、八田の赤らんだ目を見ていたら、一瞬だけ、本当に一瞬だけ、喉になにか、きゅっとしたものがこみあげてきた。バーカ、泣きたいのはおれのほうだ、って。


〝あっと言わせてやろうぜ。おまえとだったら、世界だって乗っ取れる気がしてる〟

拳を突きあわせて、バカみたいに自信満々で頷きあった、あのなんとなく満たされた時間っていうのはいったいどこで壊れてしまったんだろう。

おまえが拳をあわせるものは、今はおれじゃなくて、この徴ってことだ。

これのせいでなにかが決定的に変わったんだったら……こんなものクソくらえだ。

八田の肩を押して突き放した。不意をつかれてよろめいた八田の目の前に右手をかざし、手品でも見せるように指先に炎を宿らせた。八田が「な、なんだよ？」と怯んだ顔をする。

その手を自分自身に向け、左の鎖骨に引っかけるように四本の指の爪を立てた。

じゅうと皮膚が焼ける音と臭いが漂った。

「なっ……!?　つるひこ……!?」

「……っく……」

歯を食いしばり、鉤《かぎ》状にした指を鎖骨の下まで掻きおろす。激痛に脂汗が噴きだしたが手をとめることはしない。鎖骨にあった徴を焼き潰すまでやりとおした。一瞬気が遠くなってよろめいたが、踏みとどまった。

だらりと脱力して手をおろすと、指先に宿した炎も消えた。

「ああ……おまえが言う誇りが潰れちまったなあ、美咲」

肺の底から空気を吐きだすように言った声と一緒に、身体の中に溜まっていた炎が喉を抜けて、外気で急速に冷やされていくようだった。すっきりした……なんか。

「……てめえ……どういうことだよ……？」

愕然としていた八田の顔が次第に怒りに染まっていく。

「なにがあろうが、それだけは許すわけにいかねえぞ……それを汚すことだけは……」

ああ、なんだ。面白い顔するじゃないか……と、伏見は不思議な満足感を得ていた。こんな簡単な方法があったんだと拍子抜けすらした。

《吠舞羅》に入って、尊さんと気のあう仲間とで世界が綺麗な円になって完成した気になって、すっかり不満がなくなったおまえなんか、なにも面白くなかったんだよ。

なぁんだ、これが……蟻の巣箱、だったんだ。

「この、裏切りもんが……ぶっ殺してやるっ……」

八田の全身から殺気が立ちのぼり、瞳の中で炎が燃えあがる。おまえから言いだしたんだから、忘れんなよ？　本気でおれを殺す気で来い。今にしてみれば今までその機会がなかったのが不幸だったとすら思うけど、おれとおまえが敵同士でやりあったとしたら、力は拮抗《きっこう》してるんだ。ちょっとでも手を抜いたほうが、死ぬことになる。

炎が揺らめく八田の瞳に、誰かの姿が映っていた。

すすり泣きながら水槽の前でマッチを擦っている、パジャマ姿の小学生の自分だった。ガソリンが染み込んだ水槽に火を投じると、瞬く間にオレンジ色の炎が巣の表層を舐め、黒い煙を孕んだ凶暴な火柱が渦《うず》を巻く。火災警報器が直ちに反応してけたたましく警報を発する中、小さな自分は瞳に暗い憎悪を滾らせて、黒焦げになっていく蟻とゴキブリを見つめていた。

Last Period ____ King's dagger

前方のビルの屋上を人影が飛ぶような速さで疾《はし》っていく。「確認しました。湊速人、秋人のいずれかです」後ろをついてくる石塚《いしづか》という隊員がインカムで本隊に報告する声に伏見は舌打ちした。いずれか、じゃ確認したことにならないじゃねえか。頭悪ぃ報告してる暇あったら走れ。

下の道から屋上を見あげつつ、ギアチェンジして走る速度をあげる。雨粒が眼鏡のレンズにあたって流れていく。今日も雨だった。秋の長雨が入隊式の日以降やむことなく続き、制服の裾を重くしている。

「伏見隊員！　きみの仕事は捜索までで、捕縛は我々剣機がやるのが筋だ。ここから先は我々に任せてもらおう」

「筋とか知らねーです。おれは室長に全権委任されてます。それにおれが一番速いし、強い。おれが自分で行くのが効率的でしょ」

「ふ、伏見隊員！」

「るっせえな、雑魚がごちゃごちゃ……」

聞かせるつもりだったわけでもないが口にだして毒づいた。憤然として口をつぐんだ石塚と距離があき、これ幸いと伏見は石塚を置いていく。

逃亡者が走っていくビルから目を転じると、道を挟んで向かい側のビルの外壁に非常階段がへばりついているのを見つけた。階段の脇にある外灯が雨で滲んで虹色の光輪を放っている。道の中央から横にコースを切り、スピードはそのままに階段に突っ込んだ。鉄板を打ち鳴らしながらジグザグの階段を駆けあがる。そのあいだに屋上をまっすぐ渡っていく逃亡者とはどうしても引き離される。

逃亡者が肩越しに振り返り、向かい側の屋上からサーベルを振るった。サーベルから生まれた光の刃《やいば》が雨の中を突っ切ってくる。伏見は階段の手すりを踏みつけ、思い切りよく宙に身を躍らせた。直後、光の刃が鉄パイプ製の手すりを真っ二つに切断し、コンクリートのビル壁までV字形に抉り取った。

ひと跳びで外灯の高さまで達する。外灯の傘を踏み台にし、力いっぱい蹴ってもう一段高く跳んだ。真下の道で石塚が間抜け面を晒して見あげていた。

向かいあったビルの屋上の縁に靴の先がぎりぎり届き、

「……っと、と」

と、飛び移ることに成功した。

息をついている暇はなく、待ち伏せていた者が横合いから光の刃を放ってくる。転がって回避し、膝をたたんだままの体勢で、

「伏見、抜刀……」

呟いて自らの腰のサーベルを抜きざま低く薙いだ。蓋然性偏向《がいぜんせいへんこう》フィールドと呼ばれる力場が鋭

い鎌の形に収斂《しゅうれん》して放たれる。極端な剃刀《かみそり》カーブを描き、屋上にできた水溜まりを三日月に抉って虚空を突っ切っていく。

敵が飛び退いて攻撃を躱《かわ》すのが見えた。が、逆サイドからサーベルを振るってくるもう一人の敵の気配。間一髪、サーベルを立てて防ぐ。

ぎぃんっ！

遠距離攻撃の応酬の次は物理的に刃と刃がぶつかり、細かな雨粒を散らした。

刃を十字にあわせたまま間近で敵と目があった。

湊秋人が細い目をより細くし、

「伏見猿比古……驚いたよ。まさか《吠舞羅》の人間が宗像の下につくとはね」

ふん、と小さく笑って伏見は力任せにサーベルを押し返した。秋人が軽やかに後ろに跳び、間合いを取ってサーベルを正眼《せいがん》に構えなおした。先ほど伏見が放った攻撃を躱した湊速人が視界の端に現れ、まったく同じ体勢で構えた。

伏見もゆらりと立ちあがり、刀身をひと振りして雨を払ってから、こちらはやや斜めに構える。伏見から見てちょうど直角をなす形で双子が立つ。なるほど、コンビプレーを発揮する絶妙な角度ってわけか。秋人と切り結べば速人に対して隙を作り、速人と切り結べば秋人に対して隙を作ることになる。

「湊速人、ならびに湊秋人。特異現象管理法第五条に基づき、《セプター4》は〝リスク4〟能力者であるおまえらを拘束する」

格式張った声色を作って宣言すると、双子は顔を見合わせて嘲笑《あざわら》った。

「チンピラ風情《ふぜい》が、お役所くさい口上を述べるようになったもんだね」

「きみは以前、八田美咲と二人でぼくらにぎりぎり辛勝《しんしょう》している。まさか一人でぼくら二人に勝てると思っているのか？」

「あぁ？　一人で十分だ。行くぜ」

余計な時間をやる気はない。口を歪めて吐き捨て、伏見のほうから仕掛けた。雨を撥ねて地面を蹴り、正面の秋人に突っ込む。今度は秋人が伏見のサーベルを受ける側になる。二、三切り結んでからバックステップで離れたところへ速人が援護の攻撃を放ってくる。踵で着地しながら伏見は左手を閃かせた。

三本のスローイングナイフがコンクリートに突き刺さった。青く輝く三条の光の糸が地面から伸びあがり、光の面を編みあげてシールドを形成する。だが速人が放った攻撃はシールドを切り裂いて襲いかかってくる。わずかに回避が遅れた。否——回避できたのに、身体が回避の必要性を却下したというのが正確だった。空中から援護に飛び込んでくるスケボーの音を、無意識のうちに耳が探していた。

間一髪で横っ飛びに身体を倒して躱したが、殺傷力のある風が耳を掠めていった。

「チッ……」

とろり、となまあったかい液体が右耳の中に滑り込んだ。頭を振ると、薄い赤に染まった雨粒が周囲に散った。サーベルの切っ先を一度地に突き立て、右手で髪を掻きあげる。雨と血で濡れた髪はその形で固定された。

「きみは宗像の下に転身するべきじゃなかった」

「ぼくらを倒したければ、ね」

「きみも見たばかりのはずだ」

「宗像のクランズマンとぼくらとの交戦の結果を」

再び直角を保って伏見と対した双子が、台詞を分けあって交互に喋る。それでフォーメーションになにかの違いがあるのか知らないが、秋人と速人の立ち位置が逆になっていた。

「伏見隊員！」

と、ビルの中の階段に通じる扉があき、置き去りにしてきた石塚が息を切らせて飛び込んできた。

「二分で追跡班が到着する！　それまで足止めせよとの指示だ！　湊兄弟は二人一組で強力な戦闘能力を有する。一人で突出せず包囲を――」

「すっこんでろ。一人で十分だっつったろ」

同じことを繰り返したのは、半ば自分自身への罵りだった。

誰かに背中を預けることは、もう二度としない。いちいち気配を探すな……。

石塚には見向きもせず、速人がサーベルに力を宿してこっちに向かって斬りかかってきた。双子側には当然ながら甘んじて包囲網の完成を待つ義理はない。今度は速人のほうと切り結びつつ、隙あらば逆サイドから襲ってくる秋人の攻撃をあしらわねばならなくなる。一人が接近戦、一人が援護という役割を双子は以心伝心でめまぐるしく入れ替えてくる。こと二人一組の連係プレーにおいて、たしかに双子は恐るべき強さを発揮する。

いったん大きく退きながら、左の胸もとにある徴《しるし》を意識した。皮膚の下に手を突っ込み、今はその一部分だけに収まっている力をわし掴みにして、引きずりだすようなイメージ。サーベルの刀身に、ぽうっ……と、青みがかった雨景色を押しのけるような赤い光が宿った。

「赤……!?」

逃がすまいと距離を詰めてきた速人が驚愕しつつも、勢いは殺さずサーベルをぶつけてきた。青と赤、二色の光が二人のあいだでびかびかとまたたいた。激しい光の明滅に目が眩《くら》む。光が打ち消しあい、ばんっとはじけた。

「速人!」

秋人が援護の攻撃を放ってきた。速人から跳び離れて躱したが、異能の鎌がぐんっと軌道を変えて追いかけてくる。赤い光を纏ったままのサーベルでぎりぎりそれをはじき返し、秋人に向かってナイフを投じた。秋人が異能のシールドを生んで防御するが、青い光を纏ったナイフはシールドの真ん中に突っ込み、突き破って、秋人の肩口に突き刺さった。

秋人がもんどり打つのを横目で見届けつつ、地面を蹴って速人との距離を一気に詰める。サーベルが今度は青の光を帯び、雨粒を切り裂いて速人に振りおろされる。速人のサーベルに自分のサーベルを打ちあて、歯を食いしばって腕ずくでねじ伏せる。

「ぐっ……」

わずかに押し負けてよろめいた速人の胸を踏みつけ、

「……っぉらあ！」

と、気合とともに蹴り飛ばした。

赤の力も青の力もない、最後の一発はただの、力業だ。

うずくまって咳き込むだけで速人はさすがにすぐには動けない。自らも肩で浅い呼吸をしながら、伏見はサーベルをだらりと横におろして速人の前に立った。

「はっ……は、無策のわけが、ねえだろ、が。だから、一人で十分だ、っつったんだ……よ」

扉の前で突っ立っていた石塚が、

「め、めちゃくちゃだ、こいつ……」

と、呟くのが聞こえた。

双子が言ったとおり、こと双子との戦闘に限って言えば、赤から青に転身したことで余計なリスクを負った。同色のクランの力は防御しにくいと言われている。おそらくは本来敵同士になることがないから、同色間の戦闘というのが想定されていないのだ。対して他色のクランの力はぶつかってもはじきあう性質を持つ。

ってことは……青の力で戦う双子に対しては、赤の力で防御し、青の力で攻撃して貫けばいいわけだ。一人で十分戦える、それが、理由だ。

「……あとな、おまえら一つ考慮するのを忘れてんぞ」

膝をついて肩を押さえている秋人にも冷たい目を投げて、ドヤ顔で言ってやった。

「前に二対二で辛勝した？　あれからこっちは十センチ背ぇ伸びてんだよ。成長期舐めんじゃねえ」

息があがっているあいだは昂揚感のようなものに支配されていた。一年半前は強敵だった《セプター4》の手練れ二人を一人でねじ伏せた。《吠舞羅》の情報網も出し抜いて、先に双子の潜伏先を見つけ、追い詰めた。

どーだ、見たか。

……誰に対して、だよ。

肩にあたる雨が身体の熱を奪っていくと、のぼせた頭も急速に冷めてきた。そうするとずっしりと雨水を吸った制服が肩にのしかかり、腕があがらないほど重くなってくる。事実、丈《たけ》の長い制服の生地は雨水で何倍も重量を増している。雨ではなくて溶けた鉛《なまり》かなにかが全身にまとわりついているように感じた。

連絡があったとおり、きっかり二分後に追跡班が到着した。

「あとは任せてもらおう。二人は我々が移送する」

「ああ、どうぞ。無能は残飯にたかっててください。おれは引きあげます」

班長に仕事の委譲を求められ、伏見は毒舌まじりに了承して背を向けた。今のはまあ、なんとなくの気分の悪さの八つ当たりだ。仮にも宗像の配下だ、《セプター4》が決して無能ではないことはわかっている。

「……おい」

ふと思いだしたことがあり、足をとめて双子に声をかけた。引っ立てられていくところだった双子がそっくり同じ細い目を向けてきた。

「草薙さ……いや、塩津になにか言うことはあるか」

「言うこと、とはどういう意味だ」

速人が反抗的な口調で答えた。

「おまえらがしたことで塩津も厳しく責任を追及されている。それについて言うことはあるかと訊いてる」

「塩津司令代行はもう《セプター4》を退職している。ぼくたちの独断でしたことだ。司令代行の責任を問うのが筋違いだ」

「塩津は自分の監督不行き届きを認め、咎めに甘んじると言ってるが？」

「あの人、なにを勝手なことをっ……」

「速人。やめよう」

激昂しかけた速人を制したのは、片割れの秋人だった。

「秋人……!?」

「もうやめよう……ぼくはもう、司令代行に迷惑をかけたくない……」

気まずそうに俯いて秋人が言った。速人が目を剝いて、理解できないというように絶句した。

このとき初めて、伏見は瓜二《うりふた》つのこの二人を、髪の色以外の、表情や仕草のわずかな違いで見分けられた。

二人一緒にこの世に生を受けて、これまでずっと、二人で一つの存在として完全にわかりあい、同化していたはずのこの二人ですら、永遠に同じではいられなかった。どこかですこしずつ齟齬《そご》は生じていたのだろう。

だったら……自分と八田のあいだでいつの間にかどんどん広がっていた齟齬なんて、生じるべくして生じたものだったんじゃないか。

……ざまあみろ。これからおまえらもっと、昔の仲が信じられないくらい相手のことがわからなくなってくんだろうな。ははは、ざまあみろだ……。薄暗い満足感に浸る一方で、なんだか自分が二人に裏切られたような、ひどくがっかりした気分に陥っているのが、なんでなのかはわからなかった。

†

インスタレーションに合格し、王から異能を分け与えられたからといって、すぐにそれを使えるようになるわけではない。青のクランの場合であればサーベルに力を収斂し、攻撃として放つ訓練、あるいはそれを防御に使う訓練——異能という無形の力を具現化《ぐげんか》するためには、きちんとした指導を受けての訓練を要する。飲み込みのいい者でも、そこそこ思いどおりに異能を振るえるようになるには最低一ヶ月かかると言われている。

しかしもともと赤のクランズマンとして異能を使っていた伏見にとって、力を収斂して具現化するという手順は意識せずともやっていたことだった。

驚異的なスピードで青の力のコントロールを覚え、おまけに赤と青の二色を使い分けるルーキーは、

〝めちゃくちゃだった〟

と、報告書に書かれたらしい。

戦い方は《セプター4》の制式剣術を無視したチンピラまがいの喧嘩殺法と、暗器による騙し討ち。青のクランズマンの誇りたるべきサーベルで粗暴な赤の力を振るうなど許しがたい。あれではどこの陣営なのかわからない。あのような者がいては《セプター4》の品位が損なわれる――とかなんとかかんとか。

言ってろ。

インスタレーションを受けてから、一ヶ月どころかたったの四日――伏見は《セプター4》の情報部隊が一週間かけて突きとめられなかった湊兄弟の潜伏先を把握、すぐに追跡、捕縛してみせた。

任務を受けてからまず手をつけたのは、宗像も示唆していた、双子の潜伏に協力している何者かの存在の洗いだしだ。《吠舞羅》時代から見知っていた情報屋の何人かに接触し、《セプター4》の出入りになるメリットをちらつかせて抱き込んだ。《セプター4》がもともと持っている強力な情報収集力に、裏社会の情報屋から得る草の根の情報を重ねあわせれば、ほとんど隙のない情報網が完成する。宗像が伏見を引き抜いた思惑の一つにこれがあったことは、まあ間違いないだ

ろう。

果たして、双子に協力していたのは〝《セプター4》崩れ〟とでも言うべきか――羽張時代のクランズマンが裏社会に堕ちて形成していたグループだった。このグループは《吠舞羅》とも友好関係にはなかったから、草薙の情報網になかなか引っかからなかったのも仕方ないだろう。

さらには羽張体制から引き継がれた後方支援の部隊の中に、このグループの内通者がいることが芋づる式に暴かれた。宗像はいっさいの温情なくこれらをまとめて粛清《しゅくせい》した。

実は羽張体制を引きずる〝年寄り〟たちが一つの派閥を形成し、新たな若い王と、その若い王に選ばれた若いクランズマンたちに対して自分たちの優位性を主張するようなことをしていたのである。しかしこの一件をきっかけに旧体制派の発言力は大幅に削ぎ落とされ、宗像体制が強化されることとなった。

内部協力者と外部の反抗グループが非情なまでに断罪された反面、湊兄弟、ならびに塩津元の処分は至極軽いものにとどまった。

宗像が提示した条件は、要監視能力者に義務づけられているGPSの携帯に応じること、塩津が双子を養子として引き取り、今後は塩津が責任を持って身近で二人を監督すること――この二つだけだった。

二週間の拘留後、釈放される双子を塩津が自分の車で迎えに来た。

伏見は室長用の椅子の肘置きに尻を引っかけ、ブラインドを指で押し下げて外を見おろしていた。淡島と数名の隊員にともなわれて双子が塩津に引き渡されるところだ。

ぱちん、と花鋏《はなばさみ》の小気味《こきみ》いい音がした。

「室長自らは見送らないんですか」

少々あきれて室内に視線をやる。室長室の一角に何故か（まったくもって何故か）小あがりの茶室が造りつけられており、端然と座した宗像が花の茎を切り揃えている。

正直仕事してるところを見たことがないのだが、かといってこの王はぜんぜん休みを取らない。職場に趣味を持ち込むくらいなら休めばいいじゃないですかと試しに訊いてみたら「ふむ……そうですね」と宗像は思案するような顔をしたものの、「休みが欲しいとは特に思いませんね。私にとっては仕事も趣味ですから」などと、公務員の姿勢としてどうなのかという台詞を吐いたものである。

「ここで貸しを作って、手持ちのカードにしておこうって腹づもりですか」

「はて。湊兄弟は私の《セプター4》には不用だときみの前でも言ったと思いますが」

ぱちん。なに食わぬ顔で宗像は花鋏を鳴らす。

「双子よりも塩津のほうなんじゃないですか。あんたがカードとして使えると踏んでるのは」

「あくまできみの憶測ということで聞き流しておきましょう」

「結局あんたの一人勝ちってオチに見えますね。外部に流出した反抗グループを壊滅させて、内部の不穏分子《ふおんぶんし》もスッキリ整理して、目の上のたんこぶの老害を黙らせて」

「地道に地均《じなら》しをしている段階なんですよ。私はまだ王として力不足ですからね」

「心にもないこと言ってるようにしか聞こえませんが」

とはいえたしかに宗像が青の王になってからまだ日が浅い。それに、周防の場合とはクランの形成の経緯が決定的に違う。周防はそのカリスマに惹かれて集まった者たちによって頭に担がれた形だが、宗像は既存の組織の頭をすげ替える形でその座に収まっている。なにかと思いどおりにいかないこともあるのだろう。

もしかしたら宗像は内通者の存在にも気づいていて、計算に入れていたんじゃないかという気もしてくる。外から伏見のような人間を引き入れてあえて公然と〝えこひいき〟することで、自分のやり方に不満を持つ者を燻りだした……と、なんだか際限なく勘ぐってしまう。この王を見ていると、世の中で囁かれている陰謀論の数々は案外全部本当なんじゃないかと信じそうになる。

「今回の件はきみが期待どおりに働いてくれたからこそですよ」

「おれだってあんたのカードの一枚に過ぎないわけでしょ」

「ええ」

悪びれたふうもなく認めやがった。

「ただ私が手もとに置きたいのは、〝使える〟カードです。きみには私の有用な暗器になってもらいたいと思っています」

そう言って、宗像は無数の棘が突き立った剣山《けんざん》を手にした。なにやら一人楽しげに目を細めてそれをためつすがめつしてから、花器《かき》の中に据え、棘を覆い隠すように花を差しはじめた。

なにを考えてるんだろう、自分の新しい王は、とふと思う。天才という言葉すら当てはまらないような、なにか宇宙的なところまで突き抜けた頭脳でもって、なにかしらの野望と計略を巡らせている人物なのではあろう。

でも、そういうことじゃなくて、たとえば。

ブラインドの隙間に目を戻すと、車の前で秋人が塩津に頭を下げるのが見えた。速人のほうはまだどうも不満そうに横を向いている。

塩津が二人の頭に左右の手を載せて自分のほうを向かせた。その手をぐいっと押しつけて速人にも頭を下げさせ、自らも首をうなだれて、感極まったようにしばらく動かなかった。秋人も、そして速人も抗《あらが》わずにじっとしていた。

たとえば、あの三人のうちの誰か一人でいい。ああいう感情が、宗像礼司っていう男の中にもあるんだろうか。

「後悔していますか？」

部屋の中からふいに問いかけられた。そちらには顔を向けずに伏見は「……いいえ。今んところはね」という答え方をした。

「おれを失望させないでくださいよ。あんたのせいでもあるんだから」

逆ならともかく、クランズマンが王に向かって言うのも我ながらおかしな台詞だ。

「肝《きも》に銘《めい》じておきます」

かすかに笑いを含みつつ、とはいえ茶化したふうでもなく宗像は生真面目《きまじめ》に請けあった。

いつか……八田のように誰に憚ることなく口にするようになる日が、自分にも来るんだろうか？

今のところはそんな自分を想像してもどうにも薄ら寒い感じしかしない。

そのときは、〝世界〟が変わるのかもしれないという気がする。なんとなく、だけど。

ブラインドから細く射し込む白光に目を細めつつ、声にはださずに途中まで、小さく口を動かしてみる。

〝おれの王は——〟

Last Period（another side）

椿ヶ原《つばきがはら》学園前のバス停が三つ先に近づく頃には、乗客の大部分は揃いの制服を着た一種類の人種ばかりになる。阿耶はだいたいいつもの指定席、最後部の広い席の一つ前の二人がけの座席に座り、窓にしなだれて車内の様子に冷めた視線を流していた。

友人とのお喋りに興じるでもなく朝からタンマツをいじっている者が多い。この中の何割かは《jungle》に今まさしくアクセスしているのだろう。βが終了してからしばらくの空白ののち、β2がはじまると、阿耶の高校でもすぐに口コミで広まって生徒のあいだに根を張った。

阿耶は握ったタンマツをただ膝の上に伏せて置いていた。

阿耶のタンマツはもう《jungle》に繋がらない。猿比古にjcubeの対戦で負け、チャットで喋っていた最中に強制的にログアウトさせられた。そのあともうログインできなくなっていたのだ。

一時的に凍結されただけだ、時間がたてばまた入れるようになるはずだと思った。でも何日たっても変わらなかった。

【そのアカウントは無効です】

無情なエラーメッセージに跳ね返されるたび焦りが募った。繋がらない、繋がらない、繋がらないっ。なんで!?　なんで繋がらないの!?　溜め込んでたポイントも、手を尽くしてようやくゲットしたレアアイテムも、いろんな服や小物で自分好みに着せ替えたアバターも、繋がってたフレンドも、全部全部あの中にあったのに。あの中にあるものだけが阿耶を満足させる全財産だったのに！

たった一度の失敗で、王様は阿耶に関心をなくしたのだ。

世界を結びつけているネットワークから自分一人がぶちっと切り離された。自分だけがなにも知らされないいまま、世界中のみんなが示しあわせてなにかを準備している。自分だけがどんどん置いていかれる。そんな恐怖に駆られた。

もう一回チャンスをください！　王様のところへ行って直訴《じきそ》できるものならしていた。でも阿耶は王様がどこにいるのか知らない。王様がどんな人なのかも、何歳くらいで、どんな顔してて、どれくらいの身長で、どんな声で喋るのか。男なのか女なのかすらも、なにも知らない。

何百万っていうユーザーの誰も《ｊｕｎｇｌｅ》本体の在《あ》り処《か》を知らない。タンマツだけの繋がりで今日も《ｊｕｎｇｌｅ》のサービスを享受している。

バスが速度を落として停車した。バス停も信号もないはずの場所だ。乗っている生徒たちの何人かがタンマツから目をあげ、

「うわ、ケーサツだ」

「なんだろ、検問？」

とざわめきはじめた。

阿耶も窓ガラスに顔を押しつけてバス通りの先に目を凝らした。

前方で検問が敷かれているようだった。青っぽい制服姿の男が数人立っており、一人が列の先頭の車の運転席に顔を突っ込んでいる。

生徒たちは警察だと思っているようだが、警察なんかではないと阿耶はすぐに気づいた。世間一般にはちゃんとした違いは認識されていないが、警察とは似て非なる組織。その通称を《セプター4》という——丈の長いコート型の制服は警察官のそれよりも旧時代めいており、その物腰にも華《はな》やかな帝国時代の軍人の感がうっすらとある。

能力者絡みの検問だろうと思って眺めていると、きりりとした立ち居振る舞いで任務にあたっている隊員たちの中から一人、ぶらりと離れる者がいた。猫背気味でポケットに両手を突っ込み、恫喝《どうかつ》するような柄の悪い視線を後続の車にくれながら、渋滞の列に沿って歩いてくる。鍛えているることが窺える体格のいい隊員たちに比べたらずいぶん華奢《きゃしゃ》で、それになにより、若い。バスに乗っている自分たち高校生と変わらないくらい。

窓ガラスにほっぺたをびったり張りつけて阿耶は目を丸くした。

バスの脇をぶらぶらと歩きながらその隊員が窓越しに車中を一瞥し、車中の生徒たちがびくっく。そのまま隊員は窓の下を通り過ぎようとしたが、ふとまばたきをし、後ろから二番目の窓を二度見した。

とっさに阿耶は窓の下に首を引っ込めた。

歯の根をかちかちと鳴らしつつ身を潜めていると、ざわついていた車中が凍りついたように静まり返った。座席の陰から阿耶はおそるおそる顔を覗かせ、心臓を竦みあがらせた。

さっきの隊員がバスの前のドアから乗り込んできたのだ。

恐縮している運転手に向かって軽く手をあげる仕草をし、乗客たちの注目を一身に浴びつつ知らん顔で通路を歩いてくる。つり革に摑まって立っていた女子生徒が身を寄せあって通路をあける。ひいっと阿耶は心の中で悲鳴をあげてまた顔を伏せた。

長靴《ちょうか》が立てる硬質な足音とともに、座席の横を青いコートが通り過ぎていった。え？と肩すかしを食らったが、そのとき「ちょっとどいて」と、真後ろの席の生徒に向かってぼそっと言う声がした。最後部の広い席を陣取っていた男子のグループが「へ？　は、はい」と鞄を抱えて場所をあける気配。あいた席にどかっと乱暴に誰かが腰をおろした。

後ろから刺されるんじゃないかと阿耶は背中を強張らせた。乗客たちが見て見ぬふりをしつつ様子を窺っている。いつまでたっても背中に痛みは襲ってこない。ただし黙ってそこに座っているそいつの気配だけで阿耶の心はとっくにざくざくぶっ刺されている。

なにもされないのもなにも言われないのも、それはそれで耐えられなかった。

「わ、わ、笑いに来たんだったら笑えばいいです。阿耶は無様な負け犬ですよ。おまえに勝手に嚙みついて、こてんぱんにやられて、王様に見捨てられて……」

「おまえがどーなろうがおかしくもなんともねえよ。それよりおれに言うことあんだろ」

声量は抑えているがどう考えても怒りを含んだ声が背中にかけられた。首の後ろから気道にナイフを突き立てられたような感覚に阿耶は息ができなくなる。

ガンッ！　と背もたれを蹴りつけられた。阿耶は声もだせなかったがまわりの生徒から掠れた悲鳴があがった。

「ねえのかよ。あ？」

ぐずぐずしてたら本当に殺される。っていうかとっくに生きた心地がしない。

「お、お、お……おまえにとって、絶対許せないことだって、わかってて、やりました……。ご、ご、ご……ごめんなさい……」

伏見仁希、猿比古の父親は、猿比古にとっての禁忌《きんき》だった。他人が悪戯心《いたずらごころ》で触れてはいけない部分だった。だからこそ有効なのも知っていたから利用した。

「……だよな。おまえはよくわかってた。あれは正直、ちょっと堪《こた》えた。けどやるんだったらあのやり方で完遂《かんすい》するべきだったたな。変な欲だしてｊｃｕｂｅで挑んでなんかこなけりゃよかったんだ。だからおまえはおれに勝てねえんだよ」

言い返す言葉がなにもない。膝頭に額をくっつけるくらいにうなだれるばかりである。

「……もう関わんじゃねえぞ。こっちの世界に」

溜め息とともに、声に含まれる怒りが薄らいだ。背中を貫き続けていた棘々しいオーラがすこし柔らかくなった。

「いいガッコ行ってんだろ。社会的に見りゃおまえのほうがよっぽど勝ち組だ。中卒のチンピラあがりって、《セプター4》でおれを見る目厳しいんだぜ」

そんなことつゆほども思ってないくせに。学校で教わることになんかこれっぽっちも価値を感じてないくせに。社会的な評価なんて欲しくないくせに。バカなおとなから浴びせられる侮蔑なんて気にするタマじゃないくせに……フォローのつもりかよ、猿比古のくせに……。

「……美咲くんと、仲直り、しないんですか。ずっと青服にいるつもりですか」

今度は猿比古がむすっとした感じで口をつぐんだ。

「飛行船」

と、阿耶はふと口にした。画面が暗いままのタンマツの縁を指でなぞって、思いつくままにぽつぽつと続ける。

「追いかけたこと、あったですよね。阿耶とおまえと、ついでに美咲くんとで。まわりはバカばっかだし、学校も家もなんにも面白くなくて、あれに乗せてもらえたら、どっかに逃げられるんじゃないかって、どこか違う世界に繋がってるんじゃないかって……漠然としてたけど、でも阿耶たちにとっては、切実なことで……。あのときは乗れなかったけど、阿耶もおまえも、ついでに美咲くんも、飛行船の向こうの世界に足を踏み入れることにはなったじゃないですか。〝違う世界〟は本当にあったじゃないですか。

でも、飛行船を見あげてるだけだった頃のほうが、よかったのかもって……あそこで時間がとまればよかったのかもって、阿耶は今、すこし思うです……。おまえは、思わないですか……？」

小さい世界から遠くばっかり見あげていた。でも、世界が小さかったぶん、それぞれが抱えていた不満も、望みも、今と比べたらそんなに離れていなかったように思う。

あの夜、一台の自転車に三人でだんごになって乗り込んで、おんなじ一つの空を見あげて、鎮《しず》目町《めちょう》を駆け抜けた。

こんこん、と最後部の窓が外からノックされた。青服の隊員が窓に顔を寄せて猿比古に目配せをした。猿比古が座席を軋ませて立ちあがる。反対側の窓際で変なかたまりになってびくついていた男子グループに「邪魔したな」と声をかけて通路にでた。

来たときと同じように青いコートが阿耶の座席の横を通り過ぎる。

と思ったら、靴音を一つさせただけで立ちどまった。

「おれが高校行くのやめたのは、堪え性がない人間の逃避だって言った教師がいたけど……そうかもしれないなっていうのは、今ならまあ、わかる。けど、今度は……《吠舞羅《ほむら》》を抜けたのは、逃げたんじゃない。……はずだって、思おうとしてる」

身を硬くしながらも阿耶は顔をあげて、初めてまともに猿比古の顔を振り仰いだ。猿比古は阿耶を見ていなかった。顔を前に向けて通路の先の床を見つめている。近くでちゃんと顔を見るのは仁希の葬式以来だ。あれは中三の年末だったから、この冬でちょうど二年になる。不満を身体いっぱいに溜め込んで、世界中を憎んで見下してるような、不貞腐れた横顔はあの頃と変わらない。

「おれは今んとこはまだ、世の中に嫌気しか差してないけど……。否定するだけなら誰でもできる。文句があるなら自分好みに一から世界を作りなおせばいい……って、おれの今のボスが言ってた。真顔で悪役みたいなこと言うんだぜ」

ちらっとだけこっちに目をやり、思いだし笑いみたいなものを浮かべてそう言ったとき、瞳の中に一瞬、澄んだ青い光が見えた。すこしだけ、なにかが解消したような、なにかが見つかりかけてるような……。

歩きだすと腰に帯びたサーベルが威圧的な金属音をかち鳴らす。通路の乗客たちを再び怯えさせつつ、猿比古はバスを降りていった。

話しているあいだに検問を抜けたようだ。バスが車体を震わせて発進する。路肩に停まっていた青い塗装の車輌をバスが追い越していく。

はっとして阿耶は窓に取りついた。

「これ、どうやってあけるのっ？」

後ろの席に戻ってきた男子に噛みつくように訊くと「え？」と目を白黒させつつ男子が窓枠についているクリップ型の金具を指し示した。渾身の力で金具を開こうとしたけど、「うーっ……」固い。見かねた男子が手をだして、軽々と金具を握って窓を押しあげてくれた。

「猿比古！」

窓から頭を突きだして呼んだ。車輌の脇で他の隊員と合流したところだった猿比古が振り返った。

「つまんないですよほんと、この学校！　ママが言ってたみたいな男の子なんていなかったです！　バカとブサイクばっかです！」窓をあけてくれた男子が「ちょ、えーっ!?」と遺憾そうな声をあげたが無視である。

〝素直に、普通に言えばいいだけ、じゃねえの？〟

美咲くんの声が、美咲くんなんかぜんぜんリスペクトしてないけど、そのとき頭に浮かんでいた。

横殴りに吹きつける風と騒音に声が掻き消される。猿比古はきょとんとした顔をしている。聞こえてなくてもいいと思って阿耶は声を張りあげた。逆に聞こえてたらもう死ぬまであいつと顔をあわせられない。

「おまえよりデキる奴も、おまえよりカッコいい奴も、学校になんかぜーんぜんいないんですから!!」

Epilogue ____ Fire cry

「ねえ八田、知ってた？　《セプター4》って寮住まいなんだってねー」

あれはバーのカウンターで十束とたまたま並んで飯を食っていたときだった。十束がいつもの思いつきっぽく唐突に言いだした。

「なんすかいきなり。知ってるっすよ……あいつが言ってたし」

ぶすっと口を尖らせて八田は答えた。

中学の終わりからずっと二人で住んでいた部屋から、ある日突然荷物が半分消えたと思ったら、《セプター4》の寮に入るとかいう、正気を疑う宣言だ。ネコミミにミミズってコトワザはこのことだったのか⁉　とあとで地団駄踏みながら思ったものである。

あれからまもなく八田もあの部屋から引っ越した。自分の寝床に入るたび頭の上のロフトが気になって、ムカムカしてしょうがないからだ。

「でさ、寮ってことは食堂とかがあるのかな？」

「は？　知らねっすよ……」

「飯、食えてるのかなーって思ってさ。ほら、伏見って超偏食だからさー、食堂のちゃんとした定食とかって食べられるもの少ないんじゃないかな。八田どう思う？」

「知らねーっっっつうの!!　なんで裏切り者の飯の心配しなきゃいけねーんだよ!?」

無神経な話を続ける十束に八田はキレてカウンターに拳を叩きつけた。皿ががちゃんと跳ね、コップが倒れてカウンターが水浸しになった。幸い草薙はいなかったので鉄拳制裁《てっけんせいさい》を食らわずに済んだ。

十束がびっくり顔をしてのけぞった。気まずくなって八田は俯き、右手に持ったスプーンごと両の握り拳をカウンターの下に引っ込めた。

もぬけの殻になったロフトを真下から何十回とオーバーヘッドキックで蹴りあげて、自分のベッドに頭から落っこちて「痛《い》てーっ」って足抱えて「なんなんだよ、くそーっ!!」って一人で怒鳴って……とにかく怒りが収まらなかった。ひとしきり暴れまくって怒りを自分の外にぶちまけて、それも虚《むな》しくなってやめたら、急になにかが喉にこみあげてきて、わけのわからない後悔に襲われた。後悔っていっても具体的になにが悔やまれるのかなんてわからなかった。けど、八田にとってそれは後悔という感情以外のものではなかった。

後悔した。枕を摑んで顔に強く押しあてて、口の中が切れるほど歯を食いしばって、してもしてもしきれない後悔をした。

「あ、あいつが、改心して謝る気になって、戻ってきたいって言うんだったら、オレは一緒に尊さんに頭下げるつもりでいます。あいつは自分から頭下げれる性格じゃねえからオレが頭下げさすし、もし尊さんが猿比古をぶん殴らねえと気が済まねえっていうんだったら、オレも一緒にぶん殴られます」

「ええっ、キングに本気でぶん殴られたら八田死ぬよ⁉　大丈夫⁉」
十束がオーバーに驚くので「うぐっ⁉」と怯んだ。周防の勘気《かんき》に触れることは八田にとっては
どんな怪談やホラー映画にも勝る恐怖である。
「そっ……それでも、か、覚悟はできてます。猿比古一人は殴らせねーっす」
声がうわずった。しかし拳に力をこめ、カウンターを睨み据えて言い切った。
「うんまあ、その覚悟は男前だとは思うけど、でもちょっと一方通行だったりしない？　伏見は
そんなことを望んでるのかな」
「……？　どういう意味すか。知ったようなこと言われんのは……」
なんだか妙に腹が立って睨む視線を向けた。十束はいつものように飄々とした微笑みを浮かべ
て、
「うちのキングと青の王はね」
と、またいきなり思いつきっぽい話をはじめた。
「八田が思ってるみたいに、ただ単純にいがみあってるってわけじゃないんだよ。まあいろいろ
あるみたいなんだけど。だからそれとちょっと同じで、伏見がうちに戻ってこなくても、八田は
八田の立場で、伏見は伏見の立場で、いつか話せるようになればいいよね……って、今言っても
八田にはまだわかんないかなー？」
　からからと笑われて「バカにしてんすか」と八田が憤然とすると、十束は「ごめんごめん」と
降参の形に手をあげた。

「まあおれが言ったこと、いつかどこかで思いだしてよ。おれがそのときいなくてもさ」

「って、そのうち死ぬみたいなこと言わないでくださいよ。縁起悪いなもう」

ことさら不機嫌になって言ったら、十束はただにこにこしていた。

†

No Blood, No Bone, No Ash!
No Blood, No Bone, No Ash!
No Blood, No Bone, No Ash!

夢中で拳を振りあげ、足を踏み鳴らして声をあげているうちに、周囲がぽかぽかと温かくなっていた。八田は涙目をしばたたかせて自分の左右を見まわした。

どこから飛んできたのか、いつの間にか火の粉があたり一帯を舞い踊っていた。

いや……それは光だった。周囲で拳を振って同じ言葉を斉唱している仲間たちそれぞれの身体から、小さな命が分離するように、ぽう、ぽう、と、光が生まれる。仲間同士を呼びあうように光は集《つど》い、白い景色を赤く色づかせながら雪雲に覆われた空へと昇っていく。

「あっ……」

胸もとを見おろすと、自分の身体に刻まれた徴《しるし》もまたじんわりとした赤い光を滲ませていた。

自分の中からもまた一つの光が生まれ、仲間の光に呼び寄せられて離れていく。

身体に残った徴の奥に、まだ周防の炎が宿っているのを感じた。その炎は穏やかなぬくもりで身体を満たすものだった。周防がその身に内包していた、荒ぶる王としての激しい怒りの部分だけが解消されて、徴からほどけていくかのようだった。

「尊……さん……」

光を追って、八田は涙でぐしょ濡れになった顔をあげた。

「No Blood, No Bone, No Ash!　No Blood, No Bone, No Ash…!!」

徴の場所をぎゅっと押さえ、こみあげてくる感情に任せてがなるように声を張りあげた。

ここから見あげると、学園島《がくえんじま》と本土を結ぶ連絡橋の欄干《らんかん》の向こうを青い標章を掲げた装甲車の列が引きあげていく。その橋の上に一つの光がふわりと浮かび、仲間たちの光の集合から離れたところを昇っていくのが見えた。

八田と同じ場所を手で押さえて、伏見がちょっと毒気《どくけ》が抜けたような、不思議そうな顔で空を見あげていた。

ああ、くそっ……。

心の中で八田は悪態をついた。

なんで今、思いだすんだよ。いつかどこかでって、今ここのことなのかよ、十束さん。

周防にとっての青の王がなんだったのか、思い切って周防に訊いてみればよかったったって、二度とそれができなくなった今になって思った。

あんな話を突然して、八田にはまだわかんないかって笑った十束の真意を聞きたかったたって、二度とそれができなくなった今になって思った。

八田にとってたった一つ、認めるのは腹立たしいけど、救いがあると言えるなら——。

あいつは生きている。これからまだ何度でもぶつかっていって、疑問と怒りをぶちまけて、話をしようとすることができる。

「No Blood, No Bone, No Ash!　No Blood, No……バカザル!!　No Ash!」

憤りのまま紛れ込ませた罵倒を聞き取ったのかは知らないが、伏見がこっちを見おろした。

橋の上と下で二人の視線が交わった。

みんなの中で斉唱を続けながら八田は涙目を逸らさずに伏見を睨みつけた。橋の上に叩きつけるつもりで、いっそう声を大きくした。声が嗄《か》れても叫ぶことをやめず、足の感覚がなくなっても地面を踏み鳴らし、腕があがらなくなっても拳を振り続けた。

この作品は書き下ろしです。

著者紹介

壁井《かべい》ユカコ（GoRA《ゴーラ》）

長野県出身、東京都在住。2003年『キーリ　死者たちは荒野に眠る』（第９回電撃小説大賞〈大賞〉受賞）でデビュー。他に『五龍世界』シリーズ、『サマーサイダー』、『2.43 清陰高校男子バレー部』など、ライトノベルから青春小説まで多数の著書がある。TVアニメ『K』の原作・脚本を手がけた7人からなる創作者集団GoRAのメンバーの一人。

Illustration

鈴木信吾《すずきしんご》（GoHands《ゴーハンズ》）

アニメーション制作会社GoHands所属。数々のアニメーションの制作に携わり、劇場作品『マルドゥック・スクランブル』シリーズ三部作、『Genius Party「上海大竜」』、TVシリーズ『プリンセスラバー！』でキャラクターデザイン、総作画監督をつとめる。2012年、ＴＶアニメ『Ｋ』の監督、キャラクターデザインを手がけた。

講談社BOX

KODANSHA BOX

K《ケー》 -Lost《ロスト》 Small《スモール》 World《ワールド》-

定価はケースに表示してあります

2014年4月1日 第1刷発行

著者 ── 壁井《かべい》ユカコ（GoRA《ゴーラ》）

発行者 ─ 鈴木　哲

発行所 ─ 株式会社講談社
東京都文京区音羽2-12-21　郵便番号 112-8001
編集部 03-5395-4114
販売部 03-5395-5817
業務部 03-5395-3615

印刷所 ─ 凸版印刷株式会社

製本所 ─ 株式会社国宝社

製函所 ─ 株式会社岡山紙器所

ISBN978-4-06-283866-5　N.D.C.913　384p　19cm

大好評発売中！
オリジナルストーリーが、
タッグによって明かされる。
K
SIDE:Black
White
来楽 零(GoRA)
Illustration
鈴木信吾(GoHands)
定価：本体1500円(税別)
宮沢龍生(GoRA)
Illustration
鈴木信吾(GoHands)
定価：本体1400円(税別)
講談社BOX
©GoRA・GoHands/k-project

人気アニメ『K』、その知られざる
GoRA×GoHandsの完全
K
SIDE:BLUE
古橋秀之(GoRA)
Illustration
鈴木信吾(GoHands)
定価：本体1300円(税別)
K
SIDE:RE

特報!!

劇場版アニメ

K MISSING KINGS

〈あらすじ〉

　四人もの《王》が交錯した〝学園島事件〟。

　その事件以降ずっと、白銀のクランズマンである夜刀神《やとがみ》狗朗《くろう》とネコは、主であるシロの行方を探していた。

　その日もシロに関する手がかりを得ることが出来ずに気を落としていた二人だったが、街中で《吠舞羅《ほむら》》のメンバーである鎌本力夫《かまもとりきお》と櫛名《くしな》アンナが、何者かに追い回されている場面に遭遇する。

り刊行！
らない結末へ!!
ガタに
たら
ップした
家の裏でマンボウが死んでるP
（著：タカハシヨウ　絵：竜宮ツカサ）
通常版：定価 1,260 円（税込）
D 付特装版：価格 2,982 円（税込）　大好評発売中！
KODANSHA BOX

関連動画が300万再生超の人気楽曲の原点が、小説として講談社BOX
タイトルからは予測不可能、奇才タカハシ ヨウの紡ぐ青春SFは思い
チョップ
タイムス
CD収録内容
1.「クワガタにチョップしたらタイムスリップした(Novel Mix)」
淡路なつみ(CV：斎藤千和)
2.「故に本官の髪型は」
家の裏でマンボウが死んでるP
3. ボイスドラマ「クワガタにチョップしたらクローゼットに収納」
CAST　淡路なつみ…斎藤千和／賢…石田 彰／花香…春名風花
4. キャストトーク